AF308030

Niklas Sonnenschein wurde 1981 in Bremen geboren. Er lebt seit 2005 nach einem Studium der Rechtswissenschaften in Norwegen und arbeitet dort in der Offshore Energiebranche. Er hat eine Tochter mit seiner norwegischen Partnerin.

NIKLAS
SONNENSCHEIN

EISIGE
NACHT

EIN NORWEGEN-KRIMI

Erstausgabe November 2023

Copyright © 2023 dp Verlag, ein Imprint der
dp DIGITAL PUBLISHERS GmbH
Made in Stuttgart with ♥
Alle Rechte vorbehalten

EISIGE NACHT

ISBN 978-3-98778-817-8
E-Book-ISBN 978-3-98778-594-8

Covergestaltung: Anne Gebhardt
Umschlaggestaltung: ARTC.ore Design
Unter Verwendung von Abbildungen von
shutterstock.com: © criskorah, © Janis Smits, © imageBRO-
KER.com, © rybarmarekk, © Janice Chen
stock.adobe.com: © by studio
elements.envato.com: © PixelSquid360
Lektorat: Mona Dertinger
Satz: dp DIGITAL PUBLISHERS GmbH
Druck und Bindung: Books on Demand GmbH, Norderstedt

Das Werk darf – auch teilweise – nur mit
Genehmigung des Verlages wiedergegeben werden.

Sämtliche Personen und Ereignisse dieses Werks sind frei erfun-
den. Etwaige Ähnlichkeiten mit real existierenden Personen, ob lebend oder tot, wären rein zufällig.

KAPITEL 1

An jenem Morgen jagte ein eisiger Nordwind über die Barentssee.

In diesem Teil der Erde gab es fast nur Wasser und Himmel und dazwischen lag eine karge, schneebedeckte Insel. Eine Seemöwe segelte unter den tiefhängenden Wolken. Nervös folgte sie der Küstenlinie. Die Gezeiten pressten die ersten Eisschollen an das felsige Ufer und das Tier wusste instinktiv, dass der Winter unaufhaltsam auf dem Vormarsch war.

Eine scheinbar immerwährende Finsternis würde diesen Ort in Kürze vollends verschlucken, um ihn dann im Frühjahr, zusammen mit den ersten Sonnenstrahlen, wieder auszuspucken. Doch das war es nicht, was den Vogel beunruhigte; die Möwe verfolgte zwei winzige Gestalten oben auf der Steilküste, die hier fast hundert Meter hoch aus dem aufgepeitschten Meer ragte. Sie sorgte sich um ihre Jungen, die in einer Felsnische auf sie warteten.

Die Punkte standen beinahe still. Sie kamen nur langsam gegen den Wind an. Zwei Männer auf Skiern, am oberen Rand der Klippe; dort, wo der steile Fels in eine flache Ebene überging.

Der hintere der beiden überragte den Vorläufer um beinahe eine Kopflänge. Er trug einen schwarzen Schneeanzug und ein paar Strähnen dünnes, blondes

Haar lugten unter der Mütze hervor. Auf dem breiten Rücken trug er ein Gewehr.

Einem intelligenteren Betrachter als einer Seemöwe wäre aufgefallen, dass insbesondere der kleinere Mann mit der Witterung zu kämpfen hatte.

Zwischen den beiden lagen über zwanzig Meter. Als der Nachzügler stehen blieb und ein abgegriffenes Blatt Papier aus seiner Tasche zog, zitterte seine Oberlippe kaum merklich. Er hatte den Brief schon mehrmals gelesen. Auch jetzt stieg wieder eine tiefe Niedergeschlagenheit in ihm auf. Er blickte dem anderen nach, der sich vor ihm durch den Schnee mühte. Seine Bewegungen waren unregelmäßig. Immer wieder wirkte es, als ob er ausrutschen und dabei das Gewehr verlieren könnte, das auf seiner Schulter schaukelte.

Der Größere schnaubte, sah erneut auf die Notiz in seiner behandschuhten Hand. Dann wischte er sich über das orangefarbene Plastik seiner Skibrille und steckte den Brief in die Jackentasche.

Die Traurigkeit flaute ab und Zorn ersetzte sie.

Er hörte sein Blut in den Ohren rauschen, so laut, dass es sogar das Heulen des Windes übertönte. Plötzlich blieb der Vorläufer ebenfalls stehen und drehte sich zu ihm um.

Mit zusammengekniffenen Augen sah der Hintere auf die Figur vor sich. Immer wieder verschwand der Winzling hinter einem weißen Vorhang aus Schnee, den der Wind fast waagrecht über die Klippen blies.

Was ist er doch für ein armseliger Kerl.

Doch dann stellte der Nachzügler erstaunt fest, dass die Hand des anderen auf dem Kolben seiner Waffe zu ruhen schien.

Das Jaulen des Windes drang nun kaum noch zu ihm durch. Auch spürte er die schneidenden Eispartikel nicht mehr, die auf die unbedeckte Haut um seinen Mund schlugen. Seine Augen waren nur noch zwei dünne Schlitze hinter gefärbtem Plastik.

Langsam ließ er den Riemen seines Gewehrs nach unten gleiten, legte die Stütze vorsichtig an seine Schulter.

Über ihm, und für den Mann durch das Wetter nicht auszumachen, hatte der Vogel bereits abgedreht.

***

Nicht viel später, auf dem norwegischen Festland, saß eine Frau mittleren Alters vor einem Funkgerät.

Eine grüne Lampe blinkte auf.

Plötzlich war ein abgerissenes Rauschen aus dem Lautsprecher zu hören. Dann ein Knacken.

Schließlich eine gedämpfte Frauenstimme: „Mayday. Mayday."

Erneut ertönte ein Knirschen, dann wieder atmosphärisches Rauschen aus dem Funkgerät.

Anita Hansen, die wachhabende Funkerin des Küstenradios Nord-Norwegen, drehte sich um und nahm ihren Kopfhörer auf. Die Station war für die Überwachung des maritimen Funkverkehrs und die Koordinierung von Rettungseinsätzen auf Schiffen und Bohrinseln in der Region verantwortlich. Trotz des rauen Wetters war es an diesem Abend ihr erster Notruf. Sie drückte auf einen viereckigen roten Knopf und sprach langsam und deutlich in das Mikrofon: „Hier spricht das Küstenradio Nord-Norwegen, Station Tromsø. Wir empfangen Sie. Was ist Ihre Position und wer meldet den Notfall? Over."

Routiniert öffnete sie eine detaillierte Karte der Seegebiete, für die die Station zuständig war – die nördliche Norwegische See, bestehend aus dem Nordatlantik und der Barentssee. Gebiete, die immerwährend den zügellosen Naturgewalten ausgesetzt waren.

Sie wartete auf eine Antwort.

Auf dem Bildschirm war auch das Wetter eingeblendet. Eine Sturmfront hatte die gesamte Nordwestküste Norwegens, von Ålesund bis zum Nordkap, fest im Griff. Die Windgeschwindigkeiten wurden mit Windstärke 11 angezeigt. Anita wusste, dass sie es mit einem orkanartigen Sturm zu tun hatten. Mittlerweile wurde das gesamte Seegebiet in ihrem Zuständigkeitsbereich wegen der Wetterlage als Risikogebiet eingestuft. Folglich waren die Rettungskräfte in generelle Alarmbereitschaft versetzt und die Öffentlichkeit gewarnt worden. Anita hoffte inständig, dass der Notruf nicht aus diesem unheilvollen Wettergebiet kam.

Sie biss sich auf die Lippe, prüfte mit einem Blick den Empfang der Funkanlage. Mit dem System war alles in Ordnung,

doch aus dem Lautsprecher kam weiterhin nur ein Rauschen. Sie klopfte mit dem Zeigefinger dagegen. Nichts. Anita atmete tief ein, wippte den Kugelschreiber zwischen Zeige- und Ringfinger, sah schließlich auf die Uhr an der Wand und trug in den Notfallrapport auf dem Tisch vor sich Uhrzeit und Datum ein: 22:12 Uhr, 11. Oktober 2010.

Erneut betätigte sie den Mikrofonknopf und wiederholte ihre Nachricht, doch auch dieses Mal blieb eine Reaktion aus.

Anita nahm das Telefon auf. Sie musste die Station in Bodø anrufen, um zu prüfen, ob die Kollegen den Notruf ebenfalls erhalten hatten. Möglich, dass sie dort, mehrere hundert Kilometer weiter im Süden, besseren Empfang hatten. Es klingelte, aber noch bevor ein Operator abnehmen konnte, ertönte plötzlich erneut die Frauenstimme aus dem Lautsprecher des Funkgerätes: „Hier spricht die Wetterstation Herwighamna auf Bjørnøya. Wir brauchen Hilfe!"

Anita neigte verwundert den Kopf und setzte sich den Kopfhörer wieder auf. Sie hatte erwartet, dass der Notruf von einem Schiff oder einer Bohrinsel stammte. „Hier Küstenradio. Herwighamna, wir können Sie hören. Bitte beschreiben Sie die Art des Notfalls. Over."

Erneutes Knacken und Rauschen.

Anita griff nach dem Notizzettel und schrieb *Bjørnøya, Wetterstation* in den Kasten, der für die Position des Notrufes vorgesehen war.

Der Lautsprecher erwachte wieder zum Leben.

„Ich werde angegriffen. Verdammt, ich werde sterben, wenn Sie nicht schnell Hilfe schicken ...", erklang die Stimme.

Anitas Augen weiteten sich hinter ihrer Brille. Ihre Finger, die den Kugelschreiber hielten, zitterten plötzlich. „Wetterstation Herwighamna, bitte wiederholen Sie. Wer greift Sie an? Over." Sie hatte schon viele schreckliche Situationen auf See erlebt, aber noch niemals solch einen Funkspruch. Die Angst in der Stimme der Frau war nicht zu überhören.

Bjørnøya – Anita Hansen wusste nicht viel über die felsige Insel im Nordmeer. Nur, dass es dort mehr wilde Tiere als Menschen gab. Vor ihrem geistigen Auge sah sie einen Eisbären, der an der Scheibe der Wetterstation kratzte.

Das Rauschen stoppte und wurde abermals durch die erregte Frauenstimme abgelöst: „Schicken Sie Hilfe ... Verdammt!"

Etwas wie ein Aufschrei war zu hören. Dann brach die Übertragung endgültig ab.

KAPITEL 2

Am Abend hatte der Sturm über Sør-Varanger, der Gemeinde am nördlichsten Zipfel Norwegens, sich vorübergehend gelegt.

Auch hier trug er Schnee mit sich, der auf die dunkle, eisige Wildnis der Finnmark herabfiel. Immer wieder hob der Luftstrom die zusammengefrorenen Eiskristalle auf, nur um sie einen Moment später abermals loszulassen.

Ein Windstoß änderte die Bahn einer Schneeflocke, die von der Barentssee über das Land geweht worden war, und ließ sie auf die winzigen Lichter einer Stadt zufliegen – die nächtlichen Schimmer von Kirkenes.

Zu guter Letzt schwebte die Flocke in ein Wohnviertel und näherte sich gemächlich dem trüben Lichtkegel einer Straßenlaterne.

Die Laterne beleuchtete die Einfahrt und die Veranda eines gelben Holzhauses. In der Auffahrt stand ein älteres Modell, ein grüner Audi 80.

Die Flocke landete sanft auf der Windschutzscheibe des Autos, auf der sich bereits eine Schicht feinkörnigen Schnees abgelagert hatte.

Von draußen war es kaum zu erkennen, doch hinter dem Steuer saß eine Person. Der Mann musste eine ganze Weile dort verbracht haben, denn die Fußabdrücke im Schnee, die von der Veranda des Wohnhauses zu dem Fahrzeug führten, waren vom Wind längst verwischt worden.

Der Mann auf dem Fahrersitz trug einen selbstgestrickten, abgetragenen Wollpullover mit dem typischen Norweger-Muster. Aus seinem Mund entwich mit jedem Atemstoß eine Dampfwolke, die an der Windschutzscheibe kondensierte und zu einer dünnen Eisschicht gefror. Es war still im Auto; nur gelegentlich stieß der Insasse einen leisen Seufzer aus. Er zitterte. Doch anstatt ins Haus zu gehen, um sich aufzuwärmen, nahm er einen tiefen Schluck aus einer Flasche.

Der Alkohol schien die gewünschte Wirkung zu erzielen und der Mann entspannte sich etwas. Er ließ seinen Kopf gegen die Nackenstütze fallen und fuhr sich mit der Zunge über die aufgesprungenen Lippen, schmeckte den scharfen Wodka darauf. Dann wischte er sich mit dem Ärmel über das bärtige Kinn. Er erinnerte sich nicht, wann er sich das letzte Mal rasiert hatte; früher hatte er das täglich getan. Kari hatte es gefallen, sie hatte sich an den Stoppeln gestört. Wobei „früher" auch nicht länger als ein knappes Jahr her war. Es fühlte sich trotzdem an wie ein ganz anderes Leben. Jetzt waren die Stoppeln egal, es war niemand mehr da, der sich daran störte.

Langsam kroch ein Gefühl von Wärme durch seinen Körper und er schloss die umschatteten Augen. Als er sie wieder öffnete, sah er auf die Armaturen vor sich. Er schürzte die Lippen und strich hingebungsvoll mit der Hand über das abgegriffene Leder des Lenkrades. Dann blickte er auf und berührte den Wimpel von Rosenborg

Trondheim, des Fußballvereins, der am Rückspiegel hing. Er dachte an das letzte Fußballspiel, das sie zusammen gesehen hatten, er und sein Vater.

Ein Stöhnen entkam seiner Kehle. Er konnte sich gut an den Tag erinnern, als sein Vater Anfang der 1990er Jahre mit dem Audi nach Hause gekommen war. Olav war so stolz gewesen. Er hatte ihn hier in der Einfahrt abgestellt, weil er sich nicht getraut hatte, ihn in der engen Garage zu parken. Aus Angst, ihn zu beschädigen. Das Auto hatte seinem Vater viel bedeutet. Nun war es das Einzige, was von ihm geblieben war.

Seine Augen verengten sich.

Warum bist du nicht früher zum Arzt gegangen, du eitler Kerl?

Er vergrub sein Gesicht in den rauen Händen und seufzte erneut.

Es verging eine ganze Weile, bis er die Haltung aufgab und das Radio einschaltete. Die Stille in dem Fahrzeug wurde urplötzlich von Countrymusik zerrissen. Er hörte einen Augenblick mit hängenden Mundwinkeln zu, drückte dann erneut auf den Knopf und nahm die Kassette aus der Anlage. Auf dem Label stand mit einem roten Filzstift *Big Hand Johansen* geschrieben. Eine Träne bildete sich in seinem Augenwinkel, rollte langsam über die bärtige Wange, die von braunen Locken eingerahmt wurde.

Er nahm einen weiteren Schluck aus der Flasche.

Eine Bewegung riss den Mann aus seinen Gedanken; er starrte aus dem Fenster, war sich sicher, dass er einen Schatten gesehen hatte, der sich durch die Schneewehen vor dem Haus kämpfte. Seine Miene hellte sich etwas auf. Begleitet von einem leisen Knirschen kurbelte er die Fensterscheibe runter, versuchte, seine müden Augen zu fokussieren.

Die Pupillen in den grünen Iriden hatten sich geweitet, sich den Lichtverhältnissen angepasst. Doch der Schnee vor der Veranda lag nun wieder still und reglos da.

Dann bewegte sich doch etwas und ein schwarzes, pelziges Etwas watete geduldig über die Schneedecke auf das Haus zu.

„Nossan", sagte er und ein fragiles Lächeln breitete sich von den Mundwinkeln bis hin zu den verweinten Augen aus.

Er zog den Schlüssel aus dem Zündschloss und öffnete die Fahrertür.

Die halbleere Flasche in der einen Hand versuchte er mit der anderen, das Auto zu verschließen. Es war gar nicht so einfach, den Metallstift in das schmale Türschloss zu bekommen; immer wieder traf die Schlüsselspitze den grünen Lack rechts und links des Schlosses.

Der Mann stieß ein irritiertes Grummeln aus, gab dann auf und drehte sich um. Kein Krimineller mit einem Funken Verstand würde sein Auto stehlen. Jeder in Kirkenes wusste, wer und vor allem was er war.

Niemand würde Kommissar Karl Sortland beklauen.

Er lachte voller Bitterkeit und wankte die Auffahrt Richtung Veranda hinauf. Der Boden war glatt unter dem Schnee und er verfluchte sich dafür, dass er nicht gestreut hatte.

Auf halbem Weg zog es ihm den Boden unter den Füßen weg. Der Kommissar reagierte zu langsam, versuchte, den Sturz mit den Händen abzufedern. Ein klirrendes Geräusch, dann ein stechender Schmerz. Sein benebeltes Gehirn hatte Schwierigkeiten, die in kurzer Reihenfolge auftretenden Sinneseindrücke richtig einzuordnen. Verständnislos sah er sich um und bemerkte, dass sich in die Lache aus Wodka eine zähe, rote Flüssigkeit gemischt hatte.

Der Kommissar fluchte laut auf. Er war in die Scherben seiner Wodkaflasche gefallen, hatte seinen letzten Alkohol vergossen.

Einen Moment lang blieb er auf dem Rücken liegen und sah hinauf in das verschwommene Schneegestöber. Was hätte sein Vater wohl gesagt, hätte er ihn so zu Gesicht bekommen. Was Kari gesagt hätte, wusste er nur zu gut.

Er rieb sich mit der Hand über die Augen.

Was ist bloß aus mir geworden?

Einige Augenblicke lang verharrte er in dieser Position. Dann hörte Karl erneut ein Geräusch von der Veranda, das ihn aus den finsteren Gedanken riss. Eindeutig Miauen. Er raffte sich auf und begutachtete die Schnittwunde an seiner rechten Hand. Der Schnee und die Kälte schienen die Blutung gestoppt zu haben. Der Kommissar ließ die Scherben liegen und stapfte zielstrebig auf das Haus zu. Der Sturz hatte seine Gedanken seltsam aufklaren lassen.

Auf der Veranda schoss ihm die Katze durch die Beine und beinahe wäre er erneut gestürzt. Er wankte, kniete sich schließlich vor das Tier und kraulte ihm das dicke Fell. Nossan schien es zu gefallen, denn er gab ein zufriedenes Schnurren von sich.

„Na, dann komm mal mit rein, du Rumtreiber“, brummte Karl und öffnete ihnen beiden die Tür.

Als sie sich hinter dem breiten Rücken des Polizisten wieder schloss, wurde es aufs Neue totenstill unter der Straßenbeleuchtung im Doktor-Palmstrøms-Vei.

Lautlos fiel mehr und mehr Schnee auf die Veranda und den Audi. Die kalten Flocken füllten alsbald die frischen Fußabdrücke, mischten sich mit dem Blut und ließen schließlich nur eine gleichmäßige, weiße Decke zurück.

KAPITEL 3

„Was hast du mit deiner Hand gemacht?" Der Tonfall der Frau mit den tiefschwarzen Locken suggerierte, dass sie die Antwort bereits kannte. Sie stellte eine Tasse dampfenden Kaffee vor ihm auf den Schreibtisch und musterte Karl, ihre linke Augenbraue hochgezogen, die Arme vor der Brust verschränkt.

Der Kommissar blickte seine Vorgesetzte Aino Petersen zögerlich und aus zusammengekniffenen Augen an. Er senkte den Blick, sah auf den verschmutzten Verband, der dilettantisch um seine rechte Hand gewickelt war. Zu guter Letzt zuckte er teilnahmslos mit den Schultern.

„Wenn du es unbedingt wissen musst: Ich habe mich an einer Konservendose geschnitten", sagte er.

Aino betrachtete ihn noch einen Augenblick wortlos durch die ovalen Gläser ihrer Panto-Brille, mit einem Blick, der eher Besorgnis als Ärger ausdrückte. „Willst du damit nicht lieber zum Arzt gehen? Nicht, dass sich die Wunde entzündet."

Er machte eine wegwerfende Geste, versuchte dabei unbeholfen, die verletzte Hand hinter seinem Rücken zu verbergen. „Vergiss die Verletzung."

Der Kommissar setzte sich auf seinen Bürostuhl und sah auf den Schirm, drehte der Abteilungsleiterin dabei demonstrativ den Rücken zu, als wollte er ihr nahelegen, dass das Gespräch zu Ende sei. Insgeheim wusste er, dass der Versuch zum Scheitern verurteilt war.

„Ich brauche keinen neuen Partner", fügte er etwas leiser hinzu.

Aino Petersen hatte die Leitung der Ermittlungseinheit der Polizei in Kirkenes erst vor etwas über einem Jahr übernommen. Die stämmige Frau mit finnischen Wurzeln war aus Bergen in den hohen Norden versetzt worden und nur wenig älter als Karl. Sie hatte von Anfang an bewiesen, dass sie sich von ihren männlichen Kollegen nicht würde einschüchtern lassen. Wenn die Situation es verlangte, konnte sie aber durchaus auch Einfühlungsvermögen zeigen.

Sie lehnte sich an den Fensterrahmen neben Karl und legte ihre Hand auf seine Schulter. In dieser Position verharrte sie ein paar Augenblicke und atmete langsam ein und aus. „Ich weiß, dass du Trygve gern mochtest. Ihr habt auch gut zusammengearbeitet. Aber er ist nun mal in Pension gegangen, und es ist besser für dich, wenn du nicht allein unterwegs bist."

Karl verzog den Mund und dachte an den älteren Mann, der in den ersten Jahren bei der Polizei wie ein Mentor für ihn gewesen war. Er hatte nach Trygves Pensionierung im Frühjahr ein paar Monate allein gearbeitet und eigentlich hatte ihm das ganz gut gefallen. Er hatte seinen Arbeitsalltag selbst bestimmen können. Ganz ohne jemanden, der ihm vorwurfsvolle Blicke zuwarf, wenn er spät erschien oder zu früh aus dem Büro verschwand.

Mit einem Seufzen strich sich er sich mit der linken Hand über die geschlossenen Augenlider. Er hatte einen furchtbaren Kater.

„In Ordnung“, sagte er. „Wie wäre es mit Sven? Er könnte mein Partner werden.“

Aino lächelte und klopfte ihm sanft auf die Schulter. „Nein. Ich möchte, dass du mit dem Neuen zusammenarbeitest. Er heißt Mats und ich bin mir sicher, dass ihr euch gut verstehen und ergänzen werdet. Er ist nicht wie ...“ Ihr Lächeln wurde noch breiter. „Er ist ein netter Kerl. Eine Frohnatur.“ Sie drehte sich um und ging auf die Tür zu. Ihre flachen Schuhe klackten gedämpft auf dem Parkettfußboden.

Karl, der sich langsam nach ihr umdrehte, sah, dass sie im Türrahmen stehen geblieben war.

„Und seit wann stellen wir Schweden ein?“, fragte der Kommissar in einem letzten verzweifelten Versuch, die Autorität seiner Vorgesetzten zu untergraben.

Nun grinste sie ihn geradewegs an, während sie die Arme ausbreitete. „Jetzt sei nicht so ein Miesepeter. Mats hat die Staatsbürgerschaft beantragt. Für einen Schweden ist das kein Problem hier bei uns. Wir brauchen hier oben ja dringend Leute. Er ist also schon bald Norweger. Morgen fängt er an und ihr beide bildet ein Ermittlerduo.“

In diesem Moment klingelte Ainos Mobiltelefon. Sie kramte es aus der Tasche und sah auf das Display, dann wieder zu Karl. „Widerrede ist zwecklos. Versuch lieber, ihm den Einstieg zu erleichtern, als dich dagegen zu wehren.“

Noch bevor er antworten konnte, hatte die Abteilungsleiterin das Gespräch angenommen und war im Gang verschwunden.

KAPITEL 4

„Könntest du bitte Norwegisch sprechen?", sagte Karl mit übertriebener Höflichkeit. „Ich kann leider kein Schwedisch."

Aino, die offenbar keine Lust auf diese Nachbarschaftsrivalität zwischen Norwegen und Schweden hatte, legte ihm die Hand auf den Arm und lächelte wissend. „Karl, du verstehst doch wohl ..."

Der blonde Mann fiel ihr jedoch eifrig nickend ins Wort.

„Ja, natürlich kann ich das", antwortete er dem Kommissar mit einem einnehmenden Lächeln.

Er sprach noch immer mit schwedischem Akzent, aber die Worte waren eindeutig norwegisch. Dass er beides beherrschte, war nicht weiter verwunderlich, schließlich ähnelten sich die Sprachen sehr. „Mein Name ist Mats Samuelsson. Schön, dich kennenzulernen."

Der Kommissar verzog den Mund und murmelte eine kurze Begrüßung. Dann griff er aber nach der ihm entgegengestreckten Hand und schüttelte sie fest.

„Karl Sortland", sagte er ohne große Begeisterung und musterte den sportlichen Mann. Er hatte einen kräftigen Händedruck, daran war nichts auszusetzen. Vermutlich war er ein paar Jahre jünger als er, Mitte zwanzig, und etwa einen Meter achtzig groß. Karl musste sich eingestehen, dass sein neuer Partner freundlich und charmant wirkte, sicher war er bei den Frauen beliebt. Er sah gut aus, was womöglich der Grund dafür gewesen war, dass Aino ihn eingestellt hatte.

Die Vorgesetzte lachte, als ob sie Karls Gedanken gelesen hätte, und legte den beiden Männern ihre Hände auf die Schultern. „Schön, dass ihr euch gleich so gut versteht.“

Sie bedeutete den Polizisten, sich an den Konferenztisch in der Mitte des Besprechungsraumes zu setzen, nahm dann ebenfalls Platz und ließ ihren zufriedenen Blick erst einen Augenblick auf dem Kommissar, dann auf seinem neuen Partner vom Dienstgrad Polizeimeister ruhen. „Karl zeigt dir das Präsidium und stellt dich den Kollegen vor.“

Der Kommissar nickte resigniert.

„Schön. Der erste Fall, an dem ihr zusammenarbeitet, ist der Raub in der Kirkegata. Der Kerl ist gefährlich“, erklärte sie dann.

Energisch griff Mats nach der Mappe, die sie über den Tisch schob, und blätterte die verschiedenen Dokumente durch. Seine Aufmerksamkeit blieb schließlich an einem Polizeifoto hängen. Der Mann hatte einen breiten Kiefer, kleine, zusammengekniffene Augen und schmale Lippen. Sein Haar war schwarz und kurzgeschoren. Er mochte Ende dreißig sein. An Mats' Gesichtsausdruck erkannte Karl, dass der neue Kollege wohl ebenfalls fand, dass Ivar Nielsen gefährlich aussah.

Aino fuhr fort: „Das ist unser Verdächtiger. Er ist Stammgast bei uns auf dem Präsidium, wenn er nicht gerade im Gefängnis sitzt."

Karl biss sich auf die Lippe. Er kannte Nielsen noch aus der Schule. Der Mistkerl hatte ihm auf dem Pausenhof die Nase gebrochen.

Aino musterte nun ebenfalls das Foto. „Vermutlich hat er ein niederländisches Rentnerpaar ausgeraubt. Wir haben heute Morgen die Bestätigung von unseren Kollegen in Rotterdam erhalten." Sie lehnte sich zurück und ihre Miene wurde ernst. „Karl erklärt dir alles Weitere, aber ich denke, ihr fangt am besten damit an, Ivar herzubringen. Dann vernehmen wir ihn gemeinsam. Aber passt auf, der Bursche ist dafür bekannt, Gegenwehr zu leisten." Sie stand auf, musterte ihren neuen Kollegen vergnügt und klopfte ihm erneut auf die Schulter. „Ihr beide schafft das schon, seid ja zu zweit. Karl war gestern auch schon alleine bei ihm. Da war er nur nicht zu Hause"

Karl nickte matt. Ja, er war dort gewesen, hatte sich dann aber entschieden, gar nicht erst zu klingeln. Er war einfach zu verkatert gewesen.

Schließlich richtete Aino ihre Aufmerksamkeit ein letztes Mal auf Karl und ihr Ton wurde härter: „Ich erwarte, dass du Mats einen angenehmen Empfang bereitest."

Karl biss sich erneut auf die Lippe. Eine Angewohnheit, die er sich abgewöhnen musste. Doch Ainos Blick war schon wieder zu dem blonden Schweden neben ihm gewandert.

„Nochmals herzlich willkommen", sagte sie und verließ den Raum.

„Du hast den Boss gehört", sagte Karl mit einem Augenzwinkern und erhob sich. „Komm, ich zeig dir unser Büro. Dann holen wir uns Nielsen."

Er führte seinen neuen Partner in das Eckbüro im vierten Stockwerk, das sie sich von nun an teilen sollten. Dort zeigte er auf einen Schreibtisch, der gleich neben der Glastür an der Wand stand. Trygve hatte dort während der letzten zehn Jahre seiner Karriere bei der Polizei in Kirkenes gesessen. „Das ist dein Platz. Ich sitze dort am Fenster."

Mats sah zögerlich zu dem Schreibtisch, von dem aus man auf den Korridor blickte, dann auf Karls Arbeitsplatz, von dem aus man das Treiben auf dem Fjord bewundern konnte. Er kratzte sich am Kopf. „Könnte ich meinen Computer nicht neben deinen stellen? Dort, am Fenster? Da ist doch genug Platz."

„Mats. Bist du zum Arbeiten hier oder um die Aussicht zu genießen?" Karl legte den Kopf schief und blickte den Neuling vorwurfsvoll an. Dann wurde seine Miene etwas milder. „Außerdem ist es wichtig, dass einer von uns den Korridor im Auge behält. Nicht, dass Aino uns überrascht. Sie kann ganz schön giftig werden. Kann man sich gar nicht vorstellen, wenn man sie so sieht, was?"

Der Schwede nickte verständig und legte seine Tasche letztlich auf den Bürostuhl, den der Kommissar ihm zugewiesen hatte.

***

Karl deutete auf einen silbernen Kombi, der in der Tiefgarage auf Platz 7 geparkt stand. Er konnte an

Mats' Gesicht ablesen, dass er nicht sonderlich beeindruckt von dem VW Passat war.

„Hattest du einen Porsche als Dienstwagen erwartet? Dass wir das ganze Ölgeld für so einen Unfug verschwenden?"

Mats sah ihn erschrocken an.

„Nein, nein. Der Wagen ist in Ordnung. Möchtest du, dass ich fahre?", fragte er. „In Schweden muss immer der jüngere Kollege fahren."

„Nein, danke. Nicht nötig." Karl steuerte das Zivilfahrzeug aus der Tiefgarage und bog nach links stadtauswärts auf die E6, die direkt am Hafenkai vor dem Präsidium vorbeiführte. Eine ganze Weile saßen die Polizisten schweigend nebeneinander. Mats sah aus dem Fenster. Er schien die schneebedeckten Hügel hinter dem Fjord zu betrachten.

„Schön habt ihr's hier. Kommst du aus Kirkenes?", fragte er schließlich unvermittelt.

Karl sah seinen Partner einen kurzen Moment an. „In Trondheim geboren, aber größtenteils hier aufgewachsen." Dann richtete er seine Aufmerksamkeit wieder schweigend auf die Straße vor ihnen.

Dem Neuling schien die Stille unbehaglich zu sein. Er drehte am Lautstärkeregler der Musikanlage. Als laute Countrymusik aus den Lautsprechern ertönte, weiteten sich seine Augen. Überrascht sah er Karl an, der zuerst errötete und dann erbost die Stirn in Falten legte.

„Mach das aus", fauchte er.

Mats folgte seiner Anweisung umgehend. Wieder ein Moment Stille, dann fragte er: „Was war das denn für Musik? Hörst du so was?"

Da Karl ihm nicht antwortete, sah er erneut auf die wilde Natur, die sich direkt hinter den Außenbezirken der Stadt erstreckte. „Ich bin in Luleå aufgewachsen. Ziemlich viel Wald und Wasser, gar nicht mal so anders als das hier. Wir haben dort nur keine Berge. Luleå liegt ganz oben an der Ostsee.“

„Ich weiß, wo das ist“, sagte Karl forsch und schob sich ein Snus in den Mund.

Mats biss sich auf die Unterlippe. „Leider gibt es in Nordschweden nicht so viele Jobs. Ich war erst bei der schwedischen Marine und wollte danach Polizist werden. Genau wie mein Vater. Aber nach der Ausbildung habe ich keine Stelle in Norbottens Län gefunden. In die großen Städte des Südens wollten wir nicht ziehen. Silja und ich sind beide ziemliche Landeier.“

„Ja, das Leben tritt einem manchmal kräftig in den Arsch“, sagte Karl mit einem bitteren Unterton in der Stimme.

Mats zuckte mit den Schultern.

„Ach, so sehe ich das nicht. Ich versuche, in einer Niederlage immer auch eine Möglichkeit zur Veränderung zu sehen. Sonst wäre ich wahrscheinlich nicht hier bei euch gelandet.“

„Ich persönlich schätze Beständigkeit“, antwortete Karl in getragenem Tonfall.

„Geschmäcker sind halt verschieden. Außerdem wird man in Norwegen besser bezahlt und die Steuern sind hier in der Finnmark noch mal niedriger.“

Zum ersten Mal nickte Karl zustimmend. „Irgendwas mussten sie sich ja einfallen lassen, sonst würde hier niemand mehr wohnen wollen.“ Er sah über die Schulter und wechselte die Spur. Dann beobachtete er den

Schweden aus dem Augenwinkel. Schließlich seufzte er. „Es tut mir leid. Ich bin heute nicht besonders gut drauf. Könnten wir unsere Unterhaltung ein anderes Mal fortsetzen?"

„Ja, klar."

Karl wechselte das Thema. „Dieser Kerl, den wir reinbringen sollen, Ivar, er ist nicht ganz ungefährlich. Es ist schon vorgekommen, dass er die Kollegen angegriffen hat. Meinst du, wir schaffen das, an deinem ersten Tag? Oder sollen wir Verstärkung rufen?"

Mats schüttelte den Kopf. „Oh, kein Problem. Wir packen das. Hat Aino doch gesagt." Er lächelte erneut sein offenes Lächeln, deutete dann im Vorbeifahren auf das Ortsschild, auf dem *Hesseng* geschrieben stand. „Ich wohne gleich hier um die Ecke, mit meiner Freundin Silja. Sie wird mich sicher bald dazu zwingen, dich und deine Frau zu uns einzuladen."

Karl verzog keine Miene. Er starrte auf die Fahrbahn und schwieg.

Mats entging seine Reaktion nicht. „Hab ich was Falsches gesagt?"

„Wir sind gleich bei Ivars Haus, mach dich bereit."

Karl sah in den Rückspiegel, bog ab und parkte den Wagen schließlich an derselben Stelle, an der er am Vorabend gestanden hatte. Er schaltete den Motor aus und ließ seinen Blick über die flachen Holzhäuser des Wohnviertels gleiten. „Siehst du das blaue Haus dahinten?" Er deutete mit dem Zeigefinger auf ein schmales Reihenhaus ein paar Meter weiter zu ihrer Rechten.

Mats nickte.

„Da wohnt er. Wir klingeln, erklären ihm höflich, was wir wollen, und nehmen ihn mit aufs Revier. Easy-peasy. Wenn er sich wehrt, dann kannst du Gewalt anwenden." Und damit stiegen die beiden Polizisten aus und gingen langsam auf das Haus zu.

Es war still in der Straße; Karl konnte weder Fußgänger noch sich bewegende Autos entdecken. Das musste am Wetter liegen. Und daran, dass es Dienstagvormittag war. Er drehte sich um. Mats hatte seine Jacke geöffnet und fingerte an seiner Dienstwaffe herum. Für einen Augenblick musterte Karl ihn mit hochgezogener Augenbraue. „Meinetwegen kannst du ihm eine reinhauen. Ich denke aber, dass Aino ihn lebend haben will."

Der blonde Mann sah ihn einen Moment lang verständnislos an, nickte dann aber eifrig. „Natürlich. Ich wollte mich nur vergewissern, dass die Waffe gesichert ist."

Die zwei Polizisten näherten sich der Einfahrt, die nur sporadisch geräumt war. Karl warf einen prüfenden Blick in den Briefkasten und erspähte einige Werbeprospekte. Dann warf er dem Kollegen einen Blick zu, nickte und stieg vorsichtig die schmale Treppe zur Eingangstür hinauf.

Ein Hund bellte im Nachbarhaus. Karl erwischte sich dabei, wie er zusammenschrak. Er drehte sich zu seinem Partner um. „Ich klingele jetzt."

Dann ging er den letzten Meter bis zur Haustür und drückte auf das Schild, auf dem mit krakeliger Schrift *Nielsen* geschrieben stand. Von drinnen hörte er ein penetrantes Klingelgeräusch. Dann herrschte wieder Stille. Die Polizisten richteten ihre Aufmerksamkeit gespannt auf die milchige Glasscheibe. Nichts geschah.

Karl klingelte erneut. Wieder keine Reaktion. Leise fluchend verwünschte der Kommissar den Verdächtigen. Schließlich klopfte er mit der Faust gegen die Tür. Als sich weiterhin nichts tat, drehte er sich zu Mats um.

„Vielleicht sehen wir mal hinter dem Haus nach, oder fragen eine Nachbarin, wann sie Ivar das letzte Mal gesehen hatte?“, schlug er vor.

Die Polizisten gingen die Treppe hinab und langsam an der Garage vorbei. Plötzlich vernahmen sie ein klirrendes Geräusch von drinnen. Karl glaubte, es als leere Bierflasche, die auf dem Parkettboden umgefallen war, erkannt zu haben. Abrupt blieben die beiden Männer stehen.

„Bleib du hier an der Vordertür. Ich gehe im Garten nachsehen“, sagte Karl leise, aber bestimmt.

Er eilte zur Ecke des Hauses, an der zwischen der Straße und dem winzigen Garten ein hüfthoher Lattenzaun verlief. Er schwang sich darüber und versank auf der anderen Seite bis zu den Knöcheln im Schnee. Instinktiv suchte er nach der Dienstwaffe unter seiner Jacke, ließ seine Hand einen Moment darauf ruhen, zog sie aber wieder zurück. Dann machte er einen Schritt auf die Glastür zu, zog mit einem Finger an dem Griff. Sie war verschlossen. Er trat an die Scheibe und versuchte, durch den grauen Vorhang in das Wohnzimmer zu blicken, glaubte, dort eine Bewegung wahrzunehmen. Nur eine leichte Regung der Gardine. Vielleicht ein Luftzug. Hatte Ivar vielleicht vorne die Eingangstür aufgemacht?

Es lief ihm kalt den Rücken runter, und während er begann mit festen Schlägen der Faust gegen den Türrahmen zu hämmern, hoffte er inständig, dass der Mann nicht auf Mats losgegangen war.

„Ivar, komm raus! Wir wollen mit dir reden", schrie er.

Wieder vollkommene Stille.

Er schluckte, seine Kehle war trocken. Er wischte sich über die Stirn, auf der einige Schweißtropfen standen. Das Bellen des Nachbarhundes ließ ihn erneut erschrocken herumfahren – dann plötzlich etwas Hartes an seinem Hinterkopf. Es knirschte in seinen Ohren und in seinem Kopf explodierte der Schmerz. Ihm wurde schwarz vor Augen. Das Keuchen, das er noch hörte, musste sein eigenes sein. Er spürte seine Knie nachgeben und er ging zu Boden.

***

Langsam öffnete er die Augen. Er ächzte, und es dauerte einen Augenblick, bis er verstand, was vorgefallen war. Ivar musste ihm den Metallrahmen der Terrassentür gegen den Hinterkopf gerammt haben, als er sich nach dem Hundegebell umgedreht hatte.

Er fuhr sich mit der Hand durch das Haar und spürte eine warme Flüssigkeit. Er blutete. Karl raffte sich auf, sah sich hektisch um, wobei jede Bewegung den dumpfen Schmerz zu verstärken schienen.

Da! Hinter dem Zaun, da war er.

„Mats! Mats! Er ist hier hinten!", schrie er schließlich aus vollem Hals und sprang von der Veranda in den Schnee, stürzte die wenigen Meter auf den Zaun zu.

Sein Partner musste ihn gehört haben, denn er hatte bereits die Verfolgung aufgenommen.

Karl musste zugeben, dass es ihn beeindruckte, wie der schwedische Polizist dem norwegischen Gauner wie ein Irrsinniger hinterher sprintete, das blonde Haar um seinen Kopf wehend. Ein Schmunzeln stahl sich auf seine Lippen. Da würde er sicher nicht mithalten können. Er fühlte sich von dem Schlag noch immer etwas benommen.

„Ich hol den Wagen!", schrie er seinem Partner darum hinterher. Aber Mats war längst um eine Straßenecke verschwunden. Der Kommissar hielt sich den Hinterkopf und stieß ein paar leise Kraftausdrücke aus, während er zum Auto eilte.

Schon kurz darauf schoss er den Hessengveien entlang. Doch nachdem er die Kurve passiert hatte, konnte er weder Mats noch den flüchtigen Mann irgendwo ausmachen. Er bremste, biss sich nervös auf die Lippe, nahm das Funkgerät von der Mittelkonsole. „Hier Karl, Wagen 7. Over."

Es rauschte in den Lautsprechern, dann ein Knacken. „Hier Zentrale, wir hören, Wagen 7. Over."

Karl rollte über eine Kreuzung, tippte mit dem Zeigefinger auf das Lenkrad. „Wir brauchen Unterstützung in den Hessengveien. Ivar Nielsen, zu Fuß auf der Flucht. Trägt eine graue Jogginghose und eine schwarze Jacke. Over."

„Alles klar, Wagen 7. Ich gebe das an alle verfügbaren Einheiten durch. Over."

Karl war schon im Begriff, das Funkgerät wieder in die Halterung zu klemmen, da fiel ihm etwas ein. „Noch was, Zentrale. Schickt einen Krankenwagen. Wagen 7 over and out."

Sein Mund verzog sich zu einem Grinsen, als er das Gaspedal durchtrat.

***

Der Kommissar fuhr eilig bis ans Ende des Hessengveien. Er begann allmählich, sich Sorgen zu machen. Was, wenn sein Partner Ivar eingeholt und dieser ihn niedergeschlagen hatte? Mats hätte sicher keine Chance gehabt. Und er war den ganzen Morgen unfreundlich zu ihm gewesen.

In diesem Moment rollte er um eine lang gezogene Kurve, die ihn letztlich wieder auf die E6 führen würde. Es war unmöglich, dass die beiden so weit gerannt waren; wahrscheinlich war Ivar auf einem der Spazierwege in die Wildnis geflüchtet.

Karl stöhnte und ließ sich seufzend im Sitz zurücksinken. Während er in Gedanken bereits die Fahndung durchspielte, nahm er eine Bewegung im Rückspiegel wahr. Er bremste abrupt ab, drehte sich um und sah gerade noch einen Mann, der aus einem Garten geschossen kam. Nielsen. Ihm folgte eine weitere Person, die sich gerade anschickte, über den Gartenzaun zu klettern. Mats.

Karl lächelte. Sein Partner war offenbar ein Bullterrier. Nicht so leicht abzuschütteln, wenn er sich erst einmal festgebissen hatte.

Er drehte den Wagen und schoss hinter den beiden Männern her. Nach wenigen Augenblicken hatte er zu Mats aufgeschlossen. Er warf nur einen kurzen Blick auf den jungen Polizisten; sein Kopf war knallrot, sein blondes Haar vom Schweiß zu dünnen Strähnen zusammengeklebt.

Dann konzentrierte Karl sich wieder auf Nielsen und trat erneut aufs Gaspedal. Auf einmal kreuzte Nielsen die Fahrbahn auf die linke Seite. Dort lag eine Autowerkstatt. Auf dem Schild stand in gelber Schrift *Mekonomen* geschrieben. Zwischen der Halle und einem Maschendrahtzaun, der das Gelände zum Nachbargrundstück hin abgrenzte, war ein schmaler Durchgang. Nielsen schien begriffen zu haben, dass Karl ihm mit dem Auto nicht dorthin würde folgen können. Als er sich erneut umsah zierte ein hämisches Grinsen das breite Gesicht.

Oh nein, mein Freund.

Karl drückte das Gaspedal vollends durch und der Wagen tat einen Satz nach vorne, an dem flüchtenden Mann vorbei, bis Karl dessen verwundertes Gesicht nun im Seitenspiegel sehen konnte. Dann bremste er und riss das Lenkrad scharf nach links.

Der Wagen schlitterte direkt in Nielsens Laufweg. Der versuchte zwar noch auszuweichen, aber es war zu spät. Mit voller Wucht prallte er gegen den Kotflügel des Polizeiwagens, knickte mit den Knien ein, schlug mit dem Gesicht auf die Motorhaube und vollführte unfreiwillig einen Salto. Alles geschah wie in Zeitlupe und Karl konnte in Nielsens weit aufgerissene Augen blicken, als er an ihm vorbeiflog.

Dann stürzte er auf der Beifahrerseite auf den Parkplatz vor der Autowerkstatt und blieb reglos liegen.

Karl stellte den Motor ab. Er blickte in den Rückspiegel, sah seinen Partner, der wenige Meter hinter dem

Wagen angelaufen kam und sich dann auf Ivar stürzte, um ihn an einer weiteren Flucht zu hindern. Der Kommissar kratzte sich im Nacken, löste den Sicherheitsgurt und stieg aus. Er umrundete den Wagen und trat zu Mats, der auf Nielsens Rücken kniete. Er hatte dem Mann bereits Handschellen angelegt.

Nielsens Gesicht war blutverschmierte und die Nase stand in einem unnatürlichen Winkel ab. Er spuckte eine rötliche Flüssigkeit aus und fluchte laut.

Karl klopfte seinem Partner auf die Schulter. „Du kannst vielleicht rennen.“

Mats, noch immer außer Atem, grinste zufrieden.

„Geht es dir gut?“, wandte Karl sich dann an den am Boden liegenden Mann, allerdings ohne wirklich viel Sorge zu empfinden.

Nielsen sah ihn aus großen wütenden Augen an.

„Du hast mich überfahren, du Bullenschwein!“, schrie er. „Ich werde dich anzeigen!“

Karl ging neben Nielsen in die Knie. „Ich befürchte, du hast dir die Nase gebrochen. Das solltest du mal einen Arzt ansehen lassen.“ Er sah den Mann mit gespielter Besorgnis an, stand dann auf. In der Ferne konnte er eine Sirene hören. „Da kommt dein Krankenwagen.“ Dann drehte er Nielsen den Rücken zu. „Ich würde sagen, dass wir jetzt quitt sind.“

***

„Mats, könnte ich bitte mit dir sprechen? Allein?“ Aino öffnete die Beifahrertür.

Der Schwede sah prüfend zu seinem Kollegen auf dem Fahrersitz und stieg dann aus. Karl blickte den beiden nachdenklich hinterher. Ivar befand sich inzwischen auf dem Weg ins Krankenhaus. Die Sanitäter hatten außer dem Nasenbeinbruch und ein paar blauen Flecken keine schwereren Verletzungen festgestellt. Er atmete tief durch und steckte sich ein Snus in den Mund. Dann stieg er ebenfalls aus.

Aino und Mats standen an der Stelle, an der Ivar auf dem Asphalt gelegen hatte. Mats zeigte gerade auf einen Weg, der auf der anderen Straßenseite aus dem Wohnviertel führte, dann auf den Passat und schließlich auf den Boden, wo noch immer ein roter Blutfleck zu erkennen war.

„… und dann kam er dort herausgeschossen. Karl hätte ihn gar nicht sehen können", erklärte er gerade.

Der Kommissar trat näher an die beiden heran. Er spürte Ainos argwöhnischen Blick auf sich, der sich dann wieder auf den Schweden richtete.

Mats fuhr mit seiner Erklärung fort: „Er ist direkt vor das Auto gelaufen. Karl hatte keine Möglichkeit, auszuweichen oder zu bremsen."

Der Kommissar nickte zur Bestätigung und steckte seine Hände in die Hosentaschen, um sie vor dem kalten Wind zu schützen. Er musterte die Abteilungsleiterin. Aino schien die erhaltenen Informationen zu durchdenken.

„Danke, Mats", sagte sie endlich und drehte sich zu Karl. „In Ordnung. Das ergibt Sinn."

Sie trat auf ihn zu und legte ihm die Hand auf den Arm. „Die gebrochene Nase hat er sich selbst zuzuschreiben."

Mit diesen Worten nickte sie den beiden Männern noch ein letztes Mal zu und ging dann zu ihrem Auto. Es wurde langsam dunkel und das Blaulicht, das sie auf dem Dach angebracht hatte, erleuchtete die Häuser und die Autowerkstatt. Aino stieg ein und ließ das Fenster herunter. „Wir sehen uns auf dem Revier."

Als sie davonfuhr, blickte Karl seiner Vorgesetzten nach, die langsam den Weg zur E6 hinauf rollte. Er verzog den Mund und sah verlegen auf den Boden. Dann schaute er seinem Partner ins Gesicht, das von verschwitzten Haaren, die zu kleinen Eiszapfen gefroren waren, eingerahmt war. „Danke."

Mats schüttelte leicht den Kopf, entblößte dabei seine weißen Zähne. „Kein Problem, Karl. Ich habe Aino nur erzählt, woran ich mich erinnert habe. Es ging alles so schnell." Er zwinkerte ihm zu und öffnete die Fahrertür. „Ich schlage vor, dass erst mal ich fahre. Zumindest so lange, bis sich der Staub gelegt hat."

Karl nickte und strich sich mit der Hand durch den Bart, sah in den Himmel über den schneebedeckten Hügeln, wo langsam eine dünne Mondsichel aufging. Erschöpft ließ er sich in den Beifahrersitz fallen und sah den Kollegen hinter dem Steuer erwartungsvoll an. „Dann fahr mich mal aufs Revier. Ich gebe dir einen Kaffee aus."

Mats legte seinen Kopf schief. „Ist der Kaffee bei uns nicht umsonst?"

KAPITEL 5

„Er hat den Mann absichtlich überfahren?", fragte Silja und legte die Stirn in Falten. „Das ist ja schrecklich. Dürft ihr so was?" Die junge Frau sah ihren Freund mit großen Augen an.

Mats lachte, lehnte sich in dem Sofa zurück und trank einen Schluck Rotwein. „Na ja, er hat ihn angefahren, nicht überfahren. Der Typ hat sich der Festnahme widersetzt. Vergiss nicht, dass er Karl niedergeschlagen hat und geflüchtet ist." Dann lehnte er sich zu Silja und gab ihr einen Kuss, nahm die Fernbedienung und scrollte durch die Senderliste, bis er bei SVT1, dem schwedischen Fernsehsender, angekommen war. „Du willst doch auch nicht, dass solche Gestalten frei in Hesseng rumrennen, oder? Karl musste ihn aufhalten, sonst wäre er uns entwischt."

Silja schüttelte zögerlich den Kopf. „Natürlich nicht. Aber trotzdem finde ich nicht, dass die Polizei Kriminelle einfach überfahren sollte. Das grenzt ja an Selbstjustiz."

„Vielleicht habe ich etwas übertrieben. Karl ist auf jeden Fall ein guter Polizist." Mats bewegte den Kopf nachdenklich hin und her. „Gut, er hat seine Probleme, das ist eindeutig. Aber wer hat die nicht? Er ist jetzt viel freundlicher zu mir."

Siljas Augenbrauen hoben sich kaum merklich an.

„Was hat sich denn nach dem Vorfall geändert?", fragte sie.

„Na ja, ich glaube, ich habe ihn vor Schwierigkeiten bewahrt. Man könnte wohl sagen, dass ich Karl gedeckt habe. So was macht man unter Kollegen."

Silja stand ruckartig auf. „Mats, also wirklich! An deinem zweiten Tag fängst du schon an, deine Chefin anzulügen?"

„Ich habe sie nicht angelogen. Ich habe ihr nur nicht die ganze Wahrheit erzählt." Er kratzte sich am Kopf. Die Wendung, die das Gespräch genommen hatte, war ihm unangenehm. „Weißt du, was lustig ist? Karl erinnert mich vom Aussehen her an Håkan Hellström, nur jünger", sagte er mit einem schiefen Grinsen.

„Hellström? Du meinst den Sänger aus Göteborg?"
Mats nickte vergnügt.

Silja setzte sich wieder auf das Sofa und musterte ihn für einen Augenblick, strich ihm schließlich durch die Haare. „Du willst es immer allen recht machen, Mats. Du bist ein viel zu netter Mensch. Wie ist sie eigentlich, deine Chefin, diese Aino?"

„Ich mag sie. Die Hierarchien hier in Norwegen sind ganz anders als bei uns in Schweden. Viel flacher."

Mats erhob sich und ging in die angrenzende Küche, um ihnen Wein nachzuschenken.

Silja sah ihm nachdenklich hinterher. „Du sagtest, dieser Karl, er hätte Probleme? Was meinst du damit?", rief sie ihm nach.

Mats sah sich über die Schulter zu ihr um, während er die Gläser befüllte. „Ich glaube, er macht eine schwere Zeit durch. Ein Todesfall in der Familie oder so, dazu eine Trennung. Er wurde komisch, als ich ihn auf seine Frau angesprochen habe. Und er hatte heute Morgen eine Fahne – kann man ja verstehen bei so viel Pech auf einmal."

„Sei bloß vorsichtig, Mats. Solche Leute rutschen immer weiter ab. Nicht, dass er dich mitzieht."

Mats lachte laut auf. „Keine Angst." Er nahm wieder Platz und reichte ihr das volle Glas. „Es wird alles gut werden, glaub mir", sagte er dann und prostete ihr zu. „Und jetzt erzähl du mal von deinem ersten Tag im Kindergarten."

KAPITEL 6

Das Mobiltelefon auf dem Nachttisch vibrierte.

Karl stöhnte, tastete schlaftrunken mit der Hand nach dem altmodischen Gerät. Er stützte sich auf die Ellbogen, rieb sich die Augen und sah irritiert auf das grünliche Display.

Er streckte sich und gähnte, warf einen raschen Blick auf den viereckigen Radiowecker, der in trübem Dunkelrot 1:05 Uhr anzeigte. Dann nahm er ab.

„Aino. Guten Morgen", sagte er heiser. „Oder sagt man jetzt noch guten Abend?"

„Es tut mir leid, dich aufzuwecken", antwortete seine Vorgesetzte. Sie klang ebenfalls noch verschlafen.

Der Kommissar setzte sich auf die Bettkante und fuhr sich mit der Hand durch die braunen, lockigen Haare, die in alle Himmelsrichtungen abstanden. Er blickte auf die andere Bettseite, die Seite, auf der Kari geschlafen hatte. Dort lagen noch immer ihr Kissen und eine zweite Bettdecke.

„Was gibt's denn?", fragte er schließlich.

„Ich weiß es nicht so genau", antwortete sie zögerlich. „Es ist eine merkwürdige Angelegenheit. Die Kollegen der Flugbereitschaft hier in Kirkenes haben eine Anfrage der Küstenwache in Tromsø erhalten. Sie sollen einen Einsatz nach Bjørnøya fliegen. Es gab dort einen

Notfall, schon am Montagabend. In der Wetterstation Herwighamna. Schon mal davon gehört? Soweit ich das verstanden habe, sind auf der Insel nur vier Wissenschaftler stationiert." Sie legte eine Pause ein und Karl nahm an, dass sie ebenfalls gähnte. „Jedenfalls würde die Flugbereitschaft gerne ein paar Polizisten mitnehmen. Sie haben ja keine polizeilichen Befugnisse. Wir wissen nicht, worum es geht, aber angeblich wurden die Forscher angegriffen. Weiß Gott, was das bedeutet. Wahrscheinlich Eisbären. Sie haben jedenfalls um Hilfe gebeten, warten schon seit über vierundzwanzig Stunden darauf, dass jemand hin fliegt."

„Bjørnøya? Das liegt bei Spitzbergen, oder?", fragte Karl. Er war aufgestanden, stand nun nur mit seiner Unterhose bekleidet am Fenster und sah hinaus auf den Hafen der Stadt.

„Ja, genau. So ziemlich auf halbem Weg nach Spitzbergen. Ein paar hundert Kilometer Luftlinie vor der Küste."

Karl kniff die Augen zusammen, während er mit dem Zeigefinger die Silhouette eines Autos auf die beschlagene Fensterscheibe malte. „Sollen wir eine Herde Eisbären für sie erschießen?"

„Ich glaube nicht, dass Eisbären in Rudeln jagen."

Er kratzte sich am Hinterteil und dachte nach. Er hatte von der Insel gehört; eigentlich war es nur ein vereister Felsklotz im Nordmeer, ein Naturreservat, auf dem neben den Forschern viele Polarbären lebten. Zumindest im Winter, wenn die Tiere auf Eisschollen an die Küste des Eilandes trieben und dort nach Nahrung suchten. Daher wohl der Name. Bäreninsel.

„Und wieso wir? Ist die Polizei von Spitzbergen nicht für die Insel zuständig?“, fragte er zögerlich.

„Nun, das habe ich auch gefragt“, antwortete Aino. „Aber die Kollegen dort haben keinen einsatzfähigen Helikopter. Außerdem sind sie nur zu dritt.“

Durchs Fenster beobachtete Karl die Lichter der Stadt unten am Fjord. Alles lag unter einer dicken Schneedecke und er verspürte Lust, sich ebenfalls wieder in seine Bettdecke einzuwickeln.

„Und wieso fliegt die Küstenwache in Tromsø nicht selbst, um nachzusehen?“, fragte er.

Aino seufzte in den Hörer. „Karl, ich habe keine Zeit, das jetzt zu diskutieren. Die Jungs in Tromsø können wegen eines Sturmtiefs über der Westküste nicht starten. Alles ist vereist, dazu stürmt es. Sie haben es in der letzten Nacht und heute den ganzen Tag über versucht. Es geht nicht. Kirkenes scheint der einzige Flugplatz hier oben zu sein, von dem heute Nacht etwas abheben könnte. Ich wollte dich und Mats schicken. Also, bist du interessiert, oder möchtest du weiterschlafen? Dann rufe ich jemand anderen an. Deine Entscheidung.“

„Kann ich wirklich nein sagen?“

„Natürlich, Norwegen ist ein freies Land.“

Karl war der genervte Unterton in der Stimme seiner Vorgesetzten nicht entgangen. Er konnte sich ausrechnen, dass der Tag auf dem Präsidium nicht sonderlich entspannt werden würde, wenn er ihre Bitte jetzt ablehnte.

„Karl, bist du noch da?“

„Ja, entschuldige, Aino. Ich bin nur etwas verschlafen.“ Er sah ein letztes Mal durch das Fenster auf die vereiste Stadt. „In Ordnung, ich ziehe mich an. Wo soll ich hinkommen?“

„Mats holt dich in zehn Minuten ab“, sagte Aino erleichtert.

„In zehn Minuten? Ist er schon unterwegs, oder was? Woher wusstest du denn, dass ich ja sagen würde?“

„Wusste ich nicht. Aber Mats war sich sicher. Er hat sich gleich ins Auto gesetzt.“

Karl verdrehte die Augen, fing aber schon an, ein paar Kleidungsstücke zusammenzusammeln, die ordentlich auf einem Stuhl neben der Tür lagen.

„Nimm warme Sachen mit. Es ist schweinekalt da oben.“

„Ja, Mama.“

Ein verhaltenes Lachen erklang durch die Leitung. „Am Flughafen wartet ein *Sea King*. Wie gesagt, wir wissen nicht, was auf der Insel los ist. Aber es ist besser, auf der Hut zu sein. Wenn alles glatt läuft, seid ihr heute Nachmittag wieder hier.“

Karl zog eine lange Wollunterhose aus dem Schrank. „Ich gehe davon aus, dass wir die Reise als Überstunden abrechnen können?“

Aino lachte erneut. „Gute Reise. Und pass auf Mats auf, ja? Meldet euch, sobald ihr mehr wisst.“

Es klickte in der Leitung, sie hatte aufgelegt.

Karl zog sich an und stieg letzten Endes die knarrende Holztreppe nach unten.

Im Halbdunkel des Wohnzimmers fiel ihm ein schwarzer Schatten auf dem Sofa auf. Hatte er Nossan gestern Abend nicht nach draußen gelassen, bevor er sich schlafen gelegt hatte? Er hatte es wohl vergessen und Flora, seine alte Nachbarin, schien das Tier nicht sonderlich zu vermissen oder ihr war mal wieder entfallen, dass sie eine Katze hatte.

Als er kurz darauf auf die Straße vor dem Haus trat, atmete er die frische Luft tief ein. Es war schön draußen; kalt, aber sternenklar, fast windstill. Sein Atem hinterließ eine Dunstwolke, die nur langsam vom lauen Wind fortgetragen wurde. Bisher war das kein Sturm, dachte er, auf jeden Fall nicht hier im Inland. Aber das konnte im Nordwesten, auf dem Meer, ganz anders aussehen.

Karl zog sich die Wollmütze tiefer ins Gesicht, steckte sich ein Snus in den Mund und blickte schwermütig zu seinem Haus hinüber. Er konnte Nossan im Schein der Lampe auf der Veranda sehen, wie er über das Schälchen gebückt fraß.

***

Wenig später ließ der Kommissar sich auf den Beifahrersitz fallen und blickte in Mats gutgelauntes Gesicht.

„Guten Morgen! Hast du gut geschlafen?"

Karl sah ihn irritiert an. „Gut geschlafen? Ich hatte mich gerade erst hingelegt."

Mats lachte, legte einen Gang ein und fuhr vorsichtig auf der vereisten Fahrbahn an.

„Bist du schon mal mit einem *Sea King* geflogen?", fragte er.

Karl schüttelte den Kopf.

„Nein? Ich schon, damals, bei der schwedischen Marine. Eine tolle Maschine."

Karls Blick fiel auf die Rückbank. Ein metallener Gegenstand hatte das Licht einer Straßenlaterne reflektiert und seine Aufmerksamkeit erregt. Er schnallte sich ab, drehte sich umständlich um und zog ein Gewehr unter der Jacke seines Partners hervor. „Was ist das denn?“

„Das ist ein Remington 673.“

Karl nahm die Waffe auf den Schoß und strich über die helle Holzverkleidung des Jagdgewehrs.

„Aino meinte, dass es auf der Insel Eisbären gibt“, erklärte der Schwede.

Karl wollte lachen, doch dann dämmerte es ihm, dass Mats recht hatte. Er fühlte sich nun, nur mit seiner Heckler & Koch P30 bewaffnet, seltsam nackt. Er räusperte sich. „Und mit dem Gewehr kannst du Eisbären erschießen?“

„Ja, davon gehe ich aus. Weißt du, ein Elch wiegt fast achthundert Kilogramm. Ich weiß nicht, was so ein Eisbär auf die Waage bringt. Aber bestimmt nicht mehr als die Hälfte. Außerdem ist es ja nur zur Abschreckung.“

Kurz darauf parkte Mats den Dienstwagen auch schon vor der Station der Flugbereitschaft der norwegischen Luftwaffe am Flughafen Kirkenes.

KAPITEL 7

Karl hatte schon häufiger mit der Flugbereitschaft zu tun gehabt. Die Einheit war für Search-and-Rescue-Einsätze in der Region zuständig und manchmal koordinierten sie Suchaktionen mit der Polizei. Er hatte es bisher jedoch vermeiden können, selbst in so einem Ding mitzufliegen.

Auf dem Rollfeld war der Lärm geradezu markerschütternd. Karl legte seine Hände auf die Ohren und bereute dies sofort, als ihm Staub und feiner Schnee in die Augen flogen. Der bullige *Sea King* glich einem Kleinbus. Er war größer als ein gewöhnlicher Helikopter. Das war gut. Der Rumpf war weiß lackiert. Nur die Heckpartie und die Schnauze um das Cockpit leuchteten neonorange. Auf der Seite prangten die Buchstaben SAR.

Karl steuerte auf die Tür zu, die mittig zwischen zwei Bullaugen positioniert war. Der Luftzug, den die Rotorblätter erzeugten, glich einem mittelstarken Sturm.

Schön, wir fliegen ja auch in einen Orkan, dachte Karl bei sich und kämpfte gegen den aufkommenden Brechreiz an.

Ein Kollege der Bodencrew wies dem Kommissar einen Platz direkt am Fenster zu und gab ihm einen Helm mit integriertem Mikrofon. Nachdem auch Mats eingestiegen war und leicht versetzt, auf der anderen Seite der Kabine hinter ihm Platz genommen hatte, schloss sich endlich die Tür. Zu Karls Überraschung wurde es zwar etwas wärmer, der Lärm blieb jedoch weitestgehend unverändert.

Stöhnend ergab er sich seinem Schicksal; er mochte es nicht zu fliegen. In engen Sitzen, eingepfercht zwischen anderen Passagieren, spürte er jedes Mal seine Platzangst, die ihn schon sein ganzes Leben lang begleitete. Er hasste diesen totalen Kontrollverlust. Die kleinen Propellermaschinen von Widerøe, die sie in Norwegen auf den Kurzstrecken einsetzten, waren die schlimmsten. Bisher hatte er nicht das Gefühl, dass das Helikopterfliegen ihm mehr zusagen könnte.

Er nahm einen tiefen Atemzug, versuchte sich zu beruhigen. Dann drehte er sich zur Seite und blickte in das strahlende Gesicht seines Partners. Mats Gesichtsausdruck ähnelte dem eines Kindes am Weihnachtsabend. Er hielt dem Kommissar nicht einen, sondern zwei nach oben gereckte Daumen entgegen.

Ohne die Geste zu erwidern, drehte Karl sich wieder um. *Wenigstens einer von uns hat heute Nacht Spaß,* dachte er bei sich.

Der Pilot steckte seinen Kopf durch den engen Durchgang zwischen Cockpit und Passagierraum. Er grüßte die Polizisten mit einer Mischung aus militärischem Gruß und Winken. Karl konnte den Namen Eilertsen auf seinem Namensschild an der Brust lesen. Der Soldat lächelte, zeigte dabei eine breite Zahnlücke und wirkte außerordentlich jung dafür, dass er bereits Pilot war.

Eilertsen sagte etwas. Da Karl seinen Helm noch nicht angelegt hatte, konnte er durch Lärm aber kein Wort verstehen. Dann war der Kopf des Offiziers auch schon wieder verschwunden. Einen Augenblick später kreischten die Triebwerke noch ein paar Dezibel lauter. Karl setzte endlich den Helm auf und der Geräuschpegel wurde sofort um einiges angenehmer. Trotzdem spürte er das gewaltige Dröhnen noch am ganzen Körper, ebenso eine Veränderung des Luftdruckes, als der schwere Helikopter langsam abhob.

Er blickte aus dem Fenster. Während sie schnell an Höhe gewannen, wurden das Gebäude der Flugbereitschaft und ihr Dienstwagen, der davor parkte, immer kleiner. Bald ähnelte die Szenerie unter ihnen einer Miniaturausgabe der wirklichen Welt, ähnlich der Märklin-Modelleisenbahn, die Karl als Junge im Keller aufgebaut hatte.

Der Pilot änderte die Stellung der Rotorblätter. Das Heck hob sich, die Armlehne vibrierte und sie schwebten träge vorwärts. Dann wurde der Flug etwas gemächlicher. Der Kommissar schnaufte einen Schwall kalter Luft aus und sah sich in der Kabine um. Ein Fähnrich saß mit den beiden Polizisten hinten. Er unterhielt sich über den Bordfunk angeregt mit Mats. Karl musste schmunzeln. Sie waren keine zehn Minuten in der Luft und sein Partner war bereits dabei, dem jungen Soldaten von seiner Zeit bei der schwedischen Marine zu erzählen.

Er lehnte den Kopf an das kalte Glas und schloss die Augen, hörte gedankenverloren dabei zu, wie der Fähnrich namens Pål erklärte, dass er eine Ausbildung zum

Sanitäter gemacht hatte. Das war gut, denn Karls Magen hatte angefangen zu rumoren und es bestand durchaus die Möglichkeit, dass er die Dienste des jungen Mannes in Anspruch würde nehmen müssen. Er kniff die Augen zusammen, dann öffnete er sie wieder und sah aus dem Fenster auf eine undurchsichtige weiße Wand, auf die sie unaufhörlich zurasten. Ihm war kalt und er zog seinen Daunenparka um den Hals fester zusammen. Beim Gedanken an die Bäreninsel fröstelte ihm. Er schloss erneut die Augen, versuchte etwas zu schlafen.

Als er aufschreckte, spürte er ein Knie im Rücken, das gegen seinen Sitz gestoßen war. Irritiert fuhr er herum und blickte in das Gesicht seines blonden Partners. Mats sah ihn voller Begeisterung an und reichte ihm eine Dose Cola. Karl war sich fast sicher, dass sein Kollege ihn absichtlich geweckt hatte. Er schüttelte abwehrend den Kopf. Cola war das Letzte, was sein Magen jetzt brauchte.

„Wie lange dauert der Flug eigentlich?", fragte Mats gerade über Funk.

Eilertsen antwortete: „Ich denke, dass wir etwas über zwei Stunden bis Bjørnøya brauchen werden. Falls der Sturm nicht zu wild wird. Apropos, wir erreichen nun das offene Meer, es könnte also etwas holprig werden. Der Wind hat aufgefrischt."

Karl konnte nicht erkennen, ob das Dunkel unter ihm der Ozean oder das Festland war, und ehrlich gesagt war es ihm egal. Er schüttelte müde den Kopf und schloss erneut die Augen. Über den Bordfunk hörte er Mats weiter mit der Crew sprechen.

Als eine Windböe den Helikopter erfasste, wurde er so heftig zur Seite gerissen, dass Karl sich den Kopf an der Fensterscheibe anschlug. Er fluchte und sein Herz raste. An Schlaf war nun nicht mehr zu denken. Stattdessen versuchte er, sich auf einen fixen Punkt in der Kabine zu konzentrieren. Vor ihm an der Wand waren auf Englisch einige Sicherheitshinweise angebracht. Das musste als Lektüre genügen.

Wieder war der Pilot über den Funk zu hören: „Wir erreichen die ersten Ausläufer des Tiefs. Aber keine Sorge, das ist nichts, womit der *Sea King* nicht fertig wird.“

Karl schlug ein schiefes Kreuz auf seiner Brust. Er war zwar nicht gläubig, aber schaden würde es sicherlich nicht. Mats hatte indes in aller Ruhe eine Karte der Bäreninsel auf seinem Schoß ausgebreitet.

Erneut schwenkte der Helikopter ruckartig ein paar Meter zur Seite, stürzte dann in ein Luftloch.

Karl hielt sich krampfhaft an der Armlehne fest. Wie es wohl wäre, zu dieser Jahreszeit in die stürmische Barentssee zu stürzen? Er kniff die Augen zu, musste seine gesamte Konzentration darauf verwenden, seinen Mageninhalt bei sich zu behalten.

Mats schienen die Turbulenzen nichts auszumachen. „Im Südosten der Insel, in der Walrossbucht, war das die Walfängersiedlung?“

Die Antwort kam aus dem Cockpit. „Ja, aber da können wir nicht runter. Die Landschaft ist einfach zu schroff. Wir können eigentlich nur bei der Wetterstation im Norden landen. Im Süden und Südosten sind die Klippen mehrere hundert Meter hoch, dort kann

man weder mit einem Schiff noch mit dem Helikopter
…“

Karl fluchte leise und schaltete das Funkgerät stumm.
Dann schloss er erneut die Augen.

Als der Kommissar abermals aus einem unruhigen
Schlaf erwachte, hatte der Sturm etwas nachgelassen
und das Mondlicht war durch die Wolken gebrochen.
Bei einem Blick aus dem Fenster konnte er die gischtbedeckten, langen Wellenkämme der Barentssee unter
ihnen erkennen. Durchaus idyllisch.

Endlich kam vor dem dunklen Horizont eine Insel in
sein Blickfeld, die langsam immer größere Teile des
Bullauges ausfüllte. Wie eine eisbedeckte Festung ragte
die steile Südküste aus der finsteren See. Im Osten sah
Karl im dämmrigen Licht des Mondes einige Berggipfel.

Er drehte sich zu Mats und fragte, ob das ihr Ziel sei,
doch sein Kollege konnte ihn nicht hören. Er tippte auf
sein Ohr, und Karl verstand. Er musste das Funkgerät
in seinem Helm wieder einschalten.

„Ist das Bjørnøya?“, fragte er nun erneut.

„Ja“, sagte der Pilot. „Das ist die Bäreninsel. Da unten,
zu unserer Rechten, liegt die Walrossbucht.“

Karl starrte gebannt auf die felsige Küste, gegen die
unermüdlich große Brecher krachten. Der Anblick war
gewaltig. Die schroffe Insel, die im Mondlicht dalag
und fortwährend den Naturgewalten des Polarmeeres
ausgesetzt war.

Als der Helikopter die Küstenlinie fast erreicht hatte,
zeichneten sich die grauen Umrisse einiger schneebe-
deckter Gebäude ab, die über einer schmalen Bucht lagen. Etwas weiter oben am Hang stieg das Terrain jäh

an. Die ehemalige Walfängersiedlung war nur über einen gewundenen, steilen Pass zu erreichen.

Mit einem Mal bemerkte Karl etwas im Augenwinkel, das seine Aufmerksamkeit zurück zu der Siedlung am Wasser lenkte. Hatte er ein Licht aufflackern gesehen? Er versuchte sich zu konzentrieren. Das war eindeutig ein Lichtschein, der zwischen den halbverfallenen Mauern der Gebäude tanzte. Er drehte sich um und zog an der Jacke seines Partners. „Mats! Guck, da ist ein Licht."

Der Kollege sah ihn ungläubig an. Dann stand er auf und blickte ebenfalls durch das Bullauge. „Wo denn?"

Karl fixierte angespannt die Ruinen der Walfängersiedlung, die sie nun nahezu überflogen hatten. Er konnte den Schimmer selbst nicht mehr sehen. „Es war eben noch da. Ich bin mir ganz sicher, dass dort ein Licht war."

Mats setzte sich wieder. „Vielleicht hat der Schnee das Mondlicht reflektiert?"

Nach fünf weiteren Flugminuten hatten sie das Eiland auf der Westseite passiert. Die flache, schneebedeckte Ebene unter ihnen bildete das nördliche Ende der Insel. Etwas erhöht konnte Karl ein paar Gebäude ausmachen. Es musste sich um Herwighamna, die Wetterstation, handeln. Die Station lag nicht weit von einer kleinen Bucht mit Anlegestelle entfernt. Vegetation hatte er bei dem Überflug durch den Schnee keine gesehen. Die Insel schien völlig ohne Bäume und sogar Büsche dazuliegen.

Der Lärm der Turbine änderte sich und sie schwebten jetzt fast still in der Luft über der Station.

„So, wir gehen runter", sagte Eilersten über den Bordfunk.

Das wabernde Dröhnen wurde wieder lauter und Karl roch verbranntes, heißes Öl. Sie kamen dem Erdboden schnell näher. Der metallene Vogel sank fast senkrecht nach unten auf ein überdimensioniertes H zu, das mit roter Farbe auf den Platz neben der Fahrzeughalle aufgemalt worden war, schaukelte nur hin und wieder leicht zur Seite, wenn eine Windböe die breite Flanke traf. Der Aufwind, den der Hubschrauber erzeugte, blies den Schnee fort und legte den betonierten Landeplatz frei.

Der Kommissar atmete tief durch und starrte aus dem Bullauge. Er konnte kein Anzeichen von irgendwelchem Leben – Mensch oder Tier – ausmachen.

Der Pilot sagte etwas zu seiner Crew, das Karl nicht verstehen konnte.

Mit einer leichten Erschütterung setzte der *Sea King* auf der Bäreninsel auf.

KAPITEL 8

Das Erste, was Karl von Bjørnøya wahrnahm, war eine Wand aus eisiger Luft, die sich vor der Türöffnung ausbreitete. Die Kälte drang augenblicklich in die Kabine ein und legte sich wie eine Maske aus Eis über die ungeschützte Haut seines Gesichtes.

Er zog den Reißverschluss seiner Jacke bis ans Kinn und stieg schließlich aus. Mats sprang hinter ihm aus dem Einstieg und lief sofort zum Heck des Hubschraubers, um dem Fähnrich zu helfen, der die Räder mit einem Holzklotz sicherte. Genau wie der Soldat hatte er sich das Gewehr an seinem Gurt über die Schulter gelegt. Nur die Schulterstütze aus Eschenholz war vor seiner dunklen Jacke zu sehen, als er in das schummrige Halbdunkel verschwand. Ohne den Mond wäre es stockfinster gewesen.

Der Pilot hatte die Turbine heruntergefahren und das Kreischen der Rotorblätter in der frostklirrenden Luft ließ nach. Schließlich wurde es vom Pfeifen des Windes abgelöst, der von Norden her auf die flache Küste traf.

Karl versuchte vergebens, sich ein Snus aus der Box zu nehmen. Er seufzte und musste letztlich den Handschuh ausziehen, um den kleinen Tabakbeutel greifen zu können. Der Nikotinschub und die frische Luft hatten ihn endgültig wach gemacht.

Der Kommissar ging ein paar Meter, um im Windschatten eines kleinen Schuppens Schutz zu suchen. Die Baracke lag leicht erhöht neben dem Landeplatz und Karl vermutete, dass es sich um das Treibstofflager handelte, da an der Tür eine Feuerwarnung prangte.

Er rieb sich die behandschuhten Hände und sah sich um. In einem großen Hauptgebäude brannte Licht, in mehreren etwas kleineren Bauten war es völlig dunkel. Er zählte acht Schuppen oder Verschläge in verschiedenen Formen, die aus dem Schnee ragten. Auf der anderen Seite der Basis mochten noch weitere Bauwerke liegen, doch die konnte er von seinem Standpunkt aus nicht sehen. Alle Gebäude waren aus Holz gebaut und rot gestrichen. Sie waren kreisförmig um das Haupthaus errichtet worden, von dem zwei überdachte Tunnel abzweigten. Einer führte zu dem größten Bau, der andere zu der Fahrzeughalle. Karl vermutetet, dass die Gänge die Forscher vor Kälte und wilden Tieren schützen sollten.

Er ging um das Treibstofflager herum. Am anderen Ende der Basis bewegten sich zwei enorme Antennen langsam im Wind. Karl konnte noch immer keinerlei Hinweise auf die Anwesenheit der vier Forscher ausmachen und fragte sich, ob sie den ankommenden Helikopter vielleicht nicht gehört und sich deshalb noch nicht gezeigt hatten. Bei dem Lärm, den die Maschine erzeugte, schien ihm das aber eher unwahrscheinlich.

Er wandte den Blick wieder dem *Sea King* zu. Es sah aus, als ob die Piloten eine Checkliste durchgingen.

Mats kam mit dem Fähnrich im Schlepptau auf ihn zugesteuert. Zwar konnte er sein Gesicht nicht sehen, da der junge Schwede eine Skimaske übergezogen hatte, doch Karl konnte sich vorstellen, dass sein Kollege darunter breit lächelte. Für ihn musste die erste Woche bei der Polizei in Kirkenes sich wie eine Klassenfahrt anfühlen.

„Wie läuft's?", rief er seinem Partner über das Brausen des Windes zu.

„Alles gut! Die Piloten erledigen den Rest, sie kommen gleich nach. Wir sollen schon vorgehen."

Karl deutete auf das Zentrum der Basis.

„Fangen wir im Haupthaus an", sagte er, während sein Blick über eines der kleineren, einstöckigen Gebäude streifte, das neben dem zweistöckigen lag.

Mats nickte und ging voraus.

Karl drehte sich noch einmal zu Pål um, der die Nachhut bildete und die Maschinenpistole krampfhaft mit beiden Händen umfasst hielt. Der Wind hatte den Schnee zu hohen Wehen zusammengehäuft. Die drei Männer gingen im Windschatten des Wohngebäudes, wo kaum Schnee lag. Der Untergrund war felsig; Karl konnte sogar noch ein paar vertrocknete Pflanzen zwischen den Steinen erkennen.

Er blieb an der Wand stehen und warf einen Blick durch ein kleines, vergittertes Fenster. Drinnen war es stockfinster. Nervös sah er sich um. Was, wenn die Angreifer gar keine Eisbären gewesen waren? Unbewusst fasste er an seine Jacke, dorthin, wo er seine Dienstwaffe trug, und hastete dann den beiden Gestalten, die bereits um die nächste Hausecke verschwunden waren, hinterher.

Auf dem Platz vor dem Haupthaus stand eine etwa sieben Meter hohe und mit drei Drahtseilen gesicherte Metallstange. An der Spitze prangte ein Schild, darauf die Zeichnung eines Bären und die Aufschrift *Bjørnøya*. Auf den weißen Brettern, die darunter festgenagelt worden waren, waren Städtenamen zu lesen. Vermutlich hatte jeder der hier stationierten Forscher ein solches angebracht, auf dem die Entfernung zu seiner Heimatstadt stand: *Oslo 1655, New York 6270, Bremerhaven 2280* und, ganz unten, *Potsdam 2479*.

Erneut blickte Karl sich unruhig um. Doch außer dem lauter werdenden Pfeifen des Windes konnte er nichts Ungewöhnliches wahrnehmen. Allerdings war die Sicht immer schlechter geworden, das Schneegestöber hatte den Helikopter förmlich verschluckt.

Er hörte ein Poltern hinter sich und augenblicklich wirbelte er herum. Es war nur Mats, der versuchte, die Eingangstür aufzureißen, jedoch schnell aufgab und mit den Schultern zuckte. Sie musste von innen blockiert sein.

Der junge Schwede trat ein paar Schritte zurück auf den Vorplatz und blickte nach oben in die Fenster in der gläsernen Front der ersten Etage. Die mittleren waren erleuchtet.

„Hallo! Ist da jemand? Wir sind von der Polizei!", rief er hinauf.

Außer dem unergründlichen Raunen des Windes kam keine Antwort. Karl machte ein paar vorsichtige Schritte, folgte der Fassade bis zur Gebäudeecke, wo der zweite Gang von dem Platz wegführte. Da fiel ihm ein dunkles Fenster am Ende der Glasfront auf. Die Scheibe schien teilweise gebrochen zu sein, die Gardine wehte im Wind. Karl atmete tief ein. Mit jeder Minute an diesem verlassenen Ort wurde ihm mulmiger zumute. Die beiden anderen Männer standen immer noch unentschlossen vor der Tür. Er bemerkte einen Geräteschuppen, an dem eine Leiter angelehnt stand, drehte sich um und winkte seinem Partner zu.

„Da oben ist ein Fenster offen", rief er. Er zeigte auf die Leiter. „Könntest du mir mal helfen?"

Zusammen trugen die beiden Polizisten die Leiter über den Vorplatz und stellten sie an das Gebäude. Sie reichte gerade so bis an das zerbrochene Fenster. Sie sahen einander der Reihe nach an. Weder der Fähnrich noch Mats machten Anstalten, auf die Leiter zu steigen.

Karl seufzte, legte die Hand auf den kalten Stahl und stieg langsam auf die unterste Sprosse. Bedächtig kletterte er hinauf, bis er in der ersten Etage angekommen war. Dann drehte er sich um und ließ den Blick über die Basis schweifen, die er von hier gut überblicken konnte. So verharrte er einen Augenblick. Doch auch aus seiner erhöhten Position konnte er keinerlei Anzeichen von Leben erkennen.

Dann reckte er den Hals und lugte durch die Öffnung in das Gebäude. Seine Augen brauchten einen Moment, um sich an die Dunkelheit zu gewöhnen. In dem Zimmer war es dämmrig; es schien sich um eine Art Aufenthaltsraum zu handeln. Auf einem langen Tisch in der Mitte des Raumes konnte er einige Objekte ausmachen, wahrscheinlich Flaschen und Trinkgläser.

Nachdem er einen Moment gelauscht hatte, drückte er das Fenster auf. Dabei ertönte ein knirschendes Geräusch. Er zog eine Grimasse, erkannte dann aber, dass es nur eine Glasscherbe gewesen war, die zwischen dem Rahmen und dem Fenstersims klemmte. Mit dem Handschuh wischte er die restlichen Splitter vom Fensterbrett. Dann holte er tief Luft und kletterte durch die Öffnung.

Drinnen ließ er sich sofort mit dem Rücken zur Wand auf den Linoleumboden sinken. Er sah sich hastig um, horchte: Alles war ruhig, er konnte nur das Rauschen des Windes von draußen hören. Beim Aufstehen bemerkte er eine klebrige Substanz an seinen Handschuhen. Die Flüssigkeit musste aus einer schwarzen Pfütze unter dem Fenster stammen, in die er gefasst hatte, um sich abzustützen. Er roch an seiner Hand und erkannte den metallischen Geruch sofort.

Blut.

Karl zog den Handschuh hastig aus. Ein kalter Schauer kroch seinen Rücken hinunter. Er sah sich um, blickte durch das Fenster nach draußen. Noch konnte er zurück.

In seinen Ohren pochte sein Herzschlag dumpf. Zitternd fasste er unter die Jacke, ließ die Hand einen Moment auf dem kalten Metall seiner Pistole ruhen. Das gab ihm etwas Kraft. Er bewegte sich behutsam mit dem Rücken zur Wand, tastete nach einem Lichtschalter, fuhr mit der Hand am Türrahmen entlang, der den Raum vom Rest des Hauptgebäudes trennte. Endlich hatte er den Schalter gefunden. Die Halogenlampe unter der Decke summte, knackte, flackerte zwei Mal und sprang schließlich an. Karl musste die Augen zusammenkneifen. Als er sich an die Helligkeit gewöhnt hatte, glitt sein Blick über das Fenster, durch das er eingestiegen war. Es war wirklich eine Blutlache, die sich auf dem Boden unter dem Fenstersims ausgebreitet hatte. Das Blut schimmerte in dem Halogenlicht unwirklich rot wie in einem schlechten Film. In und um die Lache lagen eine Vielzahl scharfkantiger Glassplitter. Er hatte wohl Glück gehabt, dass er sich nicht geschnitten hatte.

Er rieb sich die rechte Hand, spürte die Wunde, die er sich am Wochenende in der Einfahrt zugezogen hatte, plötzlich pochen.

Auf dem Tisch stand eine Wasserflasche, dazu zwei Gläser und Teller, auf denen noch Überreste einer Mahlzeit vorzufinden waren. Eine Art Eintopf, vielleicht Tomatensuppe mit Makkaroni.

Karl trat wieder an das Fenster und bemühte sich, nicht erneut in die Blutpfütze zu treten. Unter dem Fenster standen Mats und Pål. Sie starrten gebannt auf das erleuchtete Zimmer in der Oberetage.

„Alles in Ordnung“, rief er den Männern zu und versuchte dabei, seiner Stimme einen gelassenen Tonfall zu verleihen. „Ich werde versuchen, die Tür unten aufzumachen.“

Um zu der Eingangstür im Erdgeschoss zu gelangen, musste er erst das Gebäude bis zur Treppe durchqueren. Er öffnete seine Jacke und zog die Dienstwaffe aus dem Holster. Dann ging er langsam zu der Schiebetür, die das Speisezimmer von dem Hauptraum trennte. Er trat auf eine Scherbe, die unter einem leisen Knirschen zerbrach. Langsam zog er die Tür auf, die unter einem leisen Ächzen zur Seite fuhr, und blickte in einen schmalen, etwa zehn Meter langen Raum. Auf beiden Seiten waren Arbeitsstationen eingerichtet; Computerbildschirme, Tastaturen und andere Instrumente. Zu seiner Rechten war über die gesamte Länge des Raumes auf Schulterhöhe die Fensterfront eingelassen, die sie von unten hatten einsehen können.

Das musste der Kontrollraum sein. Von hier aus steuerten die Wissenschaftler die meteorologischen Geräte und Apparaturen. Es herrschte eine Grabesstille, die nur durch ein gelegentliches Knacken im Gebälk und das Pfeifen des Windes gestört wurde.

Karls linkes Augenlid zuckte. Am anderen Ende des Raumes konnte er ein Treppengeländer erkennen. Er setzte sich zögerlich in Bewegung. Die Gummisohlen erzeugten bei jedem Schritt ein leises Quietschen auf dem Linoleumboden.

Der Raum war unordentlich; ein Stuhl lag umgekippt vor einem Schreibtisch, ein paar Bücher verstreut auf dem Boden. In einer Ecke zwischen zwei Arbeitsstationen war eine Topfpflanze umgestoßen worden.

Karl passierte einen schmalen Barschrank, in dem einige Flaschen hochprozentigen Alkohols aufbewahrt wurden. Er stand einen Moment davor. Dann riss er sich los und steuerte weiter auf den Treppenschacht zu. In der Mitte des Kontrollraumes hing an der Wand eine topographische Karte der Insel. Daneben war ein Whiteboard angebracht, um das Board hingen einige Fotos. Schließlich hatte er die Treppe am anderen Ende des Gebäudes erreicht.

Sein Herz machte einen Satz: Auf dem Linoleum direkt neben dem Treppenabsatz hatte sich eine weitere Blutlache ausgebreitet. Sofort ging sein Atem schneller. Er sah sich um, hielt seine Waffe nun erhoben vor sich.

Das Blut war auch hier geronnen. Nur eine kleine Menge der zähen Flüssigkeit war auf die oberste Treppenstufe gelaufen. Karl kniff die Augen zusammen. Da lag etwas in der Blutlache. Er näherte sich vorsichtig und stieß ein angewidertes Geräusch aus. Kein Zweifel, in der dunkelroten Pfütze lag ein Finger. Er war noch von einer dünnen Wollschicht umhüllt, einer Art Unterhandschuh, wie man sie beim Langlaufen unter einem dickeren Skihandschuh trug.

Karl fluchte, zwang sich aber, nicht wegzusehen. Der Zeigefinger, der ob seiner Größe wohl einem Mann gehört hatte, war relativ sauber abgetrennt worden. Er bückte sich und konnte in dem roten Fleisch einen Knochen erkennen.

Karl atmete hörbar aus und stand auf. Etwas weiter hinten in dem Raum lag noch etwas. Er tat einen kleinen Schritt darauf zu. Eine Axt. Eine rote Brandaxt. Die Schneide und das spitz zulaufende Hinterteil waren blutverschmiert.

Brechreiz kitzelte Karls Gaumen und für einen Moment stand er wie angewurzelt am Treppenabsatz und sah abwechselnd auf die Axt, die Blutlache mit dem dazugehörigen Finger und schließlich in den schwach beleuchtet Treppenschacht, der hinunter ins Erdgeschoss führte. Seine Kehle war staubtrocken, aber er musste weiter, die Tür für Mats und Pål öffnen.

„Polizei, ist hier jemand?“, rief er mit kraftloser Stimme in den Treppenschacht. Nachdem er keine Antwort erhielt, stieg er langsam nach unten.

Ich hätte einfach nein sagen sollen! Einfach weiterschlafen.

Er hatte die Waffe in das Halbdunkel gerichtet. Die Treppe mündete in einen Vorraum, der matt von einer roten Nachtlampe erleuchtet wurde. Im Eingangsbereich waren einige dicke Jacken an der Wand aufgehängt, darunter ein Regal mit Stiefeln und Winterausrüstung. Daneben stand ein schmaler Metallschrank.

Karl hatte die unterste Treppenstufe erreicht und die Eingangstür lag vor ihm. Er inspizierte den Metallschrank flüchtig. Es war eine Art Waffenschrank, der einen Spalt offen stand. Karl stieß mit der Hand dagegen und mit einem leisen Quietschen schwang die Tür auf. In dem Spind waren vier Halterungen für Gewehre angebracht. Wie der Schrank, in dem sein Vater seine Jagdgewehre gelagert hatte. In diesem hing jedoch nur eine Waffe, die anderen drei Fassungen waren leer. Das mussten die Waffen sein, die die Forscher zum Schutz gegen die Eisbären mit sich tragen mussten. Aber wo waren die anderen Gewehre?

Er trat näher. Auf dem Gewehr war ein Label-Aufkleber befestigt. *Siv* stand darauf.

Karl drehte sich um. Hinter dem Treppenschacht befand sich eine leere Haltevorrichtung an der Wand. Die Glasscheibe war eingeschlagen worden. Hier musste die Brandaxt gehangen haben. Karl beschlich immer mehr das Gefühl, dass die Angreifer keine Eisbären gewesen waren.

Er trat an die Eingangstür. Um das Schloss herum waren mehrere Kerben in das dicke Holz geschlagen. Hatte jemand versucht, die Tür mit der Axt zu öffnen? Er drückte den Handknauf behutsam nach unten. Die Klinke bewegte sich quietschend, doch die Tür öffnete sich nicht. Sie war verschlossen.

Karl rüttelte daran. Doch sie rührte sich keinen Zentimeter. Er beugte sich herunter und bemerkte, dass ein Schlüssel im Schließzylinder abgebrochen war. Er seufzte. Schließlich trat er an das winzige runde Fenster neben der Tür und öffnete es.

„Mats!", rief er mit brüchiger Stimme nach draußen.

Wenige Sekunden später erschien das Gesicht seines Partners. „Die Tür ist zu, der Schlüssel im Schloss abgebrochen. Ich schieße das Schloss für euch auf."

Mats sah sich um, blickte zu dem Bau hinüber, von dem einer der Gänge in das Hauptgebäude führte. „Die Tür da hinten hab ich schon probiert. Auch verschlossen."

Karl nickte. „Geht zur Seite." Er erhob die Waffe und zielte auf das Türschloss. Nachdem Mats von draußen bestätigt hatte, dass sie Deckung genommen hatten, betätigte Karl den Abzug. Ein Knall und die Tür flog auf. Sofort wehte kalter Wind in den Vorraum.

Karl steckte seinen Kopf durch den Türrahmen und winkte den beiden Männern zu. Dann deutete er nach oben. „An der Treppe liegt ein Finger in einer Blutlache. Passt auf, dass ihr keine Spuren vernichtet."

Die Augen seines Partners weiteten sich. Dann nickte er. Schließlich stiegen die drei Männer langsam die Treppe nach oben.

Oben angekommen stülpte Karl sich einen Plastikbeutel über die Hand und fischte damit den Finger aus der Blutlache.

Anschließend schabte er mit einem Kugelschreiber etwas Blut in einen zweiten Beutel, umwickelte außerdem den Axtkopf mit einem dritten. Er nahm sich vor, auch noch eine Probe des Blutes unter dem Fenstersims einzusammeln. Die Kollegen der Spurensicherung würden ihm dankbar sein.

Karl fand Mats und den Soldaten vor der Pinnwand. Sie betrachteten die Fotos, die dort aufgehängt waren. Der Fähnrich drehte sich zu Karl um, klopfte mit dem Finger gegen die Wand. „Das hier scheinen die Forscher zu sein. Da stehen sogar ihre Namen."

Karl trat näher. Er hatte den Bildern vorhin kaum Beachtung geschenkt. Fünf Porträtbilder und ein Gruppenbild.

Das erste Foto, unter dem *Siv Møller, Stationschefin* geschrieben stand, zeigte eine mittelalte attraktive Frau. Sie hatte ein schmales Gesicht mit markanten, hohen Wangenknochen, brünettes Haar und ein angenehmes Lächeln, das ihre Augen strahlen ließ.

Daneben war die Aufnahme eines eher unscheinbaren Mannes aufgehängt, der Mark Møller hieß und der den Titel Meteorologe trug. Er hatte ein rundes Gesicht mit einer Stupsnase, trug eine Brille und hatte schwarzes, lockiges Haar. Vermutlich Sivs Ehemann, zumindest vermutete Karl das ob des Nachnamens. Irgendwie passten die beiden aber nicht zusammen. Möglicherweise ein Zufall, der Name war nicht eben selten.

Darunter war ein breitschultriger Mann abgelichtet. Er hatte langes, blondes Haar, einen breiten Unterkiefer. Geschrieben stand dort *Jussi Aalto, Stationstechniker.*

Neben dem Techniker hing das Porträt einer Frida Karlsson. Sie war eine eher unauffällige, junge Frau, mit silberblonden Haaren und einer flachen Nase. Hinter dem Namen war der Titel Meteorologin angezeigt.

Ganz unten war ein weiteres Bild aufgehängt, das einen braun-weißen Husky zeigte. *Laban, Chefpsychologe,* stand da geschrieben und Karl konnte sich daran erinnern, draußen einen Hundezwinger gesehen zu haben. Von dem Tier war jedoch ebenfalls keine Spur zu erkennen gewesen.

Auf dem Gruppenbild waren zwei Skiläufer abgebildet. Karl musterte das Bild einen Augenblick. Es waren Jussi und Mark. Sie standen in voller Montur vor der Fahrzeughalle und beide hielten fast baugleichen Gewehre in den Händen. Mark lachte, Jussi wirkte ernster.

Karl drehte sich um und begutachtete die Karte der Insel an der gegenüberliegenden Wand. Im selben Augenblick waren schwere Stiefel auf der Treppe zu hören, die langsam nach oben stiegen.

KAPITEL 9

„Bitte nicht schießen, Pål." Eilertsen, der Helikopterpilot, hob die Hände über den Kopf und grinste den jüngeren Kollegen an.

„Ach du bist es, entschuldige." Der Fähnrich ließ die Maschinenpistole, die er auf den Treppenabsatz gerichtet hatte, langsam sinken. Er atmete schwer aus.

„Habt ihr den Blutfleck neben der Treppe gesehen?", fragte Eilertsen.

Karl nickte. „Da lag sogar ein Finger drin, habe ich schon eingepackt."

Der Pilot und sein Co-Pilot zogen ihre warmen Jacken aus und die fünf Männer nahmen gemeinsam am Tisch Platz, um das weitere Vorgehen abzusprechen.

„Irgendeine Idee, wo wir mit der Suche anfangen?", fragte Karl in die Runde. Er deutet dabei auf die Wand mit den Porträtfotos der Vermissten. Er hatte die Karte der Insel auf dem Tisch ausgebreitet. Die Form des Eilandes ähnelte grob einem Dreieck mit nach Süden gerichteter Spitze. Der nördliche Teil, wo die meteorologische Station lag, war eine flache Ebene, die ungefähr zwei Drittel der Insel ausmachte. Außer der Wetterstation und der Anlegestelle waren in der direkten Umgebung keinerlei Gebäude oder andere Orte eingezeichnet, wo die Forscher Schutz – vor was auch immer – hätten suchen können.

Der Pilot sah nachdenklich auf die Landkarte. Dann räusperte er sich. „Wir haben in der Fahrzeughalle nachgesehen. Es scheinen noch alle Schneemobile dort zu sein, soweit wir das beurteilen können. Zwei Stück. Wenn sie also geflüchtet sind, müssen sie gelaufen sein oder Skier benutzt haben. Das können wir aber nicht mit Sicherheit sagen, weil wir nicht wissen, wie viele Skier es hier insgesamt gab. Es könnte natürlich auch sein, dass die Forscher noch irgendwo in der Basis sind. Ich würde daher vorschlagen, dass wir die Station erst mal noch genauer untersuchen." Er sah flüchtig auf seine Armbanduhr. „Wir haben noch zirka zwei Stunden mit etwas Tageslicht."

Pål blickte Karl an und zuckte dabei entschuldigend mit den Schultern. „Leider scheint der Sturm in den Norden zu ziehen, er wird die Insel wohl am frühen Abend erreichen. Wenn wir nichts finden, dann müssen wir am Nachmittag abfliegen."

Während Karl verständnisvoll nickte, sah sein Partner den Piloten überrascht an.

„Und die Leute hier einfach zurücklassen?", fragte er entrüstet. „Vielleicht sind sie ja irgendwohin geflüchtet. So groß ist die Insel nicht, sie hätten alles auf Skiern erreichen können."

Als Mats keine Antwort erhielt, tippte er mit seinem Zeigefinger auf einen Ort auf der Karte. Karl konnte sehen, dass sein Finger auf die Walrossbucht an der Südspitze der Insel deutete, wo er im Landeanflug das Licht gesehen hatte. „Das stimmt", mischte er sich darum ein.

„Ich habe vom Helikopter aus etwas im Walfängerdorf gesehen. Ein Licht. Ein Feuer vielleicht.“

„Das mag ja sein“, sagte der Pilot. „Aber wenn wir heute Nachmittag nicht abfliegen, erwischt uns der Sturm und dann könnten wir noch wesentlich länger hier festsitzen.“

Die Männer schwiegen. Von draußen drang das Heulen des Windes herein, das stetig stärker zu werden schien. Es war eindeutig, dass keiner von ihnen große Lust hatte, auf der Bäreninsel zu bleiben. Karl jedenfalls ganz sicher nicht.

„Ich schlage vor, dass wir ein Schiff der Küstenwache anfordern, wenn wir in der Basis nichts finden. Die könnten doch sicher morgen oder übermorgen hier sein. Sollen sie die Insel absuchen“, schlug er schließlich vor. „Wir wissen ja nicht mal, was hier tatsächlich passiert ist.“

Pål sah nachdenklich in seine Kaffeetasse. „Könnte ein Eisbär in das Gebäude eingedrungen sein?“

Karl machte eine wegwerfende Geste. „Und der Bär hat die Forscher dann hier eingesperrt und ist mit der Axt auf sie los? Nein, hier ist irgendetwas anderes vorgefallen.“

Wieder wurde es einen Augenblick lang still in dem Kontrollraum.

„Also muss es sich tatsächlich um einen oder mehrere menschliche Angreifer gehandelt haben“, schlussfolgerte Mats.

„Ja, aber wer könnte das gewesen sein? Das ist die Frage. Die Insel ist abgesehen von den Forschern der Wetterstation unbewohnt. Es müsste also jemand mit einem Boot hier angekommen sein, oder es war einer der Forscher selbst", sagte Karl.

Das Klappern der Fensterläden erinnerte ihn erneut daran, dass ein Orkan im Anmarsch war. Sie hatten nicht unbegrenzt Zeit. Er stand auf. „Aber das tut jetzt erst mal nichts zur Sache. Wir können uns später den Kopf darüber zerbrechen, was passiert ist. Ich schlage vor, dass wir die Station durchsuchen, solange noch Zeit ist. Wenn wir nichts finden, dann muss sich halt jemand anders darum kümmern."

***

Die fünf Männer hatten beschlossen, sich in zwei Gruppen aufzuteilen. Die Polizisten sollten die Suche von dem Hauptgebäude aus zum Landesinneren hin beginnen. Die Helikopter-Mannschaft würde die Gebäude auf Meerseite absuchen. Pål gab Karl ein Funkgerät, das auf dieselbe Frequenz eingestellt war, wie die Soldaten sie benutzten, damit beide Gruppen in Kontakt bleiben konnten – sollte man etwas finden oder Hilfe benötigen.

Karl trottete hinter seinem Partner durch den Schnee. Es war in der Zwischenzeit ein klein wenig heller geworden, doch die Sonne würde zu dieser Jahreszeit und in diesen Längengraden überhaupt nicht richtig aufgehen. Das wusste er. Alles, was man erwarten konnte, war diffuses, indirektes Licht, das hier und dort durch die Wolken brach.

Karl war müde und fragte sich, ob er zum Mittagessen wohl wieder zu Hause in Kirkenes sein würde, so wie Aino es angekündigt hatte. Er könnte sich vor dem

Fernseher einen Drink genehmigen. Das hatte er sich verdient. Und dann würde er sich zeitig schlafen legen.

Plötzlich blieb Mats ruckartig stehen und schaltete seine Taschenlampe ein. Karl wäre beinahe gegen ihn gelaufen. Im Schein der Lampe waren auf dem Boden ein paar alte, halb verfallene Schienen zu erkennen, die in südöstliche Richtung aus der Basis hinaus führten. Das mussten die Gleise zum Kohlebergwerk sein.

Tunheim lag nur wenige Kilometer Richtung Süden an der Küste, das hatte Karl auf der Karte gesehen. Sie hatten darüber gesprochen, waren sich aber schnell einig gewesen, dass es keinen Sinn machte, dort zu suchen. Sie hatten einfach zu wenig Zeit, bis der Sturm die Insel erreichen würde.

Mats legte Karl eine Hand auf die Schulter und zeigte dabei mit dem Lauf des Jagdgewehrs auf einen Schuppen vor ihnen. Der Wind hatte derart an Kraft zugenommen, dass sein Partner regelrecht dagegen anschreien musste, damit Karl ihn verstand.

„Fangen wir mit dem Verschlag dort an", rief Mats und zog sich die Skimaske wieder übers Gesicht, um sich vor der schneidenden Kälte zu schützen.

Karl nickte und drehte sich zögerlich um. Ihm war unbehaglich zumute, als er seinen Blick über ein paar Gebäude schweifen ließ. Die Sicht wurde immer schlechter und die Basis war nur noch hinter einem grauen Schleier zu erkennen. Er entsicherte seine Pistole und folgte seinem Partner.

Im ersten Schuppen war ein beiger Plastiktank mit einem Anschluss untergebracht. Es mochte sich um einen septischen Tank handeln, in dem die Abwasser der Station gesammelt wurden.

Das nächste Gebäude war eine kleine Hütte, aus der auch über den Sturm hinweg ein lautes, gleichmäßiges Stampfen zu hören war. An der Tür stand *Generator* geschrieben. In der Mitte des Raumes war ein quadratischer Kasten untergestellt. Hier wurde offensichtlich der Strom für die Station erzeugt.

Auch in der nächsten Hütte fanden sie nichts außer einer Vielzahl von bunten Plastikkästen, alle prallgefüllt mit alten Instrumenten und Gerätschaften. Auch hier kein Hinweis auf die Vermissten.

Das nächste Gebäude befand sich nur ein paar Meter neben dem Lager. Ein flaches, kreisrundes Bauwerk, vermutlich ein alter Tank oder dergleichen, der mit roten Holzlatten verkleidet worden war. An der Eingangstür hing ein Schild, auf dem *Sauna* geschrieben stand. Die Forscher schienen sich also einen gewissen Luxus auf der ansonsten eher spartanischen Insel zu gönnen.

Karl blickte sich erneut um, konnte das Hauptgebäude hinter dem grauen Schleier aus feinen Schneekörnern kaum noch erkennen. Einige lose Gegenstände, die an einer Schuppenwand gelehnt hatten, waren bereits umgeweht worden. Immer wieder musste Karl sich die Hand schützend über die Stirn halten, um den Schnee nicht ins Auge zu bekommen. Er fröstelte, war müde und ausgelaugt

Die Tür zur Sauna klemmte. Mats hatte sie nur einen Spalt weit öffnen können, und erst als Karl mit anpackte, sprang sie ganz auf. Sie führte in einen schmalen Vorraum. Zu beiden Seiten waren Holzbänke aufgestellt, über denen Handtücher an Haken hingen. In der einen Ecke stand eine massive Holztruhe. Direkt vor ihm führte eine Glastür in den dunklen Innenraum. Karl hob seine Waffe, öffnete die Tür und leuchtete den kleinen Raum aus. Vom Boden führte eine einfache Holzkonstruktion treppenartig nach oben. Es war angenehm warm. Das Pfeifen des Windes war hier drinnen zwar nur dumpf zu vernehmen, doch es erzeugte ein sonderbares, gleichtönendes Summen. Es musste an dem Schornstein liegen, der von dem eisernen Ofen zur Decke und nach draußen führt. Der Wind schien sich darin zu fangen und dadurch dieses Geräusch hervorzurufen. Wie eine verstimmte Orgel.

„Wo haben die das Holz her?", fragte er an seinen Partner gewandt. „Ich dachte, es gibt keine Bäume auf der Insel."

Mats zuckte mit den Schultern. „Importieren sie wahrscheinlich vom Festland. Da im Vorraum steht eine Kiste, vor der Holzspäne liegen."

Karl nickte nachdenklich. Das gespenstische Summen des Schornsteins machte ihn unruhig. Er trat wieder in das Vorzimmer, sah sich nachdenklich um.

Mit einem Mal kniff er die Augen zusammen. In dem kalten Licht der Taschenlampe war ein winziger, roter Fleck auf dem Handgriff der Truhe zu erkennen, in der offenbar der Holzvorrat gelagert wurde. Ein ersticktes Keuchen entkam Karls Kehle. Er wirbelte herum und winkte Mats hektisch zu sich. Dann ging er in die Knie und leuchtete auf die Holzspäne, die vor der Kiste auf dem Holzboden lagen. Auch hier einige rote Spritzer. Karl sah seinen Partner an, dessen Augen schreckgeweitet waren. Er nickte ihm zu, deutete mit der Waffe auf die Kiste. Gemeinsam traten sie näher heran.

Karls Atmung beschleunigte sich. Er reckte den Hals. Ein dünnes Holzscheit klemmte zwischen dem Deckel und der Truhe, sodass sie einen Spalt offen stand.

Vor der Hütte heulte der Wind auf und eine Böe schlug die Außentür mit einem lauten Knall zu.

Karl schreckte auf und wäre beinahe gegen Mats gestoßen, als er von der Kiste zurückwich. Die beiden Polizisten sahen sich im Licht der Lampe betreten an. Dann lächelte Karl gequält.

„Nur der Wind. Das war nur der Wind", sagte er leise.

Er richtete seinen Blick erneut auf den Kasten vor ihnen. Langsam hob er den Deckel an. Mats gab ihm Licht. Die Klappe war aus massivem Holz und Karl benötigte beide Arme, um sie aufzustemmen. Trotz der Kälte spürte er, dass ihm Schweißperlen den Rücken hinab liefen. Als der Verschluss halb geöffnet war, wagte er einen hastigen Blick in die Truhe:

ein Wollpullover. Darüber langes, brünettes Haar. Blutverschmiert. Karl nahm nur benommen wahr, dass sein Partner einen ersticken Schrei ausstieß.

Hastig schlug der Kommissar den Deckel zu und zog das Funkgerät aus der Jackentasche. Er schluckte, fuhr sich mit der Zunge über die spröden Lippen. Dann drückte er den Sprechknopf. „Hier Karl. Und Mats. Wir haben etwas gefunden, in der Sauna. Over."

Er sah zu seinem Kollegen, der ungläubig auf die Truhe starrte. Aus dem Funkgerät rauschte es einen Augenblick. Dann hörte er die Stimme des Piloten: „Wir sind auf dem Weg. Over."

Mats stand noch immer wie angewurzelt neben ihm.

„Komm, wir müssen nachsehen, ob sie lebt", schlug Karl vor.

„Ja, natürlich", stammelte sein Partner leise und half ihm, den Deckel erneut zu öffnen. Karls Hand zitterte, als er nach dem reglosen Körper griff. Er schob die Haare zur Seite, prüfte den Puls an ihrem Hals. Sofort blickte er Mats erschrocken an. „Ich glaube, sie lebt tatsächlich. Sie ist nur bewusstlos!"

Zusammen drehten sie den Körper vorsichtig um. Es musste eine der beiden Frauen sein, die Karl auf den Fotos im Kontrollraum der Station gesehen hatte. Sie hatte eine Platzwunde an der Stirn und ihr Gesicht war blutverschmiert.

„Ich glaube, das ist Siv Møller", sagte Mats, als ob er den Gedanken seines Partners gelesen hätte.

Karl nickte mechanisch. „Glaube ich auch. Komm, wir holen sie da raus."

Behutsam zogen sie die verletzte Frau aus der Holzkiste und legten sie vorsichtig auf einen Haufen Handtücher, die an der Wand über der Umkleidebank gehangen hatten. Mats kniete sich neben sie und horchte an ihrem Mund. „Ihr Atem ist sehr flach."

Der Wollpullover war an der rechten Brust mit Blut vollgesogen. Als Karl die Rufe der Soldaten von draußen hörte, stand er abrupt auf. Er trat an die Eingangstür und winkte dann mit seiner Taschenlampe.

Kurz darauf traten die drei Soldaten in den Vorraum der Sauna.

Mats deutete auf den Körper am Boden. „Pål, schau sie dir an. Sie ist ohnmächtig, lebt aber."

Der junge Soldat kniete sich sofort neben die Verletzte, zog vorsichtig ihren Pullover zurück, um die Wunde an der Brust zu untersuchen, die sich als eine tiefe Fleischwunde direkt unter der Schulter entpuppte. Er betastete die Verletzung mit den Händen.

„Eine Schusswunde?", fragte Karl.

Der Fähnrich sah ihn unsicher an. Dann hob er die Frau leicht an, um sich ihren Rücken anzusehen. Es war keine Austrittswunde zu sehen. Schließlich schüttelte er den Kopf. „Nein, ich denke, es war eine Stichwaffe. Vielleicht eine Hacke, oder die Brandaxt." Er legte seinen Finger an ihren Hals und zählte. Dann blickte er erst Eilertsen, letztlich Karl an. In seinen Augen lag Dringlichkeit. „Sie hat kaum Puls und sicher viel Blut verloren. Wenn wir sie nicht sofort in ein Krankenhaus bringen, wird sie sterben."

Der Pilot machte ein nachdenkliches Gesicht und Karl fiel wieder auf, wie jung die drei Soldaten noch waren.

„Ich denke, wir fliegen sofort zurück. Der Sturm wird immer stärker. Sonst sitzen wir hier fest und die Frau stirbt", sagte Eilertsen schließlich.

Karl nickte und Pål und der Co-Pilot nahmen die Verletzte vorsichtig auf und trugen sie nach draußen. Die Polizisten eilten hinter den Soldaten her, doch plötzlich blieb Mats stehen. Karl sah seinen Partner fragend an.

„Was wird aus den anderen Forschern? Vielleicht haben sie sich auch irgendwo versteckt", sagte Mats.

Karl presste die Lippen zusammen. „Die Küstenwache kann nach ihnen suchen, wenn sie hier eintreffen."

Mats sah ihn verständnislos an und Karl fuhr sich ruhelos mit der Hand durchs Gesicht. „Mats, wenn wir die Verletzte jetzt nicht ausfliegen, stirbt sie. Dann sitzen wir hier mit ihr in dieser gottverlassenen Eishölle fest. Du hast den Piloten doch gehört."

Er zeigte mit der Taschenlampe in den schwarzen Himmel, der sich in der letzten halben Stunde noch einmal merklich verdunkelt zu haben schien. Mats kniff die Augen zusammen, schüttelte dann entschlossen den Kopf. „Ich bleibe hier.“

„Wie bitte? Allein?“, schrie Karl gegen den Wind an.

„Ja, wenn es sein muss. Sie sind vielleicht in dem Bergwerk. Ich könnte den Schienen dorthin folgen. Oder sie sind in dem Walfängerdorf. Dort hattest du doch ein Licht gesehen.“

Karl schluckte, sah noch einmal in den Himmel, dann wieder auf seinen Partner. Er strich sich mit den behandschuhten Fingern durch den Bart, in dem sich Eis und Schnee abgelagert hatten. „Und was willst du machen, wenn du etwas findest? Was kannst du allein ausrichten?“

„Ich habe in der Marine eine Erste-Hilfe-Ausbildung gemacht. Wir können sie doch nicht zurücklassen.“

Karl stöhnte, sah zu den Soldaten hinüber, die den Helikopter bereits erreicht hatten und die besinnungslose Frau in den Innenraum verluden.

„Und wie sollen wir hier wieder wegkommen?“

Mats begann zu lächeln. „Na ja, mit dem Schiff der Küstenwache.“

Karl musterte ihn einen Augenblick. Vor seinem geistigen Auge sah er den Kollegen, wie er sich allein auf Langlaufskiern durch einen Schneesturm kämpfte, stellte sich vor, wie Mats vor einem Eisbären floh und seinen Namen rief. Was würde Aino wohl sagen, wenn er ohne seinen neuen Partner in Kirkenes landen würde? Karl rollte mit den Augen und stöhnte frustriert auf.

„Ich lass dich hier auf keinen Fall allein zurück. Wir bleiben zusammen.“

Mats zog die Skimaske herunter, grinste jetzt breit.

„In Ordnung. Mach dir keine Sorgen, ich passe schon auf dich auf.“

***

Die Rotorblätter drehten sich bereits, als Karl den *Sea-King* erreicht hatte. Er steckte seinen Kopf durch die Tür und sah Pål, der neben einer ausklappbaren Liege im Heck des Innenraumes über die verletzte Frau gebeugt stand.

Karl atmete einmal tief ein und stieg in das Cockpit. Er klopfte Eilertsen auf die Schulter, der damit beschäftigt war, die Startliste abzuarbeiten.

„Mats und ich bleiben hier. Wir suchen nach weiteren Überlebenden.“

Der Pilot blickte ihn überrascht an. Dann lächelte er schief und entblößte dabei seine Zahnlücke.

„Ihr wisst aber, dass ihr auf euch allein gestellt seid?“

Karl nickte entschlossen und Eilertsen seufzte. „In Ordnung. Ich spreche auf dem Flug mit der Küstenwache. Soll ich auch eure Chefin in Kirkenes informieren? Und wollte ihr noch ein paar Waffen hierbehalten?“

„Ja, das wäre nett.“

Karl klopfte dem Mann auf die Schulter und stieg zurück in den Passagierraum. Einen Moment blieb er stehen und musterte sehnsüchtig seinen Platz, auf dem er in der Nacht gesessen hatte. Plötzlich stand Pål hinter ihm.

„Ihr wollt bleiben? Seid ihr sicher?“

Karl nickte schmallippig.

Pål reichte ihm seine Maschinenpistole.

„Hier, nimm meine Waffe. In der Vorratskammer waren genug Lebensmittel, das sollte also kein Problem sein."

Karl zwang sich zu einem Lächeln. „Danke. Wie geht es der Frau?"

„Ich habe sie stabilisiert. Sie hat kurz die Augen aufgeschlagen, war aber nicht wirklich bei Bewusstsein. Ich habe ihr eine Beruhigungsspritze gegeben. Sie schläft jetzt."

Karl verabschiedete sich von den Soldaten und warf noch einen letzten Blick auf Siv Møller. Pål hatte bereits einen Verband um ihre Stirn gelegt. Sie sah friedlich aus, hatte die Augen geschlossen und lag ganz ruhig auf der Notliege. Karl bemerkte, dass sich ihre Brust regelmäßig hob und senkte. Dann trat er aus der Tür und eilte geduckt einige Meter aus dem Wirbelwind unter den Rotoren heraus. Pål hatte hinter ihm die Tür zugezogen. Die Turbinen wurden hochgefahren, sodass ihr Brausen nun auch das Heulen des Windes übertönte.

Einen kurzen Augenblick später hob der Helikopter von der vereisten Betonplatte ab und ließ Karl und Mats allein auf Bjørnøya zurück.

KAPITEL 10

Die beiden Männer standen im Windschatten der Fahrzeughalle und sahen dem *Sea King* nach, der gen Süden in den Himmel aufgestiegen war. Die Positionslichter, die noch sichtbar waren, schwankten im Wind ruckartig hin und her. Er schien schnell an Höhe zu gewinnen, wurde dann aber vollständig von der aschfahlen Wand aus Schnee und Gischt verschluckt. Auch das Donnern der Rotoren war bald nicht mehr zu hören, wurde abgelöst vom Schreien des Windes und dem Grollen der Wassermassen, die unter der Station gegen die Felsen schlugen.

Das Sturmtief hatte die Băreninsel erreicht.

Karl verzog den Mund und ihm entfuhr ein Seufzen, das nur er selbst hören konnte. Der Hubschrauber und dessen Crew waren dem Sturm geradeso entkommen. Hoffentlich war es nicht zu spät. Und hoffentlich würde die Stationsleiterin den Flug überleben.

Karl blickte hoch zum Dach der Halle, an dem der Wind nun immer stärker zerrte. Dann trat er näher zu Mats, legte ihm die Hand auf die Schulter und sprach direkt in sein Ohr. „Komm, wir gehen ins Haus!".

Die beiden Polizisten gingen im Windschatten der Gebäude voran, bis sie schließlich den Platz vor dem Haupthaus erreicht hatten. Dort drehte Karl sich noch einmal um und sah hinunter zu der Bucht. Durch den Schneeschleier konnte er die dunkle, stürmische See ausmachen. Die Wellen waren seit ihrer Ankunft am Morgen von langen, gleichmäßigen Wellentälern und flachen Kämmen zu kurzen, hohen Brechern angewachsen. Haushohe Wogen brandeten an den Wellenbrechern, schlugen darüber hinweg und verliefen sich schließlich in der Bucht. Der eisige Wind fegte ihre Schaumkronen gegen das Land. Momentan würde hier ganz sicher kein Boot anlegen können. Sie waren vollends von der Außenwelt abgeschnitten.

Karl leckte sich über die Lippen. Der feine Schnee, der ihm ins Gesicht blies, schmeckte salzig. Einige der Wellen mussten bis zu zehn Meter hoch sein. Seine Finger verkrampften sich, als sich die Frage in seinen Geist schlich, ob eine Sturmflut der Station wohl gefährlich werden konnte. Er verdrängte den Gedanken sofort. Die Basis lag mindestens zwanzig Meter über der See und bis zur Uferlinie waren es nochmal fast zweihundert Meter.

Ein lautes Scheppern riss ihn aus seinen Gedanken. Er schrak zusammen und fuhr herum. Als er sich umsah, konnte er die Quelle des Lärms nicht gleich ausmachen, bemerkte dann aber, dass der Laut von der Eingangstür hervorgerufen worden war, die im Wind auf und wieder zu gerissen wurde. Er atmete erleichtert aus und ließ die Maschinenpistole sinken, die der junge Fähnrich ihm anvertraut hatte. Als er auf den Eingang zuging, musste er über sich selbst schmunzeln. Er war so angespannt, dass ihn eine simple Tür erschreckte. Er trat ein und versuchte, die Tür zu schließen. Da er vorhin das Schloss zerschossen hatte, musste er jedoch eine andere Lösung finden. Die Tür öffnete nach draußen, er konnte also nicht einfach etwas davorstellen.

„Mats?", schrie er über das Lärmen des Sturms nach oben. Keine Antwort. Er fluchte leise und sah sich im Vorraum um. In einem der Regale fand er einen Strick. Er sah das dünne Seil zweifelnd an; er könnte es zwischen dem Treppengeländer und der Türklinke festziehen, sodass die Tür provisorisch gesichert wäre. Es ging ihm nicht nur um den Sturm, der die Kälte und den Schnee in das Gebäude blies. Er hatte auch keine große Lust auf ungebetene Besucher, egal ob Tier oder Mensch.

Er zog den Strick durch das Geländer und um die Türklinke. Dann knotete er die Enden zusammen und begutachtete sein Werk mit einem Stirnrunzeln, unsicher, ob es einen entschlossenen Eindringling wirklich aufhalten würde. Schließlich zuckte er mit den Schultern. Eine bessere Idee hatte er nicht, sie waren außerdem bewaffnet. Auf dem Weg nach oben nahm er trotzdem vorsichtshalber das Gewehr mit, das noch in dem Waffenschrank stand.

Der Kommissar stieg schnaufend die Treppe nach oben und trat in den Kontrollraum. Er blickte sich um und fand seinen Partner am Funkgerät sitzend. Mats sprach mit jemandem, hatte sich den Kopfhörer aufgesetzt. Karl zog sich einen Stuhl heran und setzte sich neben den Kollegen an der Kommunikationsstation.

„In Ordnung, ich verstehe", sagte Mats deutlich in das Mikrofon. Einen Moment war er still. Dann fuhr er fort:

„Ja, wir werden morgen, wenn sich der Sturm gelegt hat, nach den anderen Forschern suchen."

Wieder ein Augenblick Ruhe, bevor er erneut antwortete: „Wir haben alles, was wir brauchen." Dann drehte er sich zu Karl um. „Er sitzt hier neben mir. Möchtest du mit ihm sprechen?" Mats nahm den Kopfhörer ab und reichte ihn dem Kommissar. „Es ist Aino", flüsterte er.

Karl verzog den Mund zu einem schmalen Lächeln und setzte das Gerät auf.

„Hallo?"

„Hei! Mats hat mir erzählt, dass ihr die Stationsleiterin gefunden habt. Gute Arbeit!" Sie machte eine Pause, die so lange anhielt, dass Karl dachte, die Verbindung sei abgebrochen. „Außerdem finde ich es löblich, dass du vorgeschlagen hast, auf der Insel zu bleiben, um die anderen Forscher zu suchen!"

Karl drehte sich zu Mats und blickte ihn überrascht an. Der blonde Mann verdrehte die Augen.

„Ja, natürlich", sagte Karl dann zögerlich. „Wir konnten sie doch nicht zurücklassen. Trotzdem, irgendwann möchten wir hier wieder weg. Schicken sie einen Helikopter oder wenigstens ein Schiff mit Unterstützung?"

Aino lachte gedämpft. „Ja, natürlich, keine Sorge. Das meteorologische Institut will die Station so schnell wie möglich wieder in Betrieb nehmen, notfalls neu besetzen. Die Wettermeldungen sind extrem wichtig für Fischerboote und die Ölindustrie da oben. Sie wollen deshalb eine Not-Crew schicken, die übernimmt, bis die alte wieder einsatzbereit ist."

Erneut Stille und Karl stellte sich vor, wie die Abteilungsleiterin mit ihren Locken spielte.

„Es ist aber so, dass der Sturm sich hier auf dem Festland nicht so schnell legen wird. Wir wissen daher nicht, wann wir einen Helikopter schicken können. Hauptmann Eilertsen, euer Pilot, hat sich direkt nach dem Abflug bei uns gemeldet. Sie versuchen, ein Schiff der Küstenwache zu entsenden. Ich werde mit der Polizei von Spitzbergen sprechen, vielleicht können sie auch jemanden schicken. Also keine Sorge, ihr werdet nicht lange allein sein." Der Abteilungsleiterin schien noch etwas eingefallen zu sein. „Bevor ich es vergesse: Mats bat mich, Silja Bescheid zu geben, dass alles in Ordnung ist bei euch. Soll ich jemanden für dich kontaktieren?"

Karl kratzte sich am Bart.

„Nein, danke", sagte er kurz angebunden. „Oder doch, warte. Könntest du ein Schälchen Katzenfutter bei mir auf die Veranda stellen?"

„Hast du eine Katze?"

Karl konnte einen belustigten Unterton in Ainos Stimme erkennen. „Nein, nein. Der Kater gehört einer Nachbarin. Sie vergisst manchmal, ihn zu füttern, sie ist ziemlich dement. Am liebsten mag er das mit Thunfisch."

Aino wurde wieder ernst. „In Ordnung, Karl, ich kümmere mich darum. Außerdem habe ich mit Mats abgemacht, dass ich euch morgen um 16:00 Uhr auf diesem Kanal anrufe. Wie ihr sicher bereits bemerkt habt, gibt es auf Bjørnøya kein Handynetz. Und noch etwas: Ivar Nielsen ist wieder auf freiem Fuß. Wir mussten ihn gehen lassen, die Senioren waren sich plötzlich nicht mehr so sicher. Ich dachte, das würde dich interessieren."

Karl hängte den Kopfhörer an die Haltevorrichtung und blickte seinen Partner nachdenklich an. Dann sah er auf seine Uhr und gähnte. Er hatte letzte Nacht fast gar nicht geschlafen.

„Was machen wir jetzt?", fragte er.

Mats sah ihn versonnen an. „Draußen stürmt es. Aino sagte, dass der Orkan gegen Nachmittag am stärksten sein wird. Raus können wir daher erst mal nicht mehr. Ich schlage vor, dass wir unser Lager aufschlagen, Beweise sichern und dann morgen weitersuchen, wenn der Sturm vorübergezogen ist."

Karl gähnte erneut.

„Wie wär's", sprach Mats dann weiter, „wenn wir ein paar Schlafsäcke suchen und uns hier im Kontrollraum auf den Sofas einrichten. Du brauchst, glaube ich, erst einmal ein Mittagsschläfchen."

„Und was machst du in der Zwischenzeit?"

„Ich bin nicht müde. Ich werde noch mal die Wohnräume der Forscher durchsuchen, sehen, ob ich irgendwelche Anhaltspunkte finde." Der junge Schwede fuhr sich durch sein Haar. „Und dann, finde ich, haben wir uns ein Mittagessen verdient." Mats schob den Stuhl zur Seite, sah auf die Karte an der Wand. „Ich schlage vor, dass wir morgen früh, wenn das Wetter es erlaubt, nach Tunheim fahren." Er deutete mit dem Zeigefinger auf einen Punkt an der nordöstlichen Küste, nicht weit von der Station entfernt. „Das ist das alte Kohlebergwerk. Wenn die Forscher irgendwo Unterschlupf gesucht haben, dann womöglich dort."

„Und wie kommen wir da hin?", fragte Karl.

Mats drehte sich zu ihm um. „Auf Skiern. Die haben die Piloten doch in der Fahrzeughalle gesehen."

Er nickte zufrieden und sein Zeigefinger klopfte energisch auf die Karte. „Guck, es ist nicht weit. Wir folgen einfach den alten Gleisen."

Einige Zeit später kam Mats mit zwei Daunenschlafsäcken unter den Armen die Treppe heraufgestapft. Er schmiss einen davon auf das Sofa, auf dem Karl sich ausgestreckt hatte. „Hier, die sind sogar unbenutzt. Habe ich im Vorratsraum gefunden."

Mats musterte Karl einen Moment schweigend, während der Kommissar sein Bett machte. „Ich werde dann mal die Wohnräume durchsuchen."

Karl nickte, legte sich unter den Schlafsack und sah dem blonden Mann nach. Er schloss die Augen. Das Knacken des Holzes, das Rütteln des Windes an den Fenstern und das Prasseln der Hagelkörner, die gegen die Glasscheiben schlugen. Es war fast gemütlich, wenn man mal den Grund für ihren Aufenthalt ausblendete. Würde der Sturm tatsächlich morgen aufhören und würden sie die anderen Forscher finden können? Und: Wer waren die geheimnisvollen Angreifer.

Dann wurde es dunkel vor seinen Augen. Er fiel immer tiefer, bis er in einen unruhigen Schlaf sank. Karl träumte, dass er mit seinem Vater eine Kanutour unternahm, in der Finnmarkvidda. Es war ein sonniger Tag im Spätsommer und sie hatten in einer idyllischen Bucht angelegt, um ihr Lager aufzuschlagen. Olav stand im Schutz einer knorrigen Kiefer am Ufer auf einem Findling. Er lachte ihm zu und holte mit der Angelrute aus. Einen Augenblick später vernahm Karl ein leises Platschen des Angelhakens, der in das stille Gewässer eintauchte.

Er sah in den Himmel, das Wetter hatte urplötzlich umgeschlagen. Die Myriaden von Insekten in der Luft waren verschwunden. Erste, dicke Regentropfen landeten auf dem See und hinterließen sich ausbreitende Kreismuster auf dem Wasser. Ein Donner krachte und es fing an zu gewittern. Er rief nach Olav, bekam jedoch keine Antwort. Karl sah sich panisch um. Doch sein Vater war wie vom Erdboden verschluckt.

Er lief durch den Regen, der nun in Bindfäden vom Himmel fiel. Immer wieder rief er.

Er lief weiter. Die Landschaft veränderte sich, er war nun in einer Steppe, die sich anscheinend unendlich in alle Himmelsrichtungen ausbreitete. Er schrie wieder und wieder den Namen seines Vaters. Doch es kam keine Antwort.

Karl schlug die Augen auf und sah sich hektisch um. Es dauerte einen Augenblick, bis er verstand, wo er war und wer der junge Mann war, der ihm sanft aber energisch am Arm rüttelte.

„Aufstehen, Schlafmütze!“

Karl rieb sich die Augen, sah dann auf seine Uhr. Es war nach 17:00 Uhr, er hatte fast vier Stunden geschlafen. Er setzte sich langsam auf und sah auf das Fenster, gegen das noch immer der Hagel hämmerte. Immer wieder war ein leises Knirschen im Gebälk des Gebäudes zu vernehmen.

„Der Sturm ist jetzt am schlimmsten“, sagte Mats. Dann zeigte er auf einen Bildschirm, auf dem eine Wetterkarte abgebildet war. „Der Wetterdienst sagt voraus, dass der Wind gegen Mitternacht abflaut und dass wir morgen sogar einen klaren Himmel bekommen könnten.“ Er setzte sich auf die Sofakante neben Karl. „Ich habe uns etwas zu essen gemacht." Er deutete auf den Tisch, auf dem ein dampfender Pott, zwei Teller und Gläser aufgestellt waren.

Karl zog sich seinen Wollpullover an, gähnte, ging schweigend zu dem runden Tisch in der Mitte des Kontrollraums und setzte sich.

„Eine Art Labskaus. Ich hoffe, es schmeckt dir", sagte Mats zufrieden.

Karl nahm einen Löffel. „Und, hast du etwas gefunden?", fragte er. Der Eintopf war tatsächlich schmackhaft. Wie hungrig er doch war, er hatte seit fünfzehn Stunden nichts Richtiges gegessen.

„Ich bin die privaten Räume der vier Forscher durchgegangen", sagte Mats und schlürfte etwas Eintopf von seinem Löffel, sah dann nachdenklich auf die graue Wand hinter dem Fenster.

„Siv und Mark Møller sind wahrscheinlich verheiratet. Zumindest haben sie eine gemeinsame Adresse, sie wohnen in Tromsø. Ich habe ihre Pässe gefunden. Und Mark hat ein Bild der beiden neben seinem Bett stehen. Sie haben allerdings je einen eigenen Raum bewohnt. Das ist doch erstaunlich, wenn sie verheiratet sind. Und um das Ganze noch merkwürdiger zu machen, habe ich ihre Decke bei ihm im Zimmer gefunden. Sie hat also bei ihm geschlafen."

Karl sah Mats an, dann wieder auf seinen dampfenden Löffel. „Ja, eigenartig. Vielleicht hat er geschnarcht. Sonst noch etwas?"

„Von diesem Jussi Aalto habe ich kaum irgendetwas Persönliches gefunden. Keine Bankkarte, keinen Pass. Ich denke, er ist Finne, oder vielleicht Same."

Karl nickte. „Finne, denke ich. Die samischen Nachnamen können manchmal finnisch klingen, bekomme ich auch immer durcheinander.“

Mats strich sich eine Haarsträhne aus dem Gesicht und überlegte. „Die andere Meteorologin, Frida Karlsson, sie ist wie vermutet Schwedin. Sie kommt aus Kalmar, das liegt unten im Südosten an der Küste. In ihrem Zimmer gab es nur Kleidung und einen Laptop, den ich nicht starten konnte. Das ist aber schon alles. Aino wollte uns noch mehr Infos zu allen Forschern schicken.“

Karl schob seinen leeren Teller von sich weg und seufzte. „Danke fürs Essen, Mats.“ Er sah an der Wand entlang, bemerkte, dass dort in einem Regal einige Gesellschaftsspiele gelagert waren. „Was hältst du davon: Wir spielen Karten, nachdem du abgewaschen hast?“

Mats lachte. „Ich habe gekocht! Du wäschst ab.“

Im Anschluss spielten die beiden Männer Canasta, bis Karl sein gesamtes Bargeld – fast tausend Kronen – verloren hatte.

Etwas später hatten die beiden Polizisten ihre Schlafplätze bezogen. Karl war nicht entgangen, dass sein Partner ebenfalls hundemüde war.

„Ich werde Wache halten, schlaf du nur. Ich habe den ganzen Nachmittag geschlafen“, schlug er deshalb vor.

„In Ordnung. Aber weck mich, wenn du müde wirst.“

Karl nickte und schaltete das Licht aus. Schon nach wenigen Sekunden vernahm er Mats gleichmäßiges, leises Schnarchen über den Wind, der nun nicht mehr ganz so brutal am Dach rüttelte. Er sah an die Decke und dachte nach. Auch wenn die Situation auf Bjørnøya beklemmend erschien, so war er trotzdem froh, dass sie geblieben waren. Es fühlte sich richtig an. Zum ersten Mal seit geraumer Zeit tat er etwas Sinnvolles. Ein Lächeln breitete sich auf seinem Gesicht aus.

Karl war noch immer müde. Er stand auf. Sollte er Mats wecken? Nein, der Kollege musste ein paar Stunden ruhen, er konnte ihn noch nicht aus dem Schlaf reißen. Stattdessen ging er zum Fenster, konnte draußen aber nichts erkennen. Er tapste zu dem Barschrank, sah nach, was sich darin befand. Da war die Flasche mit einem karamellbraunen Inhalt. Whiskey. Dahinter eine Flasche Wodka. Und zwei kleine Underberg.

Er schüttelte den Kopf. Dann ging er die Treppe nach unten, um sich ein Glas Wasser zu holen und um die Tür zu kontrollieren. Der Strick hielt sie noch immer in Position, auch wenn sie bei stärkeren Böen etwas wackelte.

Schließlich legte er sich wieder auf das Sofa. Er sah erneut an die Decke. Er war so müde. Letztlich fielen ihm die Augen zu und er versank in einem traumlosen Schlaf.

KAPITEL 11

Karl riss die Augen auf.

Ein lauter Knall hatte ihn geweckt – oder hatte er sich das Geräusch eingebildet? Er lauschte angespannt in die Finsternis. Er war eingeschlafen, anstatt Wache zu halten. Verdammt. Er tastete mit der Hand nach seiner Dienstwaffe, flüsterte den Namen seines Partners. Seine Stimme zitterte leicht.

Doch Mats schien fest zu schlafen. Die einzige Antwort, die er bekam, war ein weiterer dumpfer Knall von unten. Im selben Augenblick wurde das Pfeifen des Windes lauter und ein kalter Luftzug kam aus dem Treppenschacht zu ihnen nach oben geweht. Jemand musste die Eingangstür aufgebrochen haben. Seine Nackenhaare stellten sich auf.

„Mats!", sagte er wieder, diesmal energischer. Endlich konnte er den blonden Schopf seines Partners aus dem Schlafsack herauslugen sehen. Karl schaltete die Taschenlampe ein und sah in das verschlafene Gesicht des jungen Schweden.

„Was ist denn los?"

„Hast du das nicht gehört?"

Wie um seine Frage zu bestärken, kam aus Richtung der Treppe zum wiederholten Male ein nicht einzuordnendes Geräusch. Erst ein dumpfer Aufschlag, dann eine Pause. Wieder ein Aufheulen des Windes, schließlich ein scharrendes Kratzen.

„Die blöde Tür ist aufgeflogen", sagte Mats mit zittriger Stimme.

Karl stand auf und zog sich seine Hose an. Er lauschte erneut, registrierte ein Kratzen, als ob jemand einen schweren Gegenstand über Holzfußboden zog. Was zum Teufel ging da vor?

Er tat einen zaghaften Schritt auf den Treppenschacht zu, die Taschenlampe in der einen, die Pistole in der anderen Hand. Immer wieder blieb er stehen, um auf die Geräusche zu lauschen, die über die Treppe zu ihm drangen. Ein eisiger Luftzug kam ihm entgegen. Abermals ein Kratzen, dann ein dumpfer Schlag. Und zuletzt etwas, das wie ein tiefes Brummen klang.

Er riss die Augen auf. Sein Herzschlag pochte laut in seinen Ohren. Flüchtig sah er sich nach Mats um, der einen Meter hinter ihm stand und scheu über seine Schulter blickte.

Der Lichtkegel der Lampe erhellte nun die obersten Treppenstufen. Er begann, vorsichtig nach unten zu steigen. Bückte sich, leuchtete in den Schacht. Die Eingangstür stand sperrangelweit offen. Dahinter nur undurchdringliche Dunkelheit.

Karl drückte sich an das Geländer, versuchte, den Eingangsbereich auszuleuchten. Sein Atem stockte und er stieß einen leisen Fluch aus. Im Scheinwerferkegel bewegte sich etwas. Ein weißes, pelziges Etwas.

Ein Eisbär.

***

Karl stand wie angewurzelt auf halber Höhe der Treppe. Der Bär musste die Lebensmittel im Vorratsraum gerochen haben. Das riesige Tier schnüffelte immer wieder an der Küchentür, bewegte seine massige Tatze an der Tür hinab, hinterließ dabei tiefe Rillen im Lack.

Karls Blick fiel auf das Seil, das im Wind wehte. Ein Ende war noch immer am Treppenpfeiler festgemacht, aber das Tier hatte das Tau – vermutlich spielend leicht – zerrissen. Karl machte einen Schritt zurück und drehte sich um. Mats kniete direkt hinter ihm, er war kreidebleich.

„Wir versuchen, das Biest mit Lärm zu vertreiben", flüsterte der Kommissar.

Die beiden nickten einander zu und auf ein stummes Signal von Karl hin begannen beide Polizisten, aus vollem Halse zu schreien.

Der Bär ließ augenblicklich von der Küchentür ab, drehte sich langsam zur Treppe um, baute sich dann zu seiner vollen Körpergröße auf. Er schien von ihrer Vorstellung eher irritiert als eingeschüchtert zu sein. Karl sprang auf und ab, sodass die Treppenstufen laut ächzten.

„Weg! Geh weg!", brüllte er.

Der Bär musterte ihn einen Moment. Er brummte erneut, drehte sich um und setzte den Versuch, die Küchentür zu öffnen, fort.

Die Polizisten sahen einander erneut an.

„Vielleicht würde ein Warnschuss ihn vertreiben?", schlug Mats unsicher vor.

Karl nickte und entsicherte seine Dienstwaffe.

„Weg. Weg mit dir! Haaaah!", blökte er erneut und trat mit dem nackten Fuß gegen das Geländer, sodass es schepperte. Der Eisbär drehte sich abermals um und bewegte seinen Kopf, versuchte anscheinend, die Gefahr durch den kleinen Menschen abzuschätzen. Er schnüffelte, sog immer wieder Luft durch seine schwarze Knopfnase. Seine Oberlippe krümmte sich nach oben, sodass lange Fangzähne zum Vorschein kamen. Dann machte das Tier einen Schritt auf den Treppenschacht zu.

In Karl stieg Panik auf; er hatte selbst angefangen zu hecheln.

„Weg mit dir!", schrie er ein letztes Mal.

Der Bär hatte die unterste Treppenstufe erreicht. Er öffnete das Maul, stieß ein zorniges Knurren aus. Schäumender Geifer tropfte von seinen schwarzen Lippen und der moschusartige Körpergeruch des wilden Tieres lag nun unverkennbar in der kalten Luft. Mit der linken Tatze schlug der Eisbär gegen das Geländer, das scheppernd zur Seite wegbrach.

Karl war wie in Trance. Er richtete die Waffe auf die Holzwand neben der Tür, einen Meter zur Linken des weißen Riesen. Dann krümmte er den Zeigefinger und drückte ab. Ein blecherner Knall ertönte. In den kalten Luftzug, der von der Tür in das Haus zog, mischte sich der Geruch des verbrannten Kordits. Das Biest sah ihn für den Bruchteil einer Sekunde verblüfft an. Dann wirbelte er herum, stieß dabei ein Schuhregal um und preschte durch die Tür nach draußen.

Karl sprang die Treppe hinunter und zog die Tür heran.

„Schnell, wir müssen sie sichern!"

Er drehte sich um. Mats saß auf der untersten Treppenstufe und ... lachte! Die Anspannung schien von ihm abzufallen, er bekam sich gar nicht mehr ein, hatte bereits Tränen in den Augen.

Karl schüttelte irritiert den Kopf. Dann setzte er sich neben den Kollegen, die Pistole noch in der Hand. Schließlich musste er selbst schmunzeln.

Mats kam nach kurzer Suche aus der Küche zurück. Er hatte im Vorratsraum eine Kette aus Edelstahl gefunden. Nachdem sie die Tür erneut verschlossen und sich vergewissert hatten, dass sie einem weiteren Einbruch standhalten sollte, gingen die beiden Männer nach oben und sahen aus dem Fenster. Der Mond war durch die Wolken gekommen und sie konnten die Spuren des Tieres im Schnee erkennen. Er war schnurstracks und auf kürzestem Weg aus der Basis geflohen. Sie sahen ihn im Mondlicht ein paar hundert Meter landeinwärts verschwinden. Er schien noch immer zu galoppieren. Karl kratzte sich am Kopf. Es musste sich um ein junges Tier handeln, das an diesem Tag wahrscheinlich zum ersten Mal Kontakt mit Menschen gehabt hatte.

Nicht nur das Licht, das sie etwas weiter blicken ließ, beruhigte ihn. Auch schien der Sturm allmählich nachzulassen. Das kreischende Pfeifen war einem leiseren Wispern gewichen.

Karl sah auf die Uhr. Es war viertel vor fünf morgens.

„Leg du dich noch ein paar Stunden aufs Ohr. Ich werde Wache halten. An Schlaf ist für mich eh nicht mehr zu denken."

KAPITEL 12

Am nächsten Morgen hatte sich der Sturm tatsächlich gelegt. Karl sah aus dem Fenster. Die Soldaten hatten gesagt, dass die Insel fast immer in einer diesigen Wolke liegen würde. An diesem Tag war von dem besagten Nebel keine Spur am Himmel zu sehen. Im Süden konnte man sogar die Sonne erahnen; einen hellen Streifen am Horizont, der ein dämmriges, indirektes Licht auf das Eiland warf.

Karl streute etwas mehr Salz über den Griesbrei, den Mats ihnen zubereitet hatte. Als er bemerkte, dass der Kollege ihn mit verdrossenem Blick ansah, hielt er inne, stellte den Salzstreuer schließlich zur Seite.

„Silja hatte also eigentlich keine Lust, nach Norwegen zu ziehen?", fragte er seinen Partner.

Die Augen des jungen Mannes hellten sich augenblicklich auf, als er lachte. „Nein, sie wollte nicht aus Luleå weg. Um ehrlich zu sein, ich wäre auch gerne dortgeblieben. Aber wir haben uns schließlich darauf geeinigt, dass wir es wenigstens versuchen würden." Mats sah auf den Brei auf dem Teller vor ihm. „Ich habe einfach keine Arbeit bei der Polizei gefunden. Sie bauen dort eher Stellen ab, als neue zu schaffen, weißt du? Und von Siljas Gehalt als Kindergärtnerin allein konnten wir nicht leben."

Karl nickte gedankenversunken. Er erinnerte sich, dass auch er Kari damals überredet hatte, nach Kirkenes zu ziehen. Er verzog den Mund zu einem schmalen Lächeln, sah seinen Partner an. Hoffentlich würde das junge Paar mehr Glück haben als er. Mats erwiderte den Blick mit leicht gesenktem Kopf. Er wirkte unsicher.

„Du warst doch auch verheiratet, oder?", fragte er schließlich.

Karl stocherte mit seinem Löffel im Essen.

„Ja, das stimmt", antwortete er dann.

„Es tut mir leid, dass es nicht gehalten hat."

Karl atmete langsam aus und legte seinen Löffel in den Brei. Aus heiterem Himmel ertönte ein Signalton. Die Männer fuhren herum und Karl sah ein grünes Lämpchen an der Kommunikationsstation regelmäßig aufblinken, direkt neben dem Telefonhörer. Anscheinend versuchte jemand, sie über das Satellitentelefon zu erreichen.

Karl machte eine entschuldigende Geste, stand auf und nahm den Hörer auf. „Kommissar Sortland", meldete er sich förmlich.

„Guten Morgen. Hier spricht John Halvorsen von der Küstenwache in Tromsø. Wie geht es Ihnen? Ich habe gute Neuigkeiten. Wollte Sie informieren, dass wir ein Patrouillenboot hochschicken. Es wird morgen früh gegen neun Uhr auf Bjørnøya eintreffen. Ich habe das auch Ihrer Chefin, Frau Petersen mitgeteilt, habe eben mit ihr gesprochen."

Karl nickte zufrieden. „Danke." Er zögerte. „Wie sieht es denn mit einem Helikopter aus? Können die starten? Wir könnten gut etwas Verstärkung gebrauchen, schon heute, wenn es geht. Wir wissen immer noch nicht, was hier passiert ist. Es deutet aber vieles auf einen menschlichen Angreifer hin."

Eine kurze Pause.

„Es tut mir leid, Herr Kommissar", sagte der Mann in Tromsø. „Das Wetter bei uns auf dem Festland ist immer noch sehr stürmisch. Wir werden die Situation heute Nachmittag neu bewerten, aber momentan sieht es so aus, als ob das Schiff die einzige Möglichkeit ist."

Karl runzelte die Stirn. „Verstanden. Wir werden wohl auch bis morgen überleben. Sagen Sie, Halvorsen. Wie geht es der verwundeten Frau, die gestern mit dem Helikopter zurückgeflogen ist?"

„Sie lebt. Mir wurde aber gesagt, dass ihr Zustand weiterhin kritisch sei, sie im Koma liegt. Aber mit großer Wahrscheinlichkeit wird sie überleben."

Erneut wippte Karl zufrieden mit dem Kopf. „Gut. Danke, Halvorsen. Dann warten wir eben auf das Schiff."

***

Schließlich machten Karl und Mats sich bereit, die Station zu verlassen. Ihr Plan war es, auf Skiern nach Tunheim zu gelangen, um dort nach den verbleibenden Forschern zu suchen. Nachdem sie sich in ihre Winterkleidung eingepackt hatten, öffneten sie die Eingangstür und traten in das schwammige Licht auf dem Platz vor dem Hauptgebäude. Beide Männer waren bewaffnet; Mats hatte seine Remington und Karl trug die Maschinenpistole, die er von dem Fähnrich erhalten hatte, über die Schulter geschlungen.

Die Polizisten blieben vor dem Gebäude stehen und Karl beobachtete die Basis einen Augenblick. Es war noch immer kalt. Doch im Tageslicht und ohne das ohrenbetäubende Kreischen des Sturms wirkte die Bäreninsel weniger bedrohlich als noch in der letzten Nacht. Trotzdem galt es wachsam zu bleiben.

Sie gingen schließlich schweigend hinüber zu der Fahrzeughalle, um die Skiausrüstung zu inspizieren. Die breite Stahltür, die sich neben einem metallenen Rolltor an der Nordseite des Bauwerkes befand, war unverschlossen. Karl hatte zur Sicherheit seine Pistole gezogen. Er öffnete die Tür langsam und sah sich geschwind in der Halle um. Nachdem er sich vergewissert hatte, dass in dem Gebäude keine Gefahr lauerte, steckte er die Polizeiwaffe wieder unter seine Daunenjacke.

Es lag ein angenehmer Geruch von Motorenöl und Benzin in der Luft.

Direkt am Rolltor stand eine orangene Schneeraupe der Marke Kassbohrer, die wahrscheinlich zum Räumen der Basis verwendet wurde. Hinter der Raupe waren zwei Schneemobile geparkt. An den beiden Seitenwänden standen hohe Regale mit allerlei Werkzeugen, Schmierölen und Ersatzteilen.

An der Rückwand der Halle, auf einem Podest, waren eine Vielzahl schmaler, hoher Schränke aufgebaut.

Karl trat auf das Podest und öffnete die Spinde der Reihe nach. Es dauerte einen Moment, doch zuletzt hatte er Langlaufskier in seiner Größe, sowie die entsprechenden Stiefel und Stäbe gefunden. Mit der Ausrüstung in der Hand ging er hinunter zu seinem Partner, der gerade eines der Schneemobile untersuchte. Karl schmunzelte.

„Ich schlage vor, dass wir bei den Skiern bleiben. So machen wir weniger Lärm. Du kannst das Gerät ein anderes Mal ausprobieren."

Mats sah ihn geistesabwesend an, blickte dann wieder einen Augenblick lang auf die langen, breiten Kufen des Schneemobils. Dann glitt er von der Sitzbank.

Vor der Halle schnallten sie sich die Skier unter die Stiefel. Karl hatte sich ein Paar der Marke Fischer ausgesucht, die ungefähr für sein Gewicht und seine Körpergröße ausgelegt waren. Mats hatte einen Lastenschlitten gefunden, den er an einem Riemen hinter sich herziehen konnte. Er meinte, dass er damit einen möglichen Verletzten transportieren könnte.

Wenige Minuten später waren sie auf dem Weg zu den Schienen, die am nordöstlichen Ende der Basis nach Tunheim führten. So war es jedenfalls auf der Karte eingezeichnet gewesen. Über die Gleise war früher wohl die Kohle aus dem Bergwerk zu der Anlegestelle gebracht worden, von wo sie dann ausgeschifft worden war.

Karl hatte lange nicht mehr auf Langlaufskiern gestanden und er hatte Schwierigkeiten, seinem Partner zu folgen, obwohl dieser zusätzlich zu dem eigenen Körpergewicht noch den Schlitten zog. Nicht nur schien Mats in herausragender körperlicher Verfassung zu sein; er hatte auch eine ausgereifte Technik. Karl musterte die fließenden Körperbewegungen seines Kollegen mit einer Mischung aus Eifersucht und Anerkennung. Seine Beine und Arme bewegten sich gleichförmig und er glitt durch den Schnee, als ob er sein Leben lang nichts anderes gemacht hätte.

Mats blieb auf dem leicht erhöhten Gleisbett vor ihm stehen, sah sich zu ihm um. Karl kam schnaufend zum Stillstand und blickte auf den vereisten Boden; teilweise waren die Holzschwellen der Bettung verrottet oder durch Erosion abhandengekommen, doch man konnte den groben Verlauf der Strecke noch gut erahnen. Auch ragten die verbogenen Schienen hier und dort aus dem Schnee.

Mats schlug ihm sanft gegen die Schulter.

„Du machst das gut! Laut Karte sind es nur etwa sechs oder sieben Kilometer von hier bis Tunheim. Geht das? Oder hätten wir vielleicht doch ein Schneemobil nehmen sollen?", fragte er mit einem fürsorglichen Unterton in der Stimme.

Karl schnaubte verächtlich, konzentrierte sich darauf, ruhig zu atmen. „Natürlich geht das. Du darfst nur nicht so rasen, meine Skier sind nicht so gut wie deine."

Mats lachte, nickte dann. Der junge Polizist schob sich seine Skibrille zurecht und setzte sich erneut in Bewegung, nahm schnell Fahrt auf und seine Bretter erzeugten bei jedem Schritt ein trockenes Knirschen in dem kalten, feinkörnigen Schnee.

Der Kommissar wischte sich mit der Hand den Schweiß von der Stirn und folgte seinem Partner, der einen Kurs direkt neben dem Schienenbett eingeschlagen hatte, wo keine Steine im Weg lagen. Nach einer Weile fingen seine Muskeln an, sich an die Bewegungsabfolgen zu erinnern und es machte ihm fast Spaß.

Das Gleisbett folgte in einer langen Rechtskurve grob der Küstenlinie. Bald hatten sie die flache Ebene des

Nordens verlassen. Die Landschaft wurde zunehmend steiler und Karl konnte die drei Bergspitzen, die über dem Horizont im Süden Bjørnøyas thronten, näherkommen sehen. Sie mussten längst den halben Weg hinter sich gelassen haben. Er blieb stehen, um etwas zu verschnaufen und die Aussicht in sich aufzusaugen. Er rief Mats zu, dass er anhalten solle. Kurz darauf standen die beiden Männer nebeneinander und blickten auf das Gebirge.

„Siehst du die drei Gipfel?", fragte Mats. Dampf stieg von seinem warmen Kopf in die kalte Luft. „Sie tragen die Namen der Schicksalsgöttinnen. Der eine heißt Urd, der zweite Verdana und der letzte Skuld."

Mats blickte ihn erwartungsvoll an.

„Und woher weißt du das, Schlaumeier?"

„Ich habe es auf der Karte gelesen. Du kennst dich nicht sonderlich gut mit der nordischen Mythologie aus, was?", fragte Mats mit einem Grinsen. Dann fuhr er fort: „Die drei Göttinnen weben das Schicksal. Die eine spinnt die Zukunft, die andere die Gegenwart und die dritte die Vergangenheit. Hab ich in der Schule gelernt."

Karl nickte anerkennend und sah dann wieder über die ansteigende, fast makellose Schneedecke, die sanft zu dem abgerundeten Gipfeln anstieg. Der Aufschrei eines Vogels riss ihn aus seinen Gedanken. In dem dämmergrauen Himmel über ihm war ein weißer Seevogel zu sehen, der über ihnen kreiste.

Einen Augenblick folgte sein Blick dem Flug des Vogels. Erneut ertönte das gereizte Krächzen des Tieres.

Die Möwe schien mit jeder Umkreisung etwas näherzukommen. Vielleicht wollte sie sie von einem Brutplatz verscheuchen.

„Ist gut, wir gehen ja!", schrie er in den Himmel, bevor er sich wieder in Bewegung setzte.

***

Eine halbe Stunde später erblickte Karl in einiger Entfernung die ersten Konturen von Gebäuden, die sich vor und unter dem tiefen Schnee abzeichneten. Das musste Tunheim sein. Das verlassene Dorf der Grubenarbeiter war dicht an der felsigen Küste erbaut worden, die schroff an die hundert Meter in die Barentssee abfiel. Beim Näherkommen zählte er mindestens zehn Häuser und Schuppen um die Gleise herum, die aussahen, als ob sie vor langer Zeit ihrem Niedergang überlassen worden waren.

Er blickte am Berghang empor. Da war ein Gebäude, das einsam einige hundert Meter über dem Dorf am Hang lag. Das musste der Eingang zum Bergwerksstollen gewesen sein. Karl schluckte. Der Anblick des aufgegebenen Industriegebiets erfüllte ihn mit Wehmut; wie war es wohl damals für die Arbeiter auf dieser gottverlassenen Insel gewesen, die unter den harschen Witterungsbedingungen gelebt und malocht hatten. Es konnte doch keine glückliche Epoche gewesen sein. Nun lag der Ort gespenstisch still dort zwischen dem unergründlichen Meer und den drei Schicksalsgöttinnen. Die Menschen waren verschwunden und der Zahn der Zeit hatte nur Einsamkeit und Beklemmung zurückgelassen, die diesem Ort noch immer anhafteten.

103

Sie folgten den Gleisen die letzten Meter gen Tunheim. Neben dem Schienenbett waren einige Gerätschaften zurückgelassen worden, die restlos von einer feuerroten Schicht Rost überzogen waren. Karl musterte im Vorbeigehen eine eiserne Zugmaschine, die über ein Jahrhundert in der salzigen Meeresluft überdauert hatte. Er sog die kalte Luft durch die Nase ein und konnte den metallischen Duft der Korrosion riechen.

Etwas weiter standen zwei Güterwagen, von denen nur noch die stählernen Achsen übrig waren, da die hölzernen Aufbauten komplett der Verwitterung zum Opfer gefallen waren.

Dann erreichten sie das Zentrum des Geisterortes. Dort war die Kohle anscheinend in einem zweistöckigen Kranhaus von den Bergwerkloren auf die größeren Eisenbahnwagen umgeladen worden, um schließlich zum Anleger bei der Wetterstation transportiert zu werden.

Karl ließ seinen Blick erneut über die Szenerie schweifen, über die zerfallenen Gebäude und verrosteten Gerätschaften. Stille Zeitzeugen einer anderen Vergangenheit.

Mats legte seine Hände um die Ohren und stieß ihn an. Er schien etwas gehört zu haben. Karl legte den Kopf schief und lauschte ebenfalls. Zuerst war da nur die ferne Brandung, die unter dem Dorf an die Küste schlug. Dazu das Pfeifen des Windes. Er horchte noch einen Augenblick und da wurde ihm bewusst, dass es nicht der Wind war, der da heulte: Es war das Jaulen eines Tieres. Ein Wolf oder ein Hund vielleicht.

Er blickte seinen Partner an, konnte dessen angespannten Gesichtsausdruck unter der Schneebrille erahnen. Der Schwede ließ langsam das Gewehr von seiner Schulter gleiten, entsicherte die Waffe.

„Wölfe?", fragte Mats leise.

Karl schüttelte den Kopf. „Dachte ich auch zuerst. Aber die gibt es hier gar nicht, haben die Soldaten gesagt."

Karl schlüpfte aus der Bindung seiner Skier und kletterte auf einen alten Triebwagen, von wo er einen besseren Überblick über die Umgebung hatte. Die rechte Hand hatte er auf die Maschinenpistole gelegt. Er horchte gespannt, drehte sich dann zu seinem Kollegen. „Ich glaube, es könnte ein Hund sein. Vielleicht dieser Stationshund, der Husky. Vielleicht ist er abgehauen."

Er drehte sich langsam einmal um die eigene Achse, doch er konnte den Ursprung des Jaulens noch immer nicht eindeutig bestimmen. „Laban!", rief er schließlich mit zittriger Stimme.

Unvermittelt hörte das Winseln auf und sie vernahmen ein Bellen, das aus einer der Hütten etwas abseits zu kommen schien. Dann wurden die Konturen eines braunen Hundekopfes vor dem Schnee sichtbar. Das Tier beobachtete sie.

Karl rief erneut. Der Hund kam langsam einen Schritt auf die Polizisten zu, blieb wieder stehen, kam dann näher, erst zögerlich, dann immer schneller. Im Näherkommen erkannte Karl das Tier. Es war der Husky, den er auf dem Foto in der Station gesehen hatte. Es war tatsächlich Laban, der sogenannte Chefpsychologe, wie die Forscher ihn liebevoll getauft hatten.

Das Tier hatte sich ihnen nun bis auf ein paar Meter genähert. Es schnüffelte in der Luft und warf dann die letzte Scheu ab, trat zwischen Karl und Mats. Sein Schwanz wedelte hin und her, und er war offensichtlich froh, den beiden Menschen zu begegnen.

„Ist ja gut, Junge", sagte Mats, kniete sich vor dem Tier in den Schnee und kraulte ihn hinter den Ohren. Laban schien noch mehr Vertrauen gewonnen zu haben, denn er sprang immer wieder an seinem Kollegen hoch und versuchte, sein Gesicht zu lecken.

„Wenigstens hat er nicht gefroren", sagte Karl, der seine Hand ebenfalls in das dichte Winterfell des Hundes gegraben hatte.

Dann stand er wieder auf. Er schluckte und fuhr sich mit der Hand durch das verschwitzte Gesicht. Sein Blick folgte den Spuren des Huskys im Schnee, die zu der kleinen Hütte etwas hangaufwärts führten.

„Lass uns mal nachsehen, was in dem Schuppen ist."

KAPITEL 13

Aino legte den Telefonhörer auf die Basisstation und sah einen Augenblick nachdenklich aus dem Fenster über den Fjord. Sie hatte zum wiederholten Male bei der Küstenwache angerufen und sich nach der Situation erkundigt. Die Kollegen hatten ihr bestätigt, dass das Schiff am nächsten Morgen auf Bjørnøya eintreffen würde. Sie hatten ihr gesagt, dass auch ein Polizist aus Spitzbergen und zwei Leute von der Spurensicherung aus Tromsø mit an Bord seien. Ansonsten hatte es nichts Neues gegeben. Sie konnte nur abwarten.

Die Abteilungsleiterin atmete stoßartig aus und nahm ihre Brille ab. Ihre Augen schmerzten. Aino hatte heute noch nichts von Karl und Mats gehört. Sie machte sich Sorgen. War es wirklich eine gute Idee gewesen, ihre Angestellten auf die Bäreninsel zu schicken? Sie fuhr sich mit der Fingerkuppe über die geschlossenen Augenlider.

Vielleicht hatte Karl recht. Wir sind ja nicht einmal lokal zuständig.

Aber was hätte sie denn sagen sollen, als um Amtshilfe gebeten worden war? Ablehnen war in solch einer Situation eigentlich nicht möglich, zumindest nicht, wenn man nicht beim Polizeipräsidenten in Ungnade fallen wollte. Aber hätte sie vielleicht zwei andere Polizisten senden sollen?

Sie stand auf und ging langsam in ihrem Büro auf und ab. Sie hatte den Neuen geschickt. Das war an sich schon ungewöhnlich. Doch sie hatte Mats auch noch zusammen mit Karl entsandt. Und Karl – Kommissar Sortland – war in letzter Zeit kein besonders verlässlicher Angestellter gewesen. Mit einem Seufzen rieb sie sich die Schläfen.

Was habe ich mir nur dabei gedacht?

Diese Entscheidung konnte sie, wenn etwas schieflaufen sollte, ihre Karriere kosten. Sie seufzte abermals. Tja, sie war wie sooft ihrem Bauchgefühl gefolgt. Komme, was wolle.

Sie setzte sich erneut auf ihren Stuhl und atmete tief ein, schob die dunklen Gedanken beiseite. Schließlich öffnete sie eine Word-Datei auf ihrem Computer, die mit *Karl Sortland* beschriftet war.

Nachdenklich sah sie auf die leere Seite. Nach dem Vorfall im Sommer hatte der Polizeipräsident in Tromsø sie gebeten, einen Bericht über die Episode zu verfassen und zu beurteilen, ob der Kommissar diensttauglich war. Karl war damals nicht suspendiert worden, auch, um einem Skandal in der Presse vorzubeugen. Nun kam ihr die Aufgabe zu, den geistigen Zustand des Polizisten einzuschätzen. Sie wischte sich eine Locke aus dem Gesicht und kratzte sich an der Stirn.

Der Bericht musste in zwei Wochen fertiggestellt werden, ein halbes Jahr nach dem Vorfall. Sie schrieb einen einleitenden Satz, lehnte sich dann im Stuhl zurück. Persönlich mochte sie Karl Sortland, keine Frage. Auch war er bis zu dem Zwischenfall ein fähiger Polizist gewesen, hatte sie bis dahin nie enttäuscht, seit sie vor ein paar Jahren die Leitung der Ermittlungsabteilung übernommen hatte. Nein, das stimmte nicht ganz. Er war nicht nur ein guter, er war ihr bester Ermittler gewesen. Doch nach dem Tod seines Vaters und der Scheidung war er nicht mehr derselbe. Es waren sicher diese Schicksalsschläge gewesen, die ihn zur Flasche hatten greifen lassen. Eigentlich keine ungewöhnliche Geschichte. Doch bei ihm war diese Entwicklung so außergewöhnlich schnell vorangeschritten, das Glitzern, das sie früher in seinen Augen gesehen hatte, so wahnsinnig schnell erloschen. Wenn man es doch nur irgendwie wieder entfachen könnte.

Aino nahm einen Schluck Kaffee und überflog noch einmal, was sie über ihren Angestellten geschrieben hatte. Ihre Finger verkrampften sich um die Maus. Sie hatte Mitgefühl mit Karl, wollte ihm nicht auch noch das Letzte nehmen, das ihm etwas bedeutete. Doch sie musste objektiv bleiben, sie leitete nun einmal die Ermittlungsabteilung der Polizei und konnte den Erfolg des Teams nicht von persönlichen Befindlichkeiten abhängig machen. Aber ihre eigene Karriere war irgendwie an Karls Schicksal bei der Polizei gebunden. Sie hatte einige Entscheidungen getroffen, für die sie die Konsequenzen würde tragen müssen. Sie hatte entschieden, dass Mats Karl als Partner zugeteilt worden war, obwohl ihr Vorgesetzter davon abgeraten hatte. Er hatte Karl nicht mehr als geeigneten Mentor angesehen. Jedoch hatte Aino nach einem ersten Gespräch mit Mats das Gefühl gehabt, dass er Karl vielleicht erreichen könnte.

Sie schrieb noch einen Satz, löschte ihn wieder. Sie wusste einfach nicht, wie sie den Kommissar derzeit beurteilen sollte.

Die Abteilungsleiterin seufzte müde. Die Einschätzung konnte warten, zumindest, bis sie erfahren würde, wie Karl sich auf Bjørnøya, in dieser ungewöhnlichen Situation, verhalten hatte.

Und sie hatte auch schon eine Idee, von wem sie diese Informationen erhalten würde.

KAPITEL 14

Karl und Mats stiegen schweigend den Hang hinauf, auf die Hütte zu, in der der Husky Unterschlupf gesucht hatte. Es war ein kleiner Verschlag, in dem vielleicht einmal Tiere gehalten worden waren. Das Dach war vor langer Zeit eingefallen und nur eine Wand, die zum Meer hin zeigte, stand noch. Laban lief nervös um die beiden Männer herum. Er schien eingeschüchtert, und als sie sich der Hütte bis auf zwei Meter genähert hatten, fing das Tier erneut an zu bellen.

Karl griff fest mit beiden Händen um die Maschinenpistole. Er bewegte sich mit langsamen, vorsichtigen Schritten auf die Wand zu, versuchte, sich seine Nervosität nicht anmerken zu lassen. Dann blieb er einen Augenblick an der Ecke stehen, nahm einen tiefen Atemzug.

Er trat um die Mauer, um einen Blick in den Innenraum zu werfen – fast wäre er zurück gestolpert. Auf dem Boden vor ihm lag eine Person mit dem Gesicht nach unten im Schnee. Der Körpergröße und den hellblonden, langen Haaren nach zu urteilen handelte es sich um eine Frau.

Karl starrte auf die Leiche, war wie angewurzelt stehen geblieben und bemerkte nur am Rande, dass sein

Kollege hinter ihm ein würgendes Geräusch von sich gab.

Der Schneeanzug war an einem Bein hochgezogen und entblößte eine stämmige Wade, die teilweise von Wollunterwäsche bedeckt war.

Karls Starre fiel nur langsam von ihm ab. Er wandte sich zu Mats um, der noch immer kreidebleich war, und legte dem Partner die Hand auf die Schulter. „Sie ist tot."

Mats nickte mechanisch. Zusammen traten sie neben die Leiche, drehten sie behutsam auf den Rücken. Karl kratzte sich abwesend im Nacken, während er den leblosen Körper musterte. Die Augen der Frau waren weit aufgerissen, die hellblauen Iriden um ihre Pupillen milchig. Ihre Lippen hatten sich ebenfalls verfärbt, waren dunkelblau, fast lila angelaufen. Auch ihre helle Haut hatte einen noch blasseren Ton angenommen. Das musste Frida sein, die andere weibliche Forscherin auf Bjørnøya. Er hatte sie an der flachen Nase wiedererkannt.

„Ich glaube, wir haben die zweite Vermisste gefunden", sagte er leise, legte sich dann die Hand über den Mund. Er versuchte, sich alle Details einzuprägen: Der Handschuh an ihrer linken Hand fehlte. Karl ging langsam in die Knie und hob mit seinem Skistock den steifen Arm an. Da war eine Bisswunde an ihrem Handballen. Während er die Hand der Toten musterte, stieg ihm ein dezenter, säuerlicher Geruch in die Nase. Er verzog die Mundwinkel, widerstand jedoch dem Drang, aufzustehen.

Mats deutete auf ihre linke Brust. Der Schneeanzug war blutgetränkt. Es war Karl nicht gleich aufgefallen, da Schnee an ihrer Jacke klebte.

„Könnte eine Schusswunde sein", sagte Mats.

Karl nickte langsam, streifte seinen Skihandschuh ab und zog sich stattdessen einen Latexhandschuh über, den er vorsichtshalber für solch eine Situation eingepackt hatten. Er beugte sich vor, untersuchte die Jacke und fand tatsächlich ein ausgefranstes Loch im Stoff. Das Blut aus der Austrittswunde hatte das Kleidungsstück durchtränkt, war dann zu einer harten Masse geronnen und letztendlich in einem kreisrunden Fleck um das Loch gefroren. Karl drehte sich zu Mats um, der nachdenklich dreinschaute.

Frida Karlsson war mit großer Wahrscheinlichkeit erschossen worden. Wie lange sie tot war, konnte Karl nicht sagen. Seine Erfahrung ließ ihn vermuten, dass die Leiche nicht mehr als zwei oder drei Tage hier gelegen hatte. Sonst hätten sich die wilden Tiere an ihr zu schaffen gemacht.

Karl ließ langsam einen Schwall Luft entweichen, stand auf und sah sich prüfend um. Das verlassene Dorf der Bergwerksgesellschaft lag still und unbeweglich da, genau wie bei ihrer Ankunft. Er blickte wieder auf den leblosen Körper auf dem Boden. Er schluckte, als ihn ein mulmiges Gefühl beschlich. Der Mörder könnte immer noch in der Gegend sein, sie möglicherweise sogar beobachten. Noch einmal ließ er seinen Blick schweifen, musterte dann wieder das Gesicht der jungen Frau, das zu einer grotesken Maske erstarrt war.

„Vielleicht hat der Hund sie gebissen?“, fragte Mats mit gedämpfter Stimme.

Karl schüttelte den Kopf. „Das glaube ich nicht. Eher, dass der Hund sie beschützt hat.“

Er sah hinunter zu dem Husky, der sich neben der Mauer auf den Boden gelegt hatte und leise wimmerte. „Ist ja auch egal, lass das die Spurensicherung beurteilen. Ich schlage vor, dass wir die Leiche mitnehmen. Irgendwelche Einwände?“

Mats sah auf Fridas sterblichen Überreste, dann wieder auf seinen Partner. „Nein, natürlich nicht. Ich hole den Schlitten.“

Karl zog den steifen Körper vorsichtig aus dem Schnee und gemeinsam legten die beiden Männer ihn schließlich auf das Gestell. Mats hatte ein Stück Seil in der Fahrzeughalle gefunden, mit dem er den Leichnam befestigte. Der Schlitten war zu kurz und die Füße würden auf dem Boden schleifen. *Was für eine würdelose letzte Reise*, dachte Karl, behielt den Gedanken aber für sich. Immer wieder mussten sie den Husky wegschieben, der aufgeregt kläffte und am Gesicht der Frau schnupperte. Sie würden dem verstörten Tier in der Station eine große Portion Futter geben. Und um ehrlich zu sein war Karl froh, den Hund von nun an dabei zu haben.

Nachdem Karl sich seine Skier angeschnallt hatte und sie startbereit waren, blickte er sich ein letztes Mal um. Die drei Berggipfel im Süden waren in dem dämmrigen Licht nur noch schemenhaft zu erkennen. Der kalte Wind war erneut aufgefrischt, raunte ein trauriges Lied, während er durch die Ruinen des verlassenen Dorfes wehte.

„Lass uns zusehen, dass wir schnell zur Station zurückkommen, bevor es richtig dunkel wird“, sagte er
mehr zu sich selbst als zu seinem Partner. „Vielleicht
kommen wir morgen wieder.“

KAPITEL 15

Die beiden Kriminalpolizisten stapften den vereisten Weg hinunter zu der Bucht unter der Wetterstation. Der Husky hatte sich schnell an die beiden Männer gewöhnt, lief um sie herum und wirkte vergnügt. Auch er schien froh zu sein, wieder menschliche Gesellschaft zu haben. Vor Karls Augen erstreckte sich die Kai-Anlage aus Beton, die sich an die linke Landseite der engen Förde schmiegte. Er hatte das graue Schiff der Küstenwache, die *KV Svalbard*, bereits seit einer halben Stunde mit dem Fernrohr von der Station aus beobachtet. Er musste zugeben, dass ihm ein Stein vom Herzen gefallen war, als er die Umrisse des Stahlkolosses am Horizont ausgemacht hatte. Nun hatte die *Svalbard* außerhalb der Bucht, kurz hinter den Wellenbrechern aus Beton geankert. Der Eisbrecher tanzte träge auf den Wellen und Karl konnte die Kennung *W 303* am Bug erkennen.

Als sie den Anleger erreichten, blickte Karl ungeduldig zu dem Schiff hinüber. Endlich tat sich etwas. Die Crew hatte ein orangefarbenes Landungsboot ins Wasser gelassen.

Er stieß seinem Partner spielerisch in die Seite. Jetzt mussten sie nur noch auf das kleine Boot warten, das zwar gegen die Fluten ankämpfen musste, aber beständig näherkam. Dann waren sie nicht mehr allein auf der Bäreninsel. Sie hatten nicht darüber gesprochen, jedoch konnte er seinem Partner ansehen, dass auch er die vergangene Nacht auf der Station als unangenehm empfunden hatte. Sie hatten sich mit dem Wachehalten abgewechselt und trotzdem hatte keiner der beiden Polizisten schlafen können. Jedes Mal, wenn Mats übernommen und Karl die Augen geschlossen hatte, hatte er das verzerrte Gesicht der Toten in der Hütte in Tunheim vor sich gesehen. Die vereisten Iriden, die Leichenflecken auf der hellen Haut. Und falls er doch einmal eingenickt war, hatte ihn jedes noch so leise Geräusch aufschrecken lassen. Labans leises Winseln. Mats hatten sicherlich dieselben Probleme geplagt, denn sein Partner war am Morgen fast ebenso schweigsam gewesen wie er selbst.

Das Landungsboot der Küstenwache hatte den Kai nun fast erreicht und drosselte seine Fahrt. Karl sah in den trüben Himmel über der Bucht. Die Insel würde schon in wenigen Wochen für ein paar Monate in vollständige Dunkelheit sinken. Zum Glück wäre er dann längst von hier fort.

Er drehte sich zu seinem Partner um. Mats sah wieder durch das Fernglas, das auf die *KV Svalbard* gerichtet war, und Karl musste lächeln. Er streckte sich und wedelte seine Hand vor der Linse, bis Mats sie beiseitestieß.

„Wenn du nett fragst, vielleicht lassen sie dich die Bordkanone abfeuern?", schlug er vor.

Mats sah unbeirrt weiter in die Ferne.

„Sie haben eine Bofors 57 mm Kanone. Schwedisch. Ich habe in der Marine bei einer Übung gesehen, wie sie damit einen Marschflugkörper zerlegt haben. Über 220 Schuss in der Minute. Eine gemeine Maschine."

Karl nickte anerkennend und sein Blick schweifte vom Bug, wo die Kanone aufgebaut war, zum Heck des Schiffes, auf dem die Konturen eines Helikopters zu erkennen waren. Er steckte sich ein Snus in den Mund und blickte zu dem Landungsboot, das die Insel nun erreicht hatte. Karl zählte sieben Passagiere in signalroten Isolationsanzügen.

Nachdem das Boot endlich am Kai festgemacht hatte, stiegen die Insassen der Reihe nach aus. Das Anlanden würde einen Moment dauern, da alle Passagiere über eine wackelige Leiter an Land gelangen mussten. Zuerst stieg ein älterer Mann aus. Er hatte kurzgeschorene Haare und einen grauen Schnauzbart, wirkte generell wie der Typ Autoritätsperson und Karl ging daher davon aus, dass er Soldat war. Er kam lächelnd auf ihn zu, reichte ihm und Mats die Hand und stellte sich als Leutnant Hauge von der Küstenwache vor. Er erklärte, dass er und seine Kollegin, Matrosin Fiskefjell hauptsächlich als Sicherung mitgeschickt worden waren.

Zwei weitere Passagiere waren Polizisten, von der Kriminaltechnischen Abteilung, der Spurensicherung. Sie begrüßten ihre Kollegen und begannen augenblicklich, ihre Ausrüstung, eine schwere Aluminiumkiste, aus dem Landungsboot zu heben.

Es folgten eine Frau und ein Mann, die dem meteorologischen Institut in Tromsø angehörten. Sie sollten wohl die Arbeit auf der Station übernehmen, bis eine

neue Crew vor Ort, oder die alte wieder einsatzbereit
war.

Zuletzt stieg ein braunhaariger, schlaksiger Mann aus
dem Boot. Er hatte den Kollegen der Spurensicherung
geholfen, ihre Ausrüstung auf den Kai zu tragen, hatte
die eine Seite der Kiste sogar allein getragen, obwohl sie
sehr schwer zu sein schien. Karl hatte Schwierigkeiten,
sein Alter einzuschätzen, doch er vermutete, dass der
Mann um die 40 Jahre alt war. Er trug eine Polizeiuniform unter dem Isolationsanzug und lächelte ihn ver-
schmitzt an, als er ihm seine Hand reichte.

„Mikkel Kuhmunen, von der Polizei auf Spitzbergen.
Schön, dich kennenzulernen.“

Karl nahm seine Hand und erschrak über den festen
Händedruck des hageren Mannes. Er verzog den Mund
und rieb sich seine Finger hinter dem Rücken, damit
Kuhmunen es nicht bemerkte. Er konnte an Mats Ge-
sichtsausdruck erkennen, dass er ebenfalls von der
Kraft des Mannes überrascht war. Der Polizist aus
Spitzbergen förderte einen Kamm aus der Tasche zu
Tage und zog damit sorgfältig den Seitenscheitel nach,
der bei der Überfahrt etwas Spritzwasser abbekommen
hatte. Karl fiel auf, dass der Beamte einen eigenwilligen
Akzent hatte, den er nicht richtig zu platzieren wusste.

Nachdem das Landungsboot entladen und gesichert
war, nahm die Gruppe aus zwei Soldaten, einem
Husky, fünf Polizisten sowie zwei Wissenschaftlern
Kurs auf die Wetterstation über der Bucht. Karl ging
neben Kuhmunen und erklärte ihm die Lage, erzählte,
wo sie Siv Møller gefunden hatten und wo die Leiche
von Frida Karlsson. Ein Kollege der Spurensicherung,

der die Unterhaltung mitgehört hatte, fragte, wo sie den Leichnam gelagert hatten.

Mats deutete auf die Fahrzeughalle. „In der Halle. Wir haben sie dort abgelegt. Ich hoffe, das war in Ordnung? Es war dort kälter als im Haupthaus.“

Der Kollege nickte verständnisvoll. „Wir haben einen Leichensack mitgebracht, in dem wir sie aufs Festland transportieren können. Vielleicht fangen wir gleich damit an?“

Der Leutnant der Küstenwache nickte und bedeutete der Matrosin, die Männer zu begleiten. Der Rest der Gruppe setzte den Weg zum Hauptgebäude fort. Als sie die Eingangstür erreicht hatten, blieb Kuhmunen stehen. Er musterte das zerstörte Schloss, nickte schweigend, trat dann ein. In der Eingangshalle stoppte er erneut und sah sich um. Er ließ seinen Blick über das ramponierte Geländer und das umgestoßene Schuhregal gleiten, begutachtete das Loch in der Holzverkleidung, das von dem Warnschuss stammte, der abgefeuert worden war, um den Eisbären zu vertreiben. Karl beobachtete ihn mit hochgezogener Augenbraue.

Kuhmunen spitzte die Lippen und sog Luft durch die Nase ein. Dann schnüffelte er wie ein Hund. Konnte der Kerl noch immer das Schießpulver in der Luft wahrnehmen? Karl konnte ein kurzes Lachen ob des Schauspiels nicht unterdrücken, bekam sich aber sofort wieder unter Kontrolle. Der sehnige Mann sah ihn dennoch verständnislos an und Karl machte eine entschuldigende Geste.

„Hier gab es tatsächlich einen Kampf“, stellte Mikkel Kuhmunen schließlich fest.

Karl verzog den Mund zu einem schmalen Grinsen. „Korrekt, aber nicht zwischen den Angreifern und den Forschern. Zumindest nicht hier. Diese Unordnung, das war ein Eisbär. Und dort, das war ich. Der erste Schuss, um die Tür aufzubekommen, der zweite, um den Bären zu vertreiben."

Mikkel nickte anerkennend.

„Ich verstehe", sagte er kühl und sein Blick ruhte einen Moment auf der Maschinenpistole, deren Halterung Karl um die Schulter geschlungen hatte. „Wenn ein Mann einen Hammer hat, dann sieht er überall nur Nägel."

Karl blinzelte, neigte den Kopf zur Seite.

Kuhmunen lächelte nun ebenfalls und schlug ihm auf die Schulter. „Ich mache nur Spaß. Komm, wir gehen nach oben."

Als Karl mit dem Kollegen im Kontrollraum in der zweiten Etage ankam, hatte Mats die anderen Neuankömmlinge bereits durch die Zentrale geführt. Die beiden Meteorologen aus Tromsø hatten sich daran gemacht, Daten aus den Instrumenten auszulesen, wohl, um einen ersten Wetterbericht zu verfassen.

Karl sah zu den Wissenschaftlern hinüber, sprach dann etwas leiser, sodass sie es nicht hören würden. Er wollte sie nicht verschrecken. „Die Axt und der Finger liegen hier, in Plastik eingepackt." Er deutete auf ein Regal, in dem sie die Gegenstände aufbewahrten, die möglicherweise als Beweismittel dienen konnten. Kuhmunen nahm die eingewickelte Axt auf und erschrak sichtlich, als er das geronnene Blut an der Schneide erblickte. Karl deutete auf den runden Tisch in der Mitte des Raums. „Sollen wir uns setzen?"

Die Beamten zogen ein paar zusätzliche Stühle heran und nahmen Platz. Im selben Augenblick kamen die beiden Polizisten der Spurensicherung die Treppe hochgestiegen, gefolgt von der jungen Matrosin, die sie begleitet hatte. Karl sah die Männer fragend an.

Ein älterer Beamter mit grauem Bart, der sich Karl zuvor als Ingvar vorgestellt hatte, lehnte sich an eine Arbeitsstation und erklärte den sitzenden Kollegen: „Wir haben den Leichnam für den Transport eingepackt."

Er zog die Latexhandschuhe langsam von der Hand und rieb sich die Finger, bis er bemerkte, dass die anderen Männer ihn noch immer erwartungsvoll ansahen. „Wir werden ihn auf dem Festland untersuchen. Aber auf den ersten Blick sieht es so aus, als ob ein Schuss in den Rücken die Todesursache sein könnte. Aber das muss die Gerichtsmedizin beurteilen."

Karl nickte schweigend und der Mann der Spurensicherung fuhr fort: „Ich schlage vor, dass mein Kollege und ich die Station gründlich auf Spuren untersuchen."

Dann sah er auf die junge Soldatin, die etwas abseits stand. „Wenn das in Ordnung ist, dann würden wir später mit Fiskefjell nach Tunheim fahren, sehen, ob wir dort noch etwas entdecken. Wenn wir Glück haben, finden wir das Projektil. Das ist zur Bestimmung einer möglichen Tatwaffe natürlich wichtig. Vielleicht könntet ihr uns genau beschreiben, wo ihr die Leiche gefunden habt?"

Mats nickte und Karl stand auf und trat an die Karte, die wieder an der Wand aufgehängt war. Er zeigte auf die Südspitze der Insel.

„Mats, ich und Kuhmunen werden uns auf den Süden konzentrieren. Wir könnten zu dem Walfängerdorf in der Walrossbucht fahren. Dort habe ich in der Nacht unserer Ankunft vom Helikopter aus ein Licht gesehen."

Kuhmunen stand ebenfalls auf, trat neben Karl und musterte die Landkarte. „Gute Idee. Es könnte ein Verletzter sein, der dort Schutz gesucht hat."

Karls Augen verengten sich. „Ja. Oder der Angreifer."

Leutnant Hauge straffte die Schultern und meldete sich schließlich zu Wort: „Einverstanden. Matrosin Fiskefjell wird die Kollegen der Spurensicherung begleiten. Ich unterstütze Sie im Walfängerdorf." Er machte eine kurze Pause, in der sich seine Miene deutlich verhärtete. „Natürlich überlassen wir die Schlussfolgerungen der Polizei, wir sind nur zu Ihrem Schutz hier. Aber wenn Sie mich fragen, dann suchen wir nach ein paar Russen."

Mats sah ihn ungläubig an. „Wie meinen Sie das, Herr Leutnant?"

„Die Russen wollen die Insel schon immer für sich haben, wegen ihrer strategischen Position im Polarmeer. Ich war letztes Jahr dabei, als an der Südküste ein russisches, sogenanntes Forschungsschiff, die *Petrozavodsk*, bei einem Sturm verunglückt ist. Das Schiff ist auf den Klippen gestrandet. Das waren sicher keine Forscher, das waren Agenten."

Er stand auf und Karl erkannte Entrüstung in den Augen des Soldaten, als er fortfuhr. „Bei fünfzehn Meter hohen Wellen hat die russische Marine einen Mann zu dem Wrack abgeseilt. Das tut man nicht für irgendwelche Forschungsergebnisse. Nein, da war etwas an Bord, das wir nicht finden sollten."

Karl zuckte mit den Schultern. „Und was hat das mit den verschwundenen Meteorologen zu tun?"

Leutnant Hauge blickte ihn verbissen an. „Einen Tag vor dem Verschwinden der Forscher haben wir ein russisches Schiff beobachtet, dass sehr dicht an Bjørnøya vorbeigefahren ist. Es könnte doch sein, dass sie die Angreifer abgesetzt haben."

„Und warum sollten die Russen die Forschungsstation attackieren?", fragte Mats.

„Ich weiß es auch nicht. Aber meiner Meinung nach war das kein Zufall", antwortete Hauge.

Die Männer schwiegen.

„Wir werden sehen", sagte Karl nach einem Moment und musterte die Maschinenpistole des Soldaten, die er an die Lehne des Stuhls gehängt hatte. „Aber wir nehmen Sie gerne mit in den Süden, zur Sicherheit."

Der Polizist aus Spitzbergen sah zufrieden in die Runde.

„Dann los! Wir haben nur wenige Stunden Tageslicht."

Nachdem es keine Einsprüche gegeben hatte, kleideten sie sich an und gingen in die Fahrzeughalle. Der schlanke Polizist aus Spitzbergen musterte den vorderen Scooter, setzte sich auf das Gerät und nickte.

„Hauge, wollen Sie mit mir reisen?"

Er drehte den Zündschlüssel und drückte den Startknopf. Es ertönte ein hustendes Knattern und blauer Rauch kam aus dem Auspuff der Yamaha-Maschine. „Auf Los geht's los", schrie er über das Dröhnen des Motors.

Karl betätigte einen Schalter an der Wand und mit einem metallischen Scheppern bewegte sich das Rolltor nach oben.

Karl startete das zweite Schneemobil und steuerte es unter dröhnendem Knattern ebenfalls aus der Fahrzeughalle. Es war ein grauer Tag geworden und ein frischer Nordwind blies feinen Schnee über die karge Landschaft. Der Kommissar wartete, bis Mats aufgestiegen war, zeigte dem Fahrer des anderen Gefährts dann seinen nach oben gereckten Daumen. Daraufhin setzte sich die Kolonne in Bewegung. Karl hielt sich ein paar Meter hinter Kuhmunen, der die Insel besser kannte. Er blickte auf den Rücken des Soldaten, Hauge, auf dem Schneemobil vor sich. Das Gewehr wippte auf seiner Schulter sanft auf und ab, während sie die Basis durch den dichten Schnee hindurch verließen. Schließlich schlugen sie einen Weg in südwestliche Richtung ein. Sie wollten die flachen Gebiete der Insel soweit es ging auszunutzen, um die zwanzig Kilometer zu dem verlassenen Walfängerdorf im Süden schnellstmöglich zurückzulegen. Es sollte nicht mehr als eine, vielleicht anderthalb Stunden dauern, bis sie ihr Ziel erreicht hatten. Mit etwas Glück würden sie zurück in der Basis sein, bevor sich die winterliche Dunkelheit und mithin die Kälte über die Bäreninsel legen würde.

Karl blickte sich durch die Skibrille um; die einzigen Navigationspunkte waren die Küstenlinie zu ihrer Rechten und die Berge im Süden. Ansonsten war alles eine undefinierte grau-weiße Masse.

Die Fahrt machte ihm Spaß. Er war in seiner Jugend oft mit dem Schneemobil in der Finnmarksvidda unterwegs gewesen. Obwohl er sich nicht mit Mats und

Kuhmunen unterhalten konnte, genoss er die Gesellschaft und war froh, dass ihre Rückfahrt aufs Festland mit jeder Minute näherkam. Er lächelte. Wenn er erst mal wieder in Kirkenes war, würde er sich eine Flasche Wodka besorgen und ganz ohne schlechtes Gewissen genießen. Er hatte mehrere Tage am Stück nicht getrunken, dafür hart gearbeitet und ordentliche Polizeiarbeit verrichtet.

Sie hielten sich dicht an der Küstenlinie, bis die Ebene sanft anstieg und sie zu ihrer Linken die Gipfel der drei Schicksalsgöttinnen sehen konnten. Auch zu ihrer Rechten bestand die Küste nun aus steilen Klippen. Nachdem sie eine Weile bergauf gefahren waren, kamen sie an einen flachen Kamm. Darunter konnte Karl die Südküste und das Meer erblicken. Das Wasser war dunkelblau, fast schwarz und rollte mit langen, gischtbedeckten Wellenkämmen unermüdlich Richtung Süden.

Von diesem höchsten Punkt ihrer Reise ging es nun steil bergab und sie mussten ihre Geschwindigkeit verlangsamen. Karl war froh, den Mann aus Spitzbergen vor sich zu wissen, der routiniert den besten Weg für die kleine Fahrzeugkolonne zu finden schien. Kuhmunen steuerte um schneebedeckte Findlinge und tiefe Felsschluchten herum und hielt nur einmal an, um auf das GPS-Gerät zu schauen.

Zu guter Letzt lenkte Karl das Schneemobil in eine schmale Senke, die sich in scharfkantigen Serpentinen hinab zum Wasser schlängelte. Bald konnte er über einer Bucht die Umrisse von Gebäuden unter dem Schnee ausmachen. Sie hatten die oberen Ausläufer das alten Walfängerdorfs erreicht. Er parkte seinen

Schneescooter neben Kuhmunen, der bereits abgestiegen war.

Die vier Männer beobachteten schweigend die kleinen Holzhäuser, die hier und dort aus der weißen Decke hervortraten. Außer der Brandung, die in gleichmäßigen Abständen ein donnerndes Poltern zu ihnen hinaufwarf, war es vollkommen still. Karl nickte Kuhmunen zu. Er nahm die Maschinenpistole von der Schulter und rückte langsam auf das Zentrum der Siedlung vor.

Im Vorbeigehen fiel sein Blick auf einen metallischen Tank, der vollständig von Rost zerfressen war. Vielleicht hatten die Walfänger dort den Waltran aufbewahrt. Der Rohstoff, der sie so weit in den Norden und diese lebensfeindliche Landschaft gelockt hatte. Neben dem Behältnis ragten kolossale, grau-weiße Knochen aus dem Schnee, die einmal zu einem Haufen aufgestapelt gewesen sein mochten. Das mussten Rippenknochen von Walen sein.

Kuhmunen blieb stehen, hob die rechte Hand. Er schien zu lauschen. Karl blickte sich ebenfalls um, konnte aber nichts Ungewöhnliches ausmachen; das verlassene Dorf lag weiterhin still und ohne jegliche Bewegung vor ihm. Auch Mats und Hauge blickten verwirrt drein.

Plötzlich schniefte Kuhmunen, sog wieder Luft durch seine Nase ein, wie er es auch vorhin in der Basis getan hatte. Dieses Mal fand Karl das nicht mehr so komisch. Er schnupperte selbst. Was er roch, war das Aroma von Salz, Algen und Meer. Doch da war noch etwas anderes: Es lag der Hauch irgendeines rauchigen Duftes in der Luft. Nur sehr fein, doch es konnte sich, mit viel Fantasie, um ein erkaltetes Lagerfeuer handeln.

KAPITEL 16

Kuhmunen drehte sich zu den anderen Männern um. Er deutete auf einen verfallenen Holzverschlag etwas abseits des kreisrunden Platzes, der einmal der Mittelpunkt der Walfängersiedlung gewesen war. Aus einer Schneewehe ragten dort Überreste einer Steinmauer. Die Dachkonstruktion, die einmal darüber gethront hatte, war zum größten Teil in sich zusammengefallen.

Karl nickte den Kollegen zu und die vier Männer gingen behutsam und mit gezogenen Waffen los, bis sie das zerfallene Bauwerk im Halbkreis umstellt hatten. Er lauschte, doch es war vollkommen ruhig, nur das entfernte Rauschen des Nordmeeres und sein angespannter Atem zerrissen das Vakuum dieser Totenstille. Karl hob den Blick in den Himmel über der Bucht und einen Augenblick glaubte er, den blutroten Schimmer der Sonne zu erahnen, die irgendwo weit im Süden über den Horizont zog.

Er war an der nördlichen, dem Wasser abgewandten Holzwand stehen geblieben. Jäh vernahm er hinter sich ein Knacken, dann ein leises Fluchen. Er wirbelte herum. Aber es war lediglich Hauge gewesen, der mit dem Fuß durch die Schneedecke gebrochen und an etwas hängengeblieben war. Karl schüttelte irritiert den Kopf und drehte sich langsam wieder um.

Aus dem Augenwinkel registrierte er eine Bewegung; etwas schneeweißes schoss aus dem Verschlag. Instinktiv riss er seine Waffe hoch, rutschte dabei aus und verlor die Balance. Er landete mit dem Rücken im Schnee, setzte sich hektisch wieder auf. Schon hörte er hinter sich ein lautes Lachen. Als er sich wütend umdrehte, blickte er in das unbeschwerte Gesicht seines Partners. Kuhmunen kam auf ihn zu, um ihm aufzuhelfen.

„Das war ein Polarfuchs, Karlemann. Du hast ihn beinahe erwischt.“

Karl stand auf und erkannte nun selbst den weißen Fuchs, der in einiger Entfernung am Abhang verschwand. Er blickte den Polizisten aus Spitzbergen mit zusammengekniffenen Augen an. „Ich heiße Karl.“

Ein erneutes Lachen hinter seinem Rücken. Der Kommissar warf Mats einen düsteren Blick zu, bis sich das Grinsen auf dem Gesicht des jungen Schweden wieder verflüchtigt hatte.

Die Männer durchsuchten den Verschlag und fanden tatsächlich den Ursprung des Rauchgeruchs. In der Mitte des zerfallenen Raums waren die Überreste eines Lagerfeuers zu sehen, das mit Schnee überschüttet worden war. Neben dem Feuer stand, an eine Wand gelehnt, ein Gewehr.

Karl hob es vorsichtig an, überprüfte, dass sich keine Kugel in der Kammer befand. „Ich glaube, dass ist eine der Waffen aus der Wetterstation. Gegen Eisbären. In der Basis lag genau so ein Gewehr im Waffenschrank.“ Er betrachtete die Unterseite des Kolbens. „Bei diesem ist aber das Namensschild abgekratzt worden.“

Er reichte Mats die Waffe, der sie vorsichtig inspizierte und das Magazin öffnete

„.308 Winchester Kugeln. Eine kräftige Jagdwaffe. Es fehlen zwei Projektile", sagte er und hängte sich das Gewehr dann über die Schulter. „Wir fragen beim meteorologischen Institut nach, wem die Waffe gehört."

Kuhmunen bückte sich und hob ein verkohltes Holzscheit aus der Feuerstelle, roch daran und trat dann aus der Hütte und musterte prüfend die Schneedecke um das Bauwerk herum.

Karl folgte dem Kollegen. Seiner Ansicht nach bestand kaum eine Chance, noch irgendwelche Hinweise auf die Person zu finden, die in der Hütte Zuflucht gesucht hatte. Es hatte die letzten Tage konstant gestürmt und geschneit und er fand es bereits erstaunlich, dass der Same die Feuerstelle noch gerochen hatte.

Karl blickte zum Wasser hinunter, wo sich ein dünner, schwarzer Sandstreifen um eine morsche Anlegestelle ausbreitete. Nachdenklich stapfte er die wenigen Meter durch den Schnee hinab zu dem zerfallenden Steg. Am Strand angekommen ging er in die Knie und fuhr mit der Hand durch den Sand, der mit einer dünnen Eisschicht überzogen war. Als er aufstand, rieb er sich das Kinn. Schließlich winkte er Kuhmunen zu sich, ging dann einige Meter weiter erneut in die Knie und schabte mit seinem Messer im Eis. Da war eindeutig ein Abdruck im Sand unter dem gefrorenen Wasser.

„Siehst du das, Mikkel?", fragte er.

Kuhmunen trat neben ihn und neigte nachdenklich den Kopf.

„Fußabdrücke?"

„Genau", sagte Karl. Er stand auf und ließ den Blick über die Uferlinie schweifen. Wenn man wusste, wonach man suchen musste, waren sie nicht so schwer auszumachen, diese Unregelmäßigkeiten im Sand. Er entdeckte mehrere der sanften Einprägungen am Ufer. So konnte er deutlich den Weg einer Person von der Anlegestelle an der schmalen Strandlinie gen Westen nachvollziehen.

„Ziemlich große Füße. Ich glaube, das ist der Abdruck eines Mannes", warf Kuhmunen ein.

„Wo führt dieser Weg hin?", fragte Mats, der nun ebenfalls am Strand angekommen war.

„Wenn die Wellen nicht so hoch sind, kann man unter den Klippen um die ganze Insel spazieren", antwortete Kuhmunen und deutet zu der Steilküste im Westen.

„Können wir den Spuren mit den Schneemobilen folgen?", fragte Karl.

Kuhmunen schüttelte den Kopf.

„Ich glaube nicht, dass wir dort durchkommen würden. Zu Fuß ja, aber mit den Scootern? Nein. Außerdem gibt es überall an der Küste Höhlen, in denen man sich verstecken könnte, wenn man nicht gefunden werden will. Wir bräuchten Wochen, um das alles abzusuchen. Die Spuren sind ja ein paar Tage alt. Wer weiß, wo die Person nun ist."

Karl seufzte. „Die Frage ist natürlich, ob wir es mir einem der verletzten Forscher oder dem Angreifer zu tun haben."

Er sah geistesabwesend zu den hohen Klippen im Osten und Westen empor, die die Bucht zu beiden Seiten einklammerten. „Wenn es einer der Täter war, dann muss er vorhaben, irgendwie von der Insel wegzukommen. Allein kann er hier nicht lange überleben. Mikkel, ich schlage vor, dass du mit Hauge das Dorf durchsuchst. Ich folge mit Mats den Spuren, zumindest ein kleines Stück. In einer halben Stunde treffen wir uns hier wieder."

***

Karl ging in leicht gebückter Haltung am Strand entlang, den Blick stets auf den eisüberzogenen, schwarzen Sand gerichtet. Manchmal schien er die Abdrücke verloren zu haben; doch dann konnte er die Form ein Stück weiter doch wieder unter dem Eis erkennen. Er folgte der Küstenlinie einen Augenblick, bis sie unter einer steilen Klippe dicht ans Wasser reichte. Als sie einen Findling umrundet hatten, beschrieb die Küste eine Biegung und von dort aus konnte Karl das Dorf nicht mehr sehen. Er drehte sich zu seinem Partner um. „Wir gehen noch ein kleines Stück, in Ordnung?"

Mats nickte, folgte ihm schweigend.

Die vereinzelten Spuren im Eis führten in eine Bucht und von dort auf ein Geröllfeld zu.

„Mist", sagte Karl leise. „Auf dem Felsen können wir die Fußabdrücke nicht mehr sehen."

Sein Blick glitt über die steile Klippe über ihnen, dann wieder auf das Geröll über dem Strand. Er kniff die Augen zusammen. Da war doch etwas. Ein Loch in dem schwarzen Felsen. Der Eingang zu einer Höhle? Er nahm die Maschinenpistole in die Hand und ging langsam darauf zu; eindeutig ein Höhleneingang, gut durch einen Findling verdeckt. Nur ein enges, schwarzes Loch zwischen dem Felsmassiv und dem Geröll.

Karl bückte sich, nahm die Taschenlampe in die Hand und schaltete sie ein. Dann legte er sich auf den Bauch und versuchte, in die Dunkelheit zu leuchten. Der salzige Geruch von Algen und Schalentieren stieg ihm in die Nase. An den Wänden des schmalen Ganges waren Kieselsteine mit Schmelzwasser zu einer glatten Masse zusammengefroren. Dort waren Kratzspuren zu erkennen, die darauf hindeuteten, dass jemand versucht hatte, sich in den Gang zu zwängen. Karl streckte sich, versuchte, um eine Biegung herum zu leuchten. „Da liegt irgendwas, Mats." Seine Stimme zitterte mehr, als es ihm lieb war. War das eine weitere Leiche? Nein, der Gang war zu eng. Es sah eher aus, wie ein Stück Stoff, das jemand in den Gang geschoben hatte, vielleicht mit einem Stock.

„Was ist es denn? Kann man es erreichen?" Die Stimme seines Partners klang nur gedämpft an sein Ohr.

„Ich glaube schon", antwortete Karl. „Wenn man will." Karl wollte nicht.

Er stieß sich zurück und setzte sich auf, blickte seinen Partner an. „Keine Ahnung was das ist. Ich glaube, man könnte rankommen. Aber ich schaffe das nicht. Ich kann da nicht rein." Als Mats ihn fragend ansah, verzog Karl den Mund. „Ich habe Platzangst."

Der blonde Mann lachte kurz auf, begriff dann aber, dass Karl es ernst meinte.

„Was ist es denn? Liegt es weit drinnen?", fragte er.

„Zwei Meter ungefähr. Ein Stück Stoff, in das vielleicht etwas eingewickelt ist. Ich kann etwas helles

Holz erkennen, glaube ich. Vielleicht die Schulterstütze eines Gewehrs.

Mats nickte, legte sich ebenfalls auf den Bauch und versuchte, in den Gang einzudringen. Bereits nach einem Versuch gab er auf. „Meine Arme sind zu kurz. Tut mir leid, aber ich glaube, dass du es doch versuchen musst."

Karl stöhnte leise auf, spürte gleichzeitig Mats' Hand auf seinem Rücken. „Es ist unsere einzige Chance. Du hast längere Arme als ich." Er grinste. „Außerdem habe ich breitere Schultern als du. Ich pass da nicht rein. Und ich bin doch hier. Wenn es Probleme gibt, ziehe ich dich einfach raus."

Es klang so einfach, wie Mats es sagte. Karl fluchte leise und biss die Zähne zusammen, legte sich erneut auf den Felsen.

Wenig später war er mit dem Kopf und den Schultern in den Gang eingedrungen. Sein Herz schlug viel zu schnell und er atmete hektisch, während er versuchte, nach dem Stoff zu greifen. Er schaffte es nicht. Sein Arm war vielleicht fünf Zentimeter zu kurz.

Hinter sich hörte er die gedämpften Zurufe seines Partners. Er schloss einen Moment lang die Augen, hörte das Blut laut in seinen Ohren rauschen wie das Meer vor dieser verdammten Höhle, versuchte, sich das Bild der Weite der Küste in Erinnerung zu rufen, die Enge um ihn herum so zu verdrängen – das Gefühl, eingeschlossen zu sein. Er streckte sich, so weit er konnte, stöhnte, legte alle Kraft in die Bewegung. Dann griff er zu – und hatte den Zipfel des Stoffbündels in der Hand.

„Zieh mich raus!", schrie er sofort. „Mach schon, zieh mich raus!"

***

Karl betrachtete das Gewehr, das vor ihnen auf dem ausgebreiteten Stofflappen auf einem Felsen lag. Die Waffe war baugleich mit jener, die sie am Feuer gefunden hatten. Nur dass an dieser kein Zielfernrohr angebaut war, während die, die im verlassenen Dorf gelegen hatte, ein ebensolches Hilfsmittel installiert hatte.

„Interessant. Da wollte jemand eindeutig verhindern, dass das gefunden wird, wenn du mich fragst." Karl schlang sich die Halterung der Waffe um die Schulter und lächelte seinem Kollegen zu.

Wenige Minuten später waren die beiden wieder im Walfängerdorf angekommen. Kuhmunen und Hauge warteten bei den Schneescootern. Der Polizist aus Spitzbergen bestätigte, dass der Soldat und er keine weiteren Hinweise gefunden hatten. Daher bestiegen die vier Männer ihre Schneemobile und folgten ihren eigenen Spuren gen Norden, zurück zu der Wetterstation Herwighamna.

Immer wieder sah Karl in den dunklen Himmel über ihnen. Es war erst kurz vor fünfzehn Uhr, doch es würde bald stockfinster sein. Die Sicht wurde immer schlechter. Der eisige Wind peitschte feinen Schnee in sein Gesicht und er musste immer wieder seine Brille freiwischen, um nicht vom Weg abzukommen. Hoffentlich würden sie noch am selben Abend abreisen können. Er hatte genug von Bjørnøya.

***

Sie erreichten die Forschungsstation gegen fünf Uhr und parkten die Scooter in der Fahrzeughalle. Karl und Mats gingen sogleich in das Hauptgebäude und fanden dort die Meteorologen und drei weitere Soldaten der Küstenwache vor. Sie mussten mit einem weiteren Landungsboot angekommen sein, während sie unterwegs gewesen waren. Sie erklärten Karl, dass sie auf Bjørnøya bleiben würden, um die Forscher und die Station zu sichern. Karl sah die Männer mitleidig an, verkniff sich jedoch einen Kommentar, machte sich stattdessen zusammen mit Mats daran, die Kollegen der Spurensicherung zu suchen. Sie fanden sie im Wohnbereich einer der Nachbarhäuser. Sie hatten ihre Arbeit abgeschlossen und verstauten gerade Proben und Beweismittel in einer Metallkiste, um sie so ans Festland zu transportieren.

„Habt ihr etwas entdeckt?", fragte Karl.

Der ältere der beiden nickte. „Wir haben Genmaterial von allen vier Forschern gefunden. An den Zahnbürsten. Das erleichtert es uns später, den Finger und die Blutspuren zuzuordnen." Er zögerte, sah durch ein Fenster in die Dunkelheit. „Draußen im Schnee haben wir nicht viel finden können."

Mats lehnte an einem Schrank neben der Kiste.

„Die Leiche aus Tunheim, was habt ihr mit der gemacht?", fragte er.

„Die hat die Küstenwache schon an Bord geholt. Sie reist mit uns nach Hause."

„Heißt das, dass wir noch heute abreisen können?", fragte Karl vorsichtig.

Zu seiner Erleichterung nickte der Mann. „Ja, von mir aus kann es jederzeit losgehen."

***

Das Landungsboot arbeitete sich stetig durch die Wellen auf die *KV Svalbard* zu. Karl blickte mit einem mulmigen Gefühl ans Ufer hinter ihnen. Auf dem schmalen Kai im trüben Licht einer Lampe standen die Soldaten und die zwei Meteorologen, die die Wetterstation vorübergehend bemannen sollten. Er hob seinen Blick über die Bucht auf die Forschungsstation am Hang, von der nur die Konturen der größeren Gebäude und die Positionsleuchten an den Antennen vor dem grauen Himmel zu sehen waren.

Karl seufzte, drehte sich um und sah auf die Lichter des Patrouillenbootes der Küstenwache, das nur noch wenige Meter entfernt auf den dunklen Wogen tanzte. Er erhob sich und stellte sich neben seinen Partner, der am Bug an der Reling stand.

KAPITEL 17

Der Kommissar erwachte aus einem seichten Schlaf – und blinzelte in das aufgeregte Gesicht seines Partners. Er musste auf der schmalen Bank in der Messe eingeschlafen sein, schon kurz nachdem die *KV Svalbard* den Anker gehoben und Kurs auf Tromsø genommen hatte.

Er gähnte. „Was ist denn los?"

„Tut mir leid, dich zu wecken. Aber ich dachte, dass du das sehen wollen würdest. Kommst du mit? Du wirst es nicht bereuen." Mats sah ihn erwartungsvoll an.

Karl stöhnte, stand aber mit einem Ächzen auf und folgte dem Kollegen durch die schmalen Gänge zum Heck des Schiffs. Schließlich betraten die Polizisten das Helikopterdeck.

Irritiert sah Karl auf die Glasverkleidung des Cockpits des Helikopters, dessen Rotorblätter sich sanft im Wind bewegten. Hatte Mats ihn nur geweckt, um ihm den verdammten Hubschrauber zu zeigen? Er runzelte die Stirn und atmete langsam aus, seine Lippen formten bereits einen Fluch. Doch dann bemerkte er die Personen, die an der Reling hinter dem Fluggerät standen und in den Himmel hinaufblickten.

Über dem dunklen Wasser erkannte er die Südspitze von Bjørnøya. Über der Insel wiederum breitete sich ein eigentümlicher hellgrüner Schimmer aus, drei leicht versetzte Wellen eines sonderbaren Lichts – Polarlichter.

Sein Mund öffnete sich in Erstaunen. Er hatte diese kosmische Lichtshow zwar zuvor auch schon in Kirkenes erlebt, doch über der dunklen See und mit den steilen Klippen der Insel als Beiwerk wirkte die Erscheinung noch um ein Vielfaches majestätischer.

Karls Gesichtsmuskeln entspannten sich und er spürte, wie ein Lächeln sich auf seinen Lippen breitmachte.

„Überwältigend", sagte er leise, ohne seinen Partner anzusehen.

Kuhmunen hatte sich zu ihnen gesellt. Schweigend standen die drei Polizisten einen Augenblick nebeneinander und sahen zurück nach Bjørnøya.

„Die Samen nennen es *Guovssahas*. Das bedeutet hörbares Licht", sagte Kuhmunen schließlich mit gedämpfter Stimme.

Karl drehte sich um, nickte dem hageren Mann zu, sah dann wieder in den Himmel und war sich fast sicher, ein elektrisches Summen in der Luft hören. Der Name machte Sinn. „Bist du denn Same, Mikkel?"

„In der samischen Mythologie wird dem Polarlicht eine übernatürliche Kraft zugesprochen", fuhr Kuhmunen fort, ohne auf die Frage zu antworten. „Angeblich kann man diese bei Bedarf zu Hilfe rufen."

Karl lehnte sich an die Reling und blickte den Mann mit gehobener Augenbraue an. „Meinst du, diese Energie könnte uns helfen, den Mörder von Bjørnøya zu finden?"

„Mach dich ruhig lustig, Karlemann."

„Tut mir leid." Der schlaksige Polizist zuckte mit den Schultern. „Wir Samen sind nicht bescheuert. Ich weiß natürlich, dass das Leuchten durch Sonnenwinde hervorgerufen wird, die auf die Erdatmosphäre treffen. Ich bin auf eine norwegische Schule gegangen."

Der Kommissar nickte langsam. Dann stieß er dem Samen sanft mit dem Ellbogen in die Seite. „Natürlich seid ihr nicht bescheuert." Er straffte sich die Schultern. „Und ich heiße Karl."

***

Am Abend waren Karl und seine Kollegen mit dem Kommandanten des Schiffes, Kapitänleutnant Stig Forsmo, in der Offiziersmesse zum Abendessen verabredet. Forsmo war ein Seemann in seinen Fünfzigern. Er trug einen makellos gestutzten grauen Vollbart und hatte ein einnehmendes Lächeln. Er erinnerte Karl an einen jüngeren Sean Connery.

Die Polizisten hatten an dem schmalen Tisch Platz genommen und dem Soldaten von den bisherigen Ereignissen und Erkenntnissen zu dem Fall berichtet. Karl war schon vor einer Weile aufgefallen, dass Mats fortwährend die Uniform des Offiziers studierte. Im Speziellen schien ihn das Wappen der norwegischen Marine, der goldene Anker auf blauem Grund unter einer Krone, zu faszinieren. Der Kommissar schmunzelte verhalten, richtete dann erneut das Wort an den Kommandanten: „Und was halten Sie davon, was Leutnant Hauge gesagt hat. Dass die Russen etwas mit der Sache zu tun haben könnten?"

Der Offizier zog seine Uniform zurecht. „Nun, wir haben tatsächlich ein russisches Boot auf dem AIS, dem automatischen Identifikationssystem für Schiffe, gesehen. Es ist dicht an der Küste Bjørnøyas vorbeigefahren. Das war am Abend vor dem Notruf. Und was Hauge über den Unfall im letzten Jahr an der Südküste gesagt hat, das stimmt ebenfalls. Das Wrack der *Petrozavodsk* liegt dort immer noch. Ich hätte es Ihnen zeigen können.“

Er trank einen Schluck Wasser, stellte das Glas dann auf dem Tisch ab und hielt es mit zwei Fingern fest; das Boot hatte angefangen zu schaukeln und die Flüssigkeit schwappte träge vor und zurück. Als der Seemann bemerkte, dass Karls Blick auf dem wankenden Glas ruhte, zuckte er entschuldigend mit den Schultern.

„Wissen Sie, das Problem mit der *Svalbard* ist, dass sie den Rumpf eines Eisbrechers hat. In gewissen Situationen ist das hier oben im Polarmeer natürlich sehr hilfreich. Allerdings liegt das Boot dadurch eher unstabil im Wasser. Kurz gesagt: Es wird heute Nacht ziemlich schaukeln.“

Karl setzte ein gezwungenes Lächeln auf. Er hatte bereits ein erstes Grummeln im Magen vernommen, das er, so gut es ging, zu vergessen versuchte.

Kapitänleutnant Forsmo wurde erneut ernst. „Zurück zu Ihrer Frage. Wir haben heute Morgen wieder ein russisches Marineboot aus dem norwegischen Hoheitsgebiet weggeschickt, nicht weit von der Insel. Die Besatzung hat protestiert und behauptet, sie würden an einem Manöver teilnehmen. Letztlich haben sie dann aber abgedreht.“

Mats stützte sich auf die Ellbogen. „Meinen Sie, das Schiff wollte nach Bjørnøya?"

Der Kapitän schüttelte nachdenklich den Kopf. „Ich weiß nicht, wohin sie wollten. Oft ist das, was die Russen hier tun, einfach Provokation und Teil ihrer aggressiven Außenpolitik."

Dann wurde er förmlich: „Die Schlussfolgerungen darüber, wer für die Taten auf der Insel verantwortlich ist, überlassen wir natürlich der Polizei. Allerdings möchte ich Ihnen der guten Ordnung halber noch mitteilen, dass wir zur relevanten Zeit auch ein niederländisches Segelboot geortet haben, das an der Südspitze Bjørnøyas geankert hatte. Ich gebe Ihnen gerne die Kennung, falls Sie das untersuchen wollen."

***

Noch während des Essens verabschiedete sich der Kommandant, da er auf die Brücke gerufen wurde. Er entschuldigte sich mehrmals und beauftragte einen Matrosen, den Polizisten ein alkoholfreies Bier zu servieren. Kuhmunen bedankte sich, sagte jedoch, dass er lieber in seine Kabine gehen wolle, und verschwand ebenfalls. Karl verzog den Mund zu einem schiefen Lächeln. Er hätte gerne ein ordentliches Bier getrunken. Er öffnete die Dose, ein *Munkholm* aus Trondheim, und prostete seinem Partner zu. Dann nahm er einen großen Schluck und wischte sich mit dem Handrücken über den Mund.

„Endlich sind wir weg aus dieser Eishölle", sagte er.

Mats sah ihn nachdenklich an. „So fürchterlich fand ich es auf Bjørnøya gar nicht. Wenn man ausblendet, warum wir dort waren, war es eigentlich sogar ganz schön.“ Seine Miene hellte sich auf. „Ich sehe es mehr als ein Erlebnis. Meine erste Woche bei der Polizei in Kirkenes. Wie du gesagt hast: So eine Einführung bekommt nicht jeder.“

Karl nickte abwesend, blickte erneut durch das Bullauge. Das Rollen und Schwanken hatte merklich zugenommen und erste Wellen schlugen gegen das dicke Glas. „Mein Vater ist nie auf dem Meer gewesen. In seinem ganzen Leben nicht“, kam es plötzlich für ihn selbst überraschend über seine Lippen.

„Vielleicht lädst du ihn mal auf eine Tour mit dem Hurtigroutenschiff ein?“ Mats lächelte.

Karls Lippen wurden schmal. „Mein Vater ist tot. Er ist im Frühling gestorben“, erklärte er leise, sah dann wieder still aus dem Fenster.

„Ich verstehe. Entschuldige bitte, ich wusste ja, dass du einen Todesfall in der Familie hattest“, antwortete Mats mit gesenktem Blick.

Karl blickte erneut zu seinem Partner hinüber. Um seine Mundwinkel hatte sich ein mattes Lächeln geformt. „Danke. Er hatte ein Herzleiden. Leider hat er das nie richtig untersuchen lassen. Die Männer im Bergwerk waren harte Burschen, die hatten einfach keine Herzprobleme. Dann war es eines Tages zu spät.“

Mats nickte verständnisvoll, blieb jedoch stumm.

Abrupt wurde der Kommissar durch ein Grummeln in der Magengegend aus den Erinnerungen an seinen Vater gerissen. Er legte seine Hand auf den Unterleib. „Pass auf Mats, mein Bauch verträgt dieses verdammte Schaukeln nicht besonders. Ich werde mich ins Bett legen. Morgen wird ein langer Tag in Tromsø.“

Mats sah ihn beunruhigt an. „Du bist ja kreidebleich."

Unbeholfen erhob Karl sich von seinem Platz. Ihm war mit einem Mal speiübel und er hoffte inständig, dass er es bis in seine Kajüte schaffen würde. In seinem Magen brodelte es erneut, diesmal noch kräftiger.

Der Kommissar hatte es gerade noch so in die Kajüte geschafft, saß dort noch eine ganze Weile auf dem Boden des winzigen Badezimmers und wischte sich kalten Schweiß von der Stirn. Er fühlte sich bereits etwas besser.

Vielleicht hatte sein Vater gar nicht so unrecht mit seiner Skepsis gegenüber der Seefahrt gehabt, dachte er. Endlich kehrten ein feines Grinsen und etwas Farbe in sein Gesicht zurück.

***

Karl erwachte von einem lauten Signalhorn, das wiederholt und ohne Unterlass trompetete. Der Bordalarm. Er sah verwirrt auf seine Armbanduhr. Es war kurz nach sechs morgens. Er schnellte hoch und konnte durch das Bullauge eine düstere Küstenlandschaft erkennen. Sie mussten sich bereits im Hojåfjorden, der Einfahrt nach Tromsø befinden.

Jäh klopfte es an seiner Tür, erst leise, dann immer energischer.

„Moment! Ich komme schon." Karl zog sich hektisch Hose und Pullover an und öffnete. „Ja?", sagte er dann so höflich, wie seine Stimmung es zuließ.

Im Gang vor der Tür stand ein junger Matrose. „Herr Kommissar, entschuldigen Sie die Störung. Es gab einen Vorfall. Bitte begeben Sie sich in die Messe zu ihren Kollegen."

Karl nickte, schlug dem jungen Mann die Tür vor der Nase zu und ging leise fluchend ins Bad.

Schon kurz darauf trottete er denselben Weg in die oberen Etagen, den er am Abend zuvor hinuntergehastet war. In der Messe erkannte er Mats sofort an seinen blonden Haaren. Er hatte mit Kuhmunen an einem runden Tisch Platz genommen. Der Same winkte ihm zu und Karl ließ sich mit einem lauten Seufzer auf einen Stuhl fallen.

„Was ist denn los?", fragte er missmutig.

„Einer der Soldaten erzählte etwas von einem blinden Passagier", sagte Kuhmunen schulterzuckend.

Mats blickte ihn vergnüglich über den Rand seiner Kaffeetasse an. „Sie haben etwas im Landungsboot gefunden. Irgendwelche Anzeichen, dass sich dort jemand versteckt hatte." Er beugte sich vor und sah seinen Partner verschwörerisch an. „Vielleicht war es der Angreifer!"

Karl wurde langsam wach. „Mein Gott. Heißt das, wir haben den Mörder womöglich von Bjørnøya mitgenommen, als wir mit dem kleinen Boot ausgeschifft sind?"

Kuhmunen schüttelte den Kopf. „Das habe ich auch zuerst gedacht. Aber der Kapitän sagte mir, dass es das andere Landungsboot war. Das Schwesterboot, in dem sie die Leiche der Forscherin abgeholt haben, als wir bei der Walrossbucht waren."

Karl nickte und lehnte sich zurück. „Na, dann ist er ja vielleicht noch an Bord. Wenn sie ihn finden, ist der Fall gelöst."

Mit einem Mal kam ihm eine Idee. Er erkundigte sich bei einem der Besatzungsmitglieder, ob er und die Kollegen sich an der Suche beteiligen könnten. Doch der erklärte ihm, dass sie eine festgelegte Routine für solche Situationen hätten und dass die Beamten sich am nützlichsten machen würden, indem sie sich in der Messe aufhielten. Nicht besonders zufrieden mit der Situation setzte sich der Kommissar wieder an den Tisch.

Zehn Minuten später erlosch der Alarm abrupt.

Gegen halb zehn kam Kapitän Forsmo auf sie zugesteuert. Karl blickte ihn erwartungsvoll an, doch der Soldat schüttelte sofort den Kopf. „Nichts. Wir haben das gesamte Schiff durchsucht, keine Spur des Eindringlings." Er setzte sich. „Er ist wahrscheinlich heute Nacht von Bord gesprungen."

Mats kratzte sich am Kopf. „Bei der Kälte. Würde er das überleben? Und wie kann es sein, dass das niemand bemerkt hat? Auf dem Boot wimmelt es ja nur so von Soldaten."

Der Kapitän sah Mats abwägend an. „Na ja, es war stockfinster, deshalb hat das niemand mitbekommen. Und wir sind schon seit Stunden dicht am Festland und einigen vorgelagerten Inseln vorbeigefahren. Außerdem fehlt einer der Isolationsanzüge. Es wäre also denkbar, dass er es unbemerkt bis an Land geschafft hat." Er lehnte sich in dem Stuhl zurück. „Wir werden die Strecke nochmals mit dem Helikopter abfliegen.

Aber ich will Ihnen keine allzu große Hoffnung machen. Wer weiß, wann er verschwunden ist und wo er sich jetzt versteckt hält.“

Karl blickte aus dem Fenster und stöhnte leise. Es war tatsächlich nicht weit bis zum Ufer, an dieser Stelle vielleicht hundert Meter. Vermutlich würde selbst er es schaffen, von hier aus an Land zu paddeln. Und er war kein besonders guter Schwimmer. Er schlug sanft mit dem Handballen auf den Tisch.

„Verdammt“, sagte er dann leise.

Die anderen Männer blieben still und sahen schweigend in ihre Kaffeetassen.

KAPITEL 18

Guten Morgen, liebe Zuhörerinnen und Zuhörer von NRK Finnmark. Wir unterbrechen das aktuelle Programm für eine Sondersendung zu den ungeklärten Ereignissen in der Wetterstation auf Bjørnøya. Eine norwegische Forscherin liegt im Koma, während eine schwedische Kollegin tot aufgefunden wurde. Zwei weitere Männer gelten als vermisst, einer davon ist der Ehemann der Stationsleiterin. Mein Name ist Birgitte Anfinsen und mit mir im Studio sitzt unser Rechtsexperte und Gerichtsreporter Niclas Lund. Niclas, könntest du die Geschehnisse der letzten Tage nochmals für uns zusammenfassen?

Danke, Birgitte, und auch von mir einen guten Morgen an unsere Hörer. Das ist wirklich ein bemerkenswerter Vorfall. Aber der Reihe nach: Alles fing mit einem Notruf an, der am Abend des 11. Oktober beim Küstenradio in Tromsø eingegangen ist und in dem die Wetterstation auf Bjørnøya um Hilfe bat. Angeblich wurden sie angegriffen.

Niclas, das klingt ja abenteuerlich. Wissen wir, wer die Station attackiert hat? Vielleicht die Eisbären, die auf der Insel leben?

Nein, Birgitte. Der Funkverkehr wurde bisher noch nicht zur Veröffentlichung freigegeben, dem NRK liegt jedoch eine inoffizielle Abschrift des Gesprächs vor. Die Verbindung bricht einfach ab, bevor der Anrufer weitere Details nennen kann. Wer der oder die Angreifer waren, bleibt daher leider unklar. Ich habe mit einem Kontakt bei der Polizei in Tromsø gesprochen. Von einem Angriff von Eisbären geht man augenblicklich allerdings nicht aus.

In Ordnung. Was geschah dann, was wissen wir noch über den Fall?

Nicht viel, die Behörden halten sich noch bedeckt. Wir wissen nur, dass in der Region um Tromsø eine Schleierfahndung gestartet wurde. Angeblich suchen sie eine unbekannte Person. Die Bürger sind aufgerufen, die Augen offenzuhalten, alles Ungewöhnliche zu melden. Im Besonderen solle man nach einem Mann, eventuell noch immer mit einem orangenen Isolationsanzug bekleidet, Ausschau halten.

Das klingt ja gruselig. Haben die Behörden nichts Weiteres zu den Ereignissen herausgegeben?

Na ja, sie haben erklärt, dass wegen des Sturms weder die Küstenwache in Tromsø noch die Polizei auf Spitzbergen, die genau genommen die örtliche Zuständigkeit gehabt hätte, starten konnten. Deshalb hat man die Polizei in Kirkenes um Amtshilfe gebeten. Von dort ist dann ein Helikopter nach Bjørnøya geflogen. Die Beamten haben die verletzte Frau und die Leiche geborgen. Die zuständige Abteilungsleiterin aus Kirkenes, Aino Petersen, sagte mir, man möchte sich zu den laufenden Ermittlungen noch nicht äußern. Sie werden aber Anfang der nächsten Woche eine Pressekonferenz geben, in der sie uns über den Stand der Ermittlungen informieren werden.

Ich verstehe, Niclas. Die Behörden mauern. Aber in der Presse und im Internet kursieren bereits einige Theorien?

Ja, das stimmt. Es ist offiziell bestätigt, dass die Küstenwache eine unbekannte Anzahl von russischen Schiffen in dem relevanten Zeitraum in den Gewässern um die Insel beobachtet hat. Sie haben sogar einen Marinekreuzer abgewiesen. Das ist natürlich eine wilde Theorie, aber laut eines Kontaktes, der anonym bleiben möchte, könnte es sich um eine verdeckte Operation der Russen handeln. Der Täter könnte logischerweise auch einer der beiden vermissten Männer sein. Oder beide zusammen? Eine andere Hypothese besagt, dass die Angreifer vielleicht mit einem niederländischen Segelboot nach Bjørnøya gekommen sind. Auf Nachfrage wurde uns bestätigt, dass die Behörden die Polizei in Delfzijl, im Norden des Landes, um Hilfe dabei gebeten haben, den Eigner dieses Seglers ausfindig zu machen.

Wie schätzt du diese verschiedenen Thesen ein, hältst du sie für möglich?

Um ehrlich zu sein, weiß ich es nicht. Apropos schräge Theorien: Im Internet habe ich noch gelesen, dass die Angreifer wahlweise radikale Eskimos, alkoholisierte Samen oder extremistische Umweltschützer gewesen sein sollen, denen es nicht passt, dass die Wetterstation die Ölindustrie und die Fischerei in der Region unterstützt. Du siehst, Birgitte, es zirkulieren die verrücktesten Ideen. Um seriös berichten zu können, müssen wir daher wohl auf die Pressekonferenz der Polizei in Kirkenes warten.

KAPITEL 19

Der Kommandant der *KV Svalbard* legte seine Hand zu einem militärischen Gruß an die Schläfe. Er verharrte einen Moment in dieser Position und verschwand dann über die Gangway auf sein Schiff.

Karl sah ihm nach und seufzte. Die Polizisten hatten sich am Kai von Kapitänleutnant Forsmo verabschiedet und er hatte ihnen versichert, sich zu melden, falls der Helikopter irgendetwas finden sollte. Die Chancen darauf schätzte der Kommissar jedoch als äußerst gering ein. Die Kollegen der Kriminaltechnischen Abteilung waren bereits auf dem Weg zur Rechtsmedizin im Krankenhaus, um die Leiche zur Untersuchung abzugeben. Die Gerichtsmedizin befand sich im selben Klinikum, dem Universitätskrankenhaus Nord-Norwegen, in dem auch Siv Møller untergebracht worden war. Die anderen Beweismittel würde die Spurensicherung in ihrem Labor untersuchen. Der Kommissar hatte die drei Polizisten ebenfalls bei der Gerichtsmedizinischen Abteilung angemeldet, jedoch erklärt, dass sie zuerst nach der Überlebenden sehen wollten.

Karl warf einen letzten Blick auf das Patrouillenboot der Küstenwache, das vor ihm an der Anlegestelle auf dem Wasser schwankte. Ein paar Matrosen waren dabei, die Leinen zu lösen und das Schiff zur Abreise bereitzumachen. Forsmo hatte erklärt, dass die *Svalbard* wieder gen Norden, in die Gewässer um Bjørnøya steuern würde. Würden sie wohl auf ihrer Fahrt erneut auf das russische Militär treffen?

Während er noch in Gedanken schwelgte, hielt ein Streifenwagen der Polizei Tromsø am Kai. Eine junge Polizistin stieg aus, stellte sich als Kjersti Nordås vor und erbot sich, die drei Männer in das Universitätskrankenhaus zu fahren. So erreichten sie den weitläufigen Krankenhauskomplex nur wenig später.

Karl stieg bereits am Haupteingang der für ein Krankenhaus typische sterile Geruch in die Nase. Nordås blieb am Fahrstuhl stehen. „Siv Møller liegt auf der Intensivstation im achten Stock. Ich war heute Morgen dort. Nachdem wir gehört hatten, dass der Täter womöglich auf dem Festland ist, haben wir sofort einen Kollegen zum Schutz abgestellt."

Sie verließen den geräumigen Fahrstuhl in der obersten Etage. Auf der intensivmedizinischen Station war nicht besonders viel los. Ein paar Schwestern mit blauen Arbeitsuniformen saßen auf einem Sofa und unterhielten sich, ansonsten wirkte die Etage sonderbar ruhig.

Die Kollegin führte sie einen langen, breiten Gang hinunter und blieb schließlich vor Zimmer 807 stehen. Neben der Tür saß tatsächlich ein rundlicher Mann in Uniform und las den Sportteil der *Nordlys*, der lokalen Tageszeitung. Karl nickte ihm freundlich zu.

„Wie hat denn Trondheim gespielt?", fragte er den Polizisten.

Der Mann sah ihn überrascht an, blickte dann auf die Zeitung, blätterte eine Seite zurück und lächelte letztlich. „Rosenborg hat gewonnen."

Karl ballte seine linke Faust und grinste.

Die Polizisten betraten das Krankenzimmer, in dem inmitten einer Vielzahl medizinischer Instrumente ein Bett aufgestellt war. Auf dem Bett lag eine Frau, deren Antlitz man nur schwer erkennen konnte, da die untere Gesichtshälfte von einer Beatmungsmaske bedeckt war. Ihre Augen waren geschlossen und blau unterlaufen. An der Stirn hatte man ihr ein breites Pflaster aufgeklebt. Nur das kastanienbraune Haar, das schlaff auf dem Kissen lag, erinnerte Karl an die Frau, die sie vor zwei Tagen aus dem Holzlager der Sauna gezogen hatten.

Die Beatmungsmaschine stieß gleichmäßige, mechanische Geräusche aus, die an einen Blasebalg erinnerten. Die anderen Gerätschaften, die sicher ähnlich überlebenswichtig waren, gaben unregelmäßige Pieptöne von sich. Der Geruch von Desinfektionsmitteln, der ihm auch hier in die Nase stieg, und die Krankenhausapparaturen erinnerten Karl an den Tag, an dem er seinen Vater im Krankenhaus besucht hatte. Olav hatte ebenso hilflos dagelegen wie nun Siv Møller. Am nächsten Tag war er gestorben.

Karl schluckte, trat einen Schritt näher an das Bett heran und musterte die bewusstlose Frau nachdenklich. Jäh wurde die Tür zu dem Zimmer mit viel Schwung geöffnet und eine Ärztin in einem weißen Kittel trat in den Raum. Sie hatte kinnlanges, ansatzweise graues Haar, das ihr schmales Gesicht einrahmte. Sie wirkte gehetzt, blieb vor Karl stehen und blickte ihn über die Ränder ihrer Brille an. „Ich bin Doktor Celine Halvorsen, Chefärztin." Sie warf einen beiläufigen Blick auf die Patientin, verschränkte dann die Arme vor der Brust und legte ihren Kopf schief. „Wir unterhalten uns am besten draußen." Sie deutete mit ihrem langen Zeigefinger auf die Tür. Dann drehte sie sich um und stürmte in demselben Tempo, mit dem sie erschienen war, aus dem Zimmer.

Karl ließ die Schultern hängen und folgte der Ärztin auf den Korridor. Er fühlte sich auf seltsame Weise an seine Schulzeit erinnert. Als er sich zu seinem Partner umdrehte, bemerkte er, dass Kuhmunen und Mats ihn breit angrinsten.

Auf dem Flur wurden die Gesichtszüge der Stationsleiterin etwas milder. Sie bedeutete den Polizisten, ihr zu folgen, während sie sprach. „Der Zustand der Patientin, Frau Møller, war in der Tat kritisch, als sie hier ankam. Die Kollegen der Küstenwache hatten sie auf dem Flug zwar stabilisiert, jedoch hatte sie bereits eine Menge Blut verloren und war zudem ordentlich unterkühlt." Sie blieb stehen, nahm ihre Brille ab und ihren Mund umspielte der Hauch eines Lächelns. „Hätten Sie Frau Møller ein paar Stunden später gefunden, dann wäre sie mit großer Wahrscheinlichkeit tot gewesen."

Karl nickte bescheiden. Sie hatten das Ende des langen Korridors erreicht und die Medizinerin deutete auf ein spärliches Eckbüro, das bis unter die Decke mit Patientenakten und Fachliteratur vollgestopft zu sein schien. Sie bot Kuhmunen den einzigen Stuhl an, während Mats und Karl stehen mussten. Halvorsen selbst setzte sich hinter den Schreibtisch, auf dem ein Computerbildschirm stand und daran erinnerte, dass Frau

Halvorsen bei ihrer Arbeit nicht ausschließlich auf Datenträger auf Papierbasis zurückgriff.

Sie sah auf eine Mappe, die vor ihr auf dem Tisch lag, und musterte die Polizisten dann einen Augenblick eindringlich. „Siv Møller hat einige schwere Verletzungen davongetragen." Sie blickte noch einmal auf den Zettel vor sich und las ab. „Eine Lazeration, ein Trauma an der Stirn, wahrscheinlich hervorgerufen durch einen Schlag mit einem schweren, stumpfen Gegenstand. Dazu die Stichverletzung an der Brust. Ein breiter Schnitt, wir haben sie mit fünfzehn Stichen genäht. Ihr Schlüsselbein ist gebrochen, weshalb wir davon ausgehen können, dass es sich um eine massige Waffe gehandelt hat. Die Lunge wurde zwar zusammengedrückt, sie ist aber zum Glück nicht kollabiert." Sie schob die Krankenakte beiseite und faltete ihre feingliedrigen Hände auf dem Tisch zusammen. „Die gute Nachricht ist, dass Frau Møller überleben wird. Die schlechte ist, dass ich nicht weiß, wie lange wir sie im Koma behalten müssen, also wann sie aufwachen wird." Sie zog ihre Augenbraue hoch. „Deshalb sind Sie doch hier, nicht wahr? Sie wollen wissen, wann Sie mit der Patientin sprechen können."

Karl sah die Chefärztin konsterniert an.

„Ja, natürlich würden wir uns gerne mit ihr unterhalten."

Kuhmunen lächelte, als er sich zu Wort meldete. „Aber das Wichtigste ist, dass Frau Møller gesund wird. Wir reden mit ihr, wenn die Umstände es zulassen."

Die Medizinerin musterte den hageren Polizisten einen Augenblick lang. Dann nickte sie, setzte ihre Brille wieder auf und begann, abwesend in einer Art Dienstplan zu blättern. „Danke, Herr Kuhmunen." Schließlich stand sie auf. „Sie müssen mich entschuldigen. Ich habe noch andere Patienten, die meine Aufmerksamkeit benötigen. Ich werde mich bei Ihnen melden, sobald wir Neuigkeiten haben." Sie stockte und sah erst Karl, dann Kuhmunen an. „Wer leitet die Ermittlungen? Spitzbergen oder Kirkenes?"

Karl sah seinen Kollegen nun selbst fragend an, doch der zuckte mit den knochigen Schultern.

„Das wissen wir noch nicht. Melden Sie sich vorerst bei Herrn Sortland. Er wird mich dann informieren", schlug Kuhmunen vor.

Karl war überrascht. Seiner Erfahrung nach war es meistens so, dass die Polizeidirektionen eher dazu neigten, Zuständigkeiten an sich zu reißen, als diese freiwillig abzugeben.

Frau Halvorsen lächelte Karl zu und zum ersten Mal entdeckte er eine gewisse Wärme in ihrem Blick. Schließlich streckte sie den Polizisten ihre Hand zum Abschied entgegen.

„Sie hören dann von mir, Herr Sortland."

Im Kontrast zu dem, was Karl erwartet hatte, hatte die Chefärztin einen unerwartet rücksichtsvollen Händedruck.

KAPITEL 20

Der dunkle SUV, ein Volvo XC 90, fuhr langsam wieder an und kletterte im Schritttempo die abschüssige Straße empor. Vor dem Haus mit der Hausnummer 7 verlangsamte der Wagen seine Fahrt und blieb schließlich stehen. Das gelbe Holzhaus erschien völlig dunkel, die Vorhänge zugezogen, nur ein kalter Windzug wehte ein paar Schneeflocken vom Schrägdach der Veranda in die Auffahrt.

Im Innenraum des Wagens war es warm. Es roch nach Rauch und der Aschenbecher in der Mittelkonsole quoll vor Zigarettenstummeln und grauer Asche über. Der Beifahrer, obwohl selbst Raucher, wischte sich die tränenden Augen.

„Ist das sein Haus?", fragte der Fahrer in gebrochenem Norwegisch.

„Ich denke schon", sagte der Mann auf dem Beifahrersitz zögerlich.

„Du glaubst es? Herrgott. Ist es sein Haus oder nicht?" Die Ungeduld in der Stimme des Fahrers war nicht zu überhören.

„Ja, zum Teufel, das ist seine Bude."

Eine schwarze Katze huschte unter dem schneebedeckten Auto hervor, das in der Einfahrt geparkt stand.

Das Tier bewegte sich geschmeidig durch den Schnee auf die Verandatreppe zu.

Der Beifahrer sah dem Tier nach, richtete dann seinen Blick wieder auf das Fahrzeug. „Ja, das ist sein Auto. Ein grüner Audi, der gehörte seinem Vater, da bin ich mir sicher. Also ist es sein Haus."

„Und die Katze, ist das seine Mieze?", fragte der Fahrer emotionslos, während er sich eine filterlose Zigarette in den Mund steckte.

„Was weiß ich, ob er eine Katze hat."

Die Katze war auf der Veranda angekommen, hatte sich vor die Eingangstür gesetzt und damit begonnen, ihr Fell zu reinigen.

Der Fahrer klopfte dem Beifahrer auf die Schulter und entblößte seine Schneidezähne. „In Ordnung." Dann nahm er einen tiefen Zug von der Zigarette, ließ das Fenster herunterfahren und schnippte den Stummel in den Schnee vor der Einfahrt. Schließlich schob er den Hebel der Automatik auf D und fuhr mit einem klirrenden Knirschen des losen Schnees unter den breiten Reifen langsam an.

KAPITEL 21

Kjersti Nordås wartete am Empfang der Intensivstation auf die drei Kollegen und blätterte desinteressiert in einem Magazin. Sie erklärte sich bereit, ihnen den Weg in die Rechtsmedizinische Abteilung des Universitätskrankenhauses zu zeigen, die im Keller eines Nebengebäudes untergebracht und in wenigen Minuten zu Fuß zu erreichen war. Während sie über den Vorplatz und in den Kellereingang schritten berichtete Karl ihr von seinem Eindruck von der Chefärztin der Intensivstation. Nordås blickte ihn mit einem süffisanten Lächeln an, als sie auf eine Klingel neben der Glastür drückte.

„Die Leiterin der Rechtsmedizin heißt Kine Storebø." Ihr Grinsen wurde breiter. „Mit ihr werdet ihr sicher besser zurechtkommen als mit Halvorsen."

Noch im selben Augenblick sah Karl eine junge, vergnüglich lächelnde Frau in einem grünen Arbeitskittel durch den Korridor auf die Tür zukommen. Sie stellte sich vor und schüttelte den Männern der Reihe nach die Hand. Karl bemerkte, dass Kuhmunen – der mindestens fünfzehn Jahre älter war als die Medizinerin – sie entrückt anstrahlte. Auch behielt er ihre Hand etwas zu lange in der seinen.

Um Karls Mundwinkel bildete sich ein dezentes Lächeln. Er machte sich eine mentale Notiz – es war immer gut, etwas Munition auf Lager zu haben, falls der samische Gesetzeshüter ihn veralbern oder ihm einen neuen Spitznamen verpassen sollte.

Frau Storebø führte die Polizisten durch einen schmalen Korridor. Es war kühl und still in der Abteilung und die unbeschwert wirkende Abteilungsleiterin passte nicht recht in diese Unterwelt. Sie passierten zwei Türen, auf denen *Obduktion I* und *Obduktion II* geschrieben stand. Vor der zweiten Tür, die einen Spalt offen stand, blieb Karl stehen, trat etwas näher und sah in den dahinterliegenden Raum. Es roch nach Formaldehyd oder einer ähnlichen Chemikalie, die zur Konservierung der Leichname verwendet wurde. Durch den Türspalt war ein nüchterner Metalltisch zu sehen, auf dem ein schwarzer Leichensack aufgebahrt lag. Der Reißverschluss war vollständig verschlossen, doch Karl konnte eindeutig die Konturen eines menschlichen Körpers erahnen.

Die Gerichtsmedizinerin drehte sich um und ging einen Schritt auf Karl zu. Sie legte ihre Hand auf seinen Arm, ihren schmalen Kopf, der durch das schwarze Haar eingerahmt war, hatte sie zur Seite geneigt. Ihre Gesichtszüge waren ernst.

„Das dort auf dem Tisch, das ist Frida Karlsson", sagte sie sanft. „Ihre sterblichen Überreste, meine ich. Möchten Sie sie sehen?"

Karl war überrascht, wie schnell sie zwischen ihrer natürlichen Fröhlichkeit und der Ernsthaftigkeit, die die Arbeit mit dem Tod erforderte, zu wechseln vermochte. Er schüttelte mechanisch den Kopf. Er hatte kein Verlangen danach, die verzerrten Gesichtszüge der toten Forscherin noch einmal vor sich zu haben. Als die Gruppe sich wieder in Bewegung setzte, warf er einen letzten Blick auf den schwarzen Plastiksack auf dem Obduktionstisch, bevor er den anderen Kollegen folgte.

Storebø führte sie in ihr Büro am Ende eines weiteren Korridors und schloss die Tür hinter den Polizisten. Sie bot den Männern einen Kaffee an, setzte sich dann ebenfalls und legte dabei ihre Hände scheinbar nebensächlich auf den Tisch vor sich. Sie trug einen Ring mit einem Stein, ein Verlobungsring vielleicht. Karl drehte sich zu Kuhmunen um. Er schien den Ring und dessen wahrscheinliche Bedeutung ebenfalls registriert zu haben, denn sein Lächeln hatte nachgelassen.

„Ich habe die Leiche erst vor wenigen Stunden erhalten, kann Ihnen daher noch nicht viel sagen. Wie zu erwarten hat die Staatsanwaltschaft die Leichenöffnung angeordnet und wir werden das heute Nachmittag durchführen." Sie machte eine kurze Pause, in der sie Karl mitfühlend ansah. „Ich habe eben mit Ihren Kollegen von der Spurensicherung gesprochen. Eigentlich ist es natürlich ihre Aufgabe. Aber da das Blut von der Leiche und von Siv Møller für mich leicht zugänglich ist, habe ich bereits einige Schnelltests gemacht, Zellen von den Zahnbürsten der Forscher mit den Blutflecken und dem Gewebe aus dem abgetrennten Finger verglichen. Ich kann mit einer gewissen Wahrscheinlichkeit sagen, dass er mal Herrn Jussi Aalto gehört hat. Auch das Blut von der Treppe stammt von ihm."

Karl warf erst Mats, dann Kuhmunen einen raschen Blick zu. Er wollte dem Samen die Möglichkeit geben, etwas als leitender Ermittler zu sagen. Doch der hagere Mann nickte nur abwesend.

Mats räusperte sich. „Danke, das ist sehr hilfreich. Haben Sie auch das Blut von unter dem Fenster im Speisesaal untersucht? Dort, wo Karl in das Gebäude eingestiegen ist?"

Storebø zog die eine Augenbraue hoch, sah dann auf ein Blatt Papier vor sich auf dem Schreibtisch. „Ja, stimmt, das hatte ich vergessen. Das Blut gehört einer der beiden Frauen. Wahrscheinlich Siv Møller, ich warte noch auf eine Blutprobe." Sie zeigte mit dem Finger an die Decke und grinste. „Die Kollegen oben im Krankenhaus wollten sie heute Nachmittag runterschicken."

Karl nickte. „Wissen Sie denn, wie der Finger abgetrennt wurde? War es die Feueraxt, oder könnte ein Tier ihn abgebissen haben?"

„Er wurde ziemlich sauber abgehackt. Ich würde auf eine scharfe, schwere Waffe tippen. Die Axt würde insofern passen, ja."

„Also kein Eisbär?", fragte Mats.

Die Gerichtsmedizinerin schüttelte den Kopf. „Ganz sicher war es kein Bär." Sie hob ihre Arme und mimte einen Eisbären beim Fressen, woraufhin Kuhmunen laut auflachte. „Aber wie gesagt, diese Untersuchungen obliegen der Kriminaltechnischen Abteilung. Ich wollte nur mit den Blutanalysen behilflich sein, damit Sie schnell Klarheit haben."

Karl sah sie einen Augenblick verwirrt an. „In Ordnung. Wir lassen Sie mal ihre Arbeit an Frau Karlsson machen. Sie können sich dann bei mir melden."

Er blickte Kuhmunen an, der immer noch schmunzelte und schob Storebø seine Karte über den Tisch zu. Die Medizinerin stand auf.

„Danke. Wir machen einen DNA-Test, um die bisherigen Ergebnisse zu bestätigen. Das kann jedoch ein paar Tage dauern. Außerdem schicke ich den Report, was die Todesursache von Frau Karlsson angeht."

***

„Kann ich euch irgendwohin fahren, Jungs?", fragte die Polizistin, als sie bei dem Streifenwagen auf dem Parkplatz angekommen waren.

Karl sah auf seine Uhr, blickte dann Mats fragend an. „Wir haben noch ein paar Stunden, bevor der Flieger nach Kirkenes geht. Könntest du uns irgendwo beim Flughafen absetzen, wo wir was zu essen bekommen?" Dann stupste er Kuhmunen auf den Rücken, der verträumt auf den Eingang zur Gerichtsmedizin blickte. „Romeo, willst du mit uns essen?"

Der Same sah ihn einen Augenblick verdutzt an, wurde dann eine Nuance röter im Gesicht. „Ja. Mein Flieger geht auch nicht vor heute Abend."

Der Polizeiwagen setzte die drei Männer vor einem Einkaufszentrum gegenüber dem Flughafen ab, in dem angeblich ein paar Restaurants angesiedelt waren. Sie verabschiedeten sich von Nordås und betraten das Shoppingcenter. Es waren kaum Kunden zugegen und die Polizisten entschieden sich schließlich für eine Sportsbar, da Karl einen ungeheuren Hunger auf einen Burger verspürte. Kuhmunen und Mats bestellten sich ein großes Bier. Karl überlegte einen Moment, ob er

163

sich eine Cola ordern sollte, entschloss sich dann jedoch, dass er sich ebenfalls ein Bier verdient hatte. Nachdem sie gegessen hatten, bestellte Karl eine weitere Runde.

Während er die Getränke auf dem Tisch verteilte, stieß er dem Polizisten aus Spitzbergen sanft gegen die Schulter. „Mikkel. Ich denke, wir sollten uns noch einigen, wer die Ermittlungen leitet. Ich hatte nicht vor, das einfach an mich zu reißen."

Kuhmunen hatte bereits etwas glasige Augen. Der Same schien das Trinken entweder nicht gewohnt zu sein oder hatte eine ähnliche Vergangenheit mit dem Alkohol wie er selbst.

„Weißt du", antwortete Kuhmunen nach einem Moment, „wir sind ja nur drei Polizisten auf der ganzen Insel. Ich spreche morgen mit dem Ombudsmann, meinem Chef. Die Entscheidung liegt bei ihm."

Nachdem sie ihr Bier ausgetrunken hatten, gingen die drei über die Straße hinüber in das Flughafengebäude. Am Gate sah Kuhmunen die beiden Festlandpolizisten an und streckte erst Mats und dann Karl die Hand entgegen. „Wir hören voneinander. Mach's gut, Mats, Karlemann."

Er drehte sich rasch um und noch bevor der Kommissar reagieren konnte, war der dünne Polizist hinter der Schranke verschwunden. Karl biss die Zähne zusammen, während er ihm hinterherblickte.

„Was ist denn?", fragte Mats.

„Nichts", sagte Karl und strich sich durch den Stoppelbart. „Ich habe zu spät reagiert, das ist alles. Ich hatte so ein gutes Comeback."

„Die Gerichtsmedizinerin?", fragte Mats mit schiefgelegtem Kopf.

„Genau."

„Ist mir auch aufgefallen."

Mats sah ihn mitleidig an und klopfte ihm auf die Schulter.

„Heute ist nicht aller Tage. Beim nächsten Mal bist du am Zug, Karl."

Die beiden Männer lachten und steuerten auf Gate 3 zu, an dem auf einer Anzeigetafel *Kirkenes* geschrieben stand.

KAPITEL 22

Aino winkte Karl und Mats in ihr Büro.

„Da seid ihr ja endlich", sagte sie strahlend. Dann nahm sie hinter ihrem Schreibtisch Platz und signalisierte den beiden Männern, sich ebenfalls zu setzen. „Wie gehts?", fragte sie und noch bevor Karl antworten konnte, fuhr die Abteilungsleiterin mit schiefgelegtem Kopf fort: „Ihr seid berühmt. In den Nachrichten reden sie über nichts anderes als den Fall Bjørnøya. Das ist gut, vielleicht bekommen wir jetzt tatsächlich die angeforderten Mittel bewilligt, um neue Streifenwagen anzuschaffen."

„Das würde auch mal Zeit. Mats hat sich schon über unsere alten Kutschen beschwert", sagte Karl im Plauderton und grinste dann seinen Partner an, der entsetzt den Kopf schüttelte.

Aino wischte sich eine ihrer schwarzen Locken aus dem Gesicht, dann wurde ihre Miene plötzlich ernster. „Es ist natürlich abenteuerlich, was die Medien über den Vorfall berichten." Ihre Augen weiteten sich. „Oh, bevor ich es vergesse! Der Ombudsmann auf Spitzbergen hat nun offiziell Amtshilfe bei uns erbeten. Sie haben einfach nicht genug Polizisten, um die Morde allein aufzuklären. Auf dem Papier wird Mikkel Kuhmunen die Untersuchungen leiten. Wir werden aber eine wichtige Rolle spielen und der Name Kirkenes wird in der Zeitung auftauchen. Wir haben uns geeinigt, dass wir die Medien hantieren werden. Eine Pressekonferenz auf Spitzbergen wäre natürlich sehr unpraktisch."

Sie faltete ihre kurzen Finger auf dem Schreibtisch und um ihre Mundwinkel bildete sich ein zufriedenes Lächeln. Karl blickte sie einen Moment schweigsam an. In kurzer Sequenz schossen ihm Erinnerungen an den Eisbären, die eisige Dunkelheit und die glasigen Augen Frida Karlssons durch den Kopf.

„In Ordnung", sagte er dann. „Wäre das alles? Wir wollen gleich loslegen, auch wenn es ein paar anstrengende Tage waren."

Aino antwortete nicht, sondern sah die beiden Männer versonnen an. Das Gespräch schien noch nicht beendet zu sein. Er legte ein gequältes Lächeln auf.

„Alles in allem bin ich mit dem Einsatz auf der Insel zufrieden", fuhr Aino schließlich fort.

Karl stieß seinem Partner sanft an den Ellbogen. „Mats hat gute Arbeit geleistet."

Ihre Vorgesetzte nickte feierlich. „Das freut mich zu hören."

„Ich möchte ja kein Spielverderber sein", sagte Karl dann jedoch und legte eine theatralische Pause ein. „Aber bisher haben wir keine Spur oder wirkliche Hinweise darauf, wer die Forscher angegriffen hat."

Ainos Züge glätteten sich unvermittelt. „Natürlich. Aber das ist ja nun unsere Aufgabe, genau die zu finden, nicht wahr? Bis zu der Pressekonferenz nächste Woche müsste ich dann natürlich ein paar erste Anhaltspunkte von euch geliefert bekommen."

Karl wurde das Gefühl nicht los, dass Aino fest entschlossen war, die Ermittlungsergebnisse für ihre persönliche Profilierung zu nutzen.

„Wir haben ein paar Theorien, aber nichts Handfestes. Das Einzige, das wir sicher wissen, ist, dass Frida Karlsson erschossen wurde. In den Rücken, aus einiger Entfernung, wahrscheinlich dort in Tunheim, wo wir sie gefunden haben", erklärte Karl.

„Und die Waffe?"

„Wahrscheinlich ein Gewehr. Die Kugel haben wir leider nicht sicherstellen können, sie liegt irgendwo im Schnee. Mit Metalldetektoren zu suchen, bringt auch nichts, da liegt überall Metallschrott verstreut. Daher können wir auch nicht sagen, ob sie aus einem der Gewehre, die wir in der Walfängersiedlung sichergestellt haben, stammen könnte oder aus der Waffe eines Russen oder eines niederländischen Seglers abgefeuert wurde." Er hüstelte und beugte sich näher an den Schreibtisch der Vorgesetzten. „Ich persönlich würde mit dem, was wir haben, noch nicht an die Presse herantreten."

Die Leiterin nahm ihre Brille ab und sah ihn forsch an. „Wissen wir denn schon, wem das Gewehr gehörte, das wir finden sollten? Und das in Höhle?"

„Ja. Das meteorologische Institut hat die Kennziffern verglichen. Die Waffe gehörte Jussi Aalto, dem finnischen Techniker. Die in der Höhle Mark Møller, dem Ehemann. Es könnte also sein, dass Mark Jussi mit dem Fund belasten wollte. Aber was hätte er für ein Motiv, die Kollegin zu erschießen? Die Theorie ist absolut noch nicht spruchreif."

„Die Entscheidung, was ich an die Presse gebe und was nicht, überlässt du am besten trotzdem mir, in Ordnung?" Kurz funkelte so etwas wie eine Warnung in Ainos Augen auf. Dann lächelte sie wieder. „Was glaubt ihr denn persönlich? Könnte der Ehemann für den Angriff verantwortlich sein? Oder die Russen? Es gibt einige Leute, auch in der Polizeidirektion, die das glauben."

Karl blickte seinen Partner ermattet an. Aber Mats machte nicht den Eindruck, als ob er etwas zu dem Gespräch beitragen wollte.

„Der Ehemann ist natürlich, wie immer, ein Kandidat", gab Karl also zu. „Dass die Russen mit der Sache zu tun haben, halte ich ebenfalls für theoretisch möglich. Sie wollen die Insel haben, das ist ein Motiv. Und es gab ein paar russische Boote, die sich Bjørnøya genähert haben. Die Küstenwache hat sie jedoch weggeschickt. Es könnte aber sein, dass ..."

„Hast du irgendetwas, das ich der Presse präsentieren kann, ohne mich lächerlich zu machen?", fiel Aino ihm ins Wort.

Karl schüttelte den Kopf. „Wie gesagt, nichts Handfestes."

Aino stöhnte resigniert und ein leichtes Lächeln zupfte an Karls Mundwinkeln, als er fortfuhr: „Dann hätten wir noch Jussi Aalto, den finnischen Techniker." Karl betonte die Nationalität des Mannes im vollen Bewusstsein, dass Ainos Eltern Finnen waren und sie, obwohl sie in Norwegen aufgewachsen war, noch immer eine starke Verbundenheit zu dem Nachbarland verspürte.

Aino lächelte, doch in ihrer Antwort konnte Karl eine dezente Irritation hören. „Sagte die Rechtsmedizinerin nicht, dass die Hand, die ihr gefunden habt, seine war? Welcher Mörder schneidet denn seine eigene Hand ab?"

„Es war ein Finger", sagte Karl und gestikulierte eine sägende Bewegung etwas oberhalb seines Zeigefingers. „Die Gerichtsmedizin hat nur erste vorsichtige Angaben machen können. Wir warten noch auf den Bericht der Spurensicherung. Auch haben wir seine Leiche noch nicht gefunden. Von daher könnte er natürlich der Täter sein. Und dann hätten wir ja auch noch ein niederländisches Segelboot. Wir haben bei der Polizei in Delfzijl angefragt. Sie sollen mal mit den Eignern reden, dann wissen wir mehr."

Aino wirkte nachdenklich. „Gute Arbeit", sagte sie schließlich. „Am besten wäre es, wenn Siv Møller aus dem Koma erwachen und eine Aussage machen würde." Sie lachte verlegen. „Aber darauf können wir nicht warten. Was habt ihr als Nächstes geplant?"

Karl kratzte sich am Kinn. „Na ja, wir werden das mit den Seglern überprüfen. Und die Spur nach Russland verfolgen. Ich schlage außerdem vor, dass wir die Wohnungen der zwei Männer, Jussi und Mark, durchsuchen und dann beobachten lassen. Wenn einer der beiden aufs Festland gelangt ist, liegt es doch nahe, dass er dort vorbeischaut."

Aino nickte langsam. „Die Wohnung der Møllers in Tromsø, ja. Aber von Jussi – macht das beim jetzigen Stand der Ermittlungen Sinn? Wenn der Ehemann schon kein Motiv hat, dann der Techniker doch erst recht nicht. Wo wohnt er überhaupt?"

„In Hammerfest", sagte Mats schnell und lächelte, anscheinend froh, auch etwas Sachdienliches zu der Besprechung beitragen zu können.

„Genau, er hat seit einigen Jahren eine Wohnung in Hammerfest", bestätigte Karl. „Ich habe mit den Kollegen in Finnland gesprochen. Seine Eltern haben einen Hof, bei Teponmäki. Vielleicht sollten wir auch einmal mit denen sprechen?"

Die Abteilungsleiterin schüttelte entschlossen den Kopf. „Ich werde veranlassen, dass die Wohnung der Møllers observiert wird. Für eine Durchsuchung brauchen wir dann einen richterlichen Beschluss. Bei Jussi sehe ich dazu erst mal keinen Anlass. Aber das kann sich ändern, je nachdem, was ihr herausfindet. Ich werde bei den Eltern in Finnland anrufen, mal hören, ob sie etwas wissen. Und versucht auch, mehr über die Møllers in Erfahrung zu bringen."

Karl sah sie grimmig an. „Ich würde Jussis Wohnung in Hammerfest aber gerne beobachten lassen."

Aino stand auf, schüttelte erneut den Kopf, sodass ihre Locken vor der Brille hin und her tanzten. „Wir haben nicht unbegrenzt Mittel, Karl. Erst mal konzentrieren wir uns auf die Russen, Mark Møller und diese Segler."

Sie deutete auf die Tür und der Kommissar hatte nun eindeutig das Gefühl, vor eben diese gesetzt zu werden.

„Ich muss jetzt mit dem Polizeipräsidenten sprechen. Ihr müsst mich entschuldigen." Zum Schluss legte die Abteilungsleiterin dann doch nochmals ein feines Lächeln auf. „Super Arbeit, Jungs."

Dann schloss sich die Tür vor den beiden Polizisten.

KAPITEL 23

„Ich glaube nicht, dass du noch weiter trinken solltest."

Hogne Nielsen, der Barmann im *Pub 1*, beugte sich über den Tresen und blickte den Kommissar vorwurfsvoll an.

Karl musterte den grauen Vollbart des Mannes, der um die Mundwinkel herum gelblich verfärbt war; er roch nach selbstgedrehten Zigaretten.

„Du weißt, dass ich Schwierigkeiten bekommen kann, wenn ich dich jetzt nicht nach Hause schicke", fuhr Hogne mit belegter Stimme fort.

Karl stöhnte resigniert. Es hatte keinen Zweck, mit dem Eigentümer der Kneipe zu diskutieren. Wenn Hogne sich erst einmal in den Kopf gesetzt hatte, dass man zu viel getrunken hatte, dann war er nicht umzustimmen. Es ging schließlich um seine Schanklizenz, betonte er immer, und damit um seinen Lebensunterhalt. Nielsen war stur wie ein Panzer.

Karl knurrte also einen leisen Fluch, stand jedoch auf und versuchte etwas ungelenk, seine Jacke anzuziehen. Er blieb dabei mit dem linken Arm im rechten Ärmel stecken und schwankte merklich.

„Dann gib mir meinen Autoschlüssel, Hogne", sagte er schließlich in gekränktem Tonfall.

Der alte Barmann stieß einen rasselnden Huster aus, sah ihn schmallippig an und schüttelte entschlossen den Kopf. „Karl, ich kann dich so nicht fahren lassen." Hogne blickte sich verschwörerisch nach rechts und links um, beugte sich dann erneut über die Theke zu ihm. „Herrgott. Du bist Polizist. Willst du auch noch deinen Job verlieren?"

Karl lehnte sich an den Tresen und grinste den Mann nur kopfschüttelnd an. „Das lass mal meine Sorge sein."

Er kniff die Augen zusammen, während er versuchte, aufrecht zu stehen. Doch seine Beine waren wie aus Gelee. Immer wieder knickte er ein, musste sich an der Theke abstützen. Er zeigte auf eine Glasschale, in der zwei Autoschlüssel lagen, einer von ihnen an einen Schlüsselanhänger mit vier silbernen Ringen gekettet. Doch während er so posierte, rutsche er mit dem Ellbogen ab und schlug mit dem Kopf auf den Tresen. Ein stechender Schmerz durchfuhr seinen Kiefer.

Behäbig zog er sich an der Bar hoch, sah sich erschrocken um und wischte sich schließlich mit den Fingern übers Kinn. Ungläubig musterte er die schmierige, rote Flüssigkeit an seiner Hand.

Hogne schloss die Augen und schüttelte nur kapitulierend den Kopf, als Karl sich umdrehte und in den Schankraum hinter sich blickte, in dem jedoch keiner der Gäste seinen Unfall bemerkt zu haben schien; die meisten anderen Besucher waren in einem ähnlichen Zustand wie er selbst und mehr oder weniger in ihre Unterhaltungen vertieft. Karl lächelte den Barmann an.

„Nichts passiert", sagte er, nun etwas zurückhaltender.

Hogne schüttelte noch einmal den Kopf, drehte sich jedoch um und reichte dem Kommissar eine Papierserviette. „Hier, halt dir das ans Kinn. Du blutest."

Karl befolgte die Anweisung und setzte sich auf den Barhocker. Er kramte in seiner Jackentasche und förderte schließlich einen Fünfhundert-Kronen-Schein zutage.

„Ein Bier. Bitte", sagte er fahrig. Der Mann hinter dem Tresen strich sich mit den Fingerkuppen über seine müden Augenlider, musterte dann den betrunkenen Polizisten, dem ein Tropfen Blut vom Kinn auf die Theke tropfte. Eine Mischung aus Besorgnis und Irritation breitete sich auf seinem ledrigen Gesicht aus. „Soll ich jemanden anrufen, der dich abholt?"

Karl spuckte ein Snus in seine Hand und ersetzte dieses sofort durch einen neuen Tabakbeutel. Er blinzelte erst auf die blutgetränkte Serviette vor sich, dann wieder auf Hogne. „Ruf Kari an. Sie soll mich abholen. Ich habe mir wehgetan." Seine Stimme war seltsam weinerlich geworden.

Hogne stieß einen Seufzer aus. „Kari ist weg, das weißt du doch."

Karl sah den Barmann einen Augenblick verständnislos an, blinzelte erst, legte dann die Stirn in Falten und kniff die Augen zusammen. Dann nickte er und fühlte sich mit einem Mal wesentlich nüchterner. Er stand auf und lächelte unbeholfen. „Kannst du ein Taxi rufen?"

Der Mann hinter der Theke nickte zufrieden und wählte eine Schnellwahltaste auf dem Telefon. Karl dreht sich um und wankte an das Fenster, durch das man auf die Dr.-Wessels-Gate blicken konnte. Ein ekelhafter Schneesturm fegte über Kirkenes. Karl konnte kaum die andere Straßenseite erkennen. Schneewehen hatten sich auf dem Bürgersteig gebildet und Karl seufzte, als er daran dachte, dass er am nächsten Morgen arbeiten musste. Oder hatte er frei? Welcher Wochentag war eigentlich? Er blickte einen Moment gedankenverloren auf die weiße Wand vor dem Fenster. Ihm war kalt und er zog seine Jacke nun richtig herum an.

Er zuckte zusammen, als er Hognes Stimme hinter sich hörte.

„Das Taxi braucht mindestens eine Stunde. Wegen dem Wetter. Irgendwen anders, den ich anrufen kann?"

Karl schloss die Augen und stand einen Augenblick still am Tresen. Als Hogne seine Frage wiederholte, öffnete er die Augen. Er kramte sein Handy aus der Tasche und versuchte, einen Namen im Adressbuch zu finden, konnte die Schrift auf dem Display jedoch nur verschwommen lesen. Er fluchte, schlug mit der Faust auf das Gerät. Dann reichte er es resignierend dem Barmann, der ihn erwartungsvoll ansah.

„Kannst du Mats Samuelsson für mich raussuchen?"

KAPITEL 24

Karl schreckte auf.

Irgendetwas hatte ihn aus seinem Alkoholschlaf gerissen. Was ungewöhnlich war, da er normalerweise wie ein Stein schlief, wenn er gesoffen hatte.

Er lauschte; doch draußen war nur das Heulen des Windes zu hören. War er wirklich davon aufgewacht? Der Kommissar murmelte einen Fluch, drehte sich um und war fast wieder eingeschlafen. Doch da hörte er erneut etwas. Ein undefinierbares Geräusch, das durch das angelehnte Fenster nach drinnen gedrungen war.

Er blinzelte, sah auf den Radiowecker. Es war 3:23 Uhr. Er wischte sich den Schlaf aus den Augen. Nüchtern war er noch immer nicht, zumindest noch angetrunken. Wie lange hatte er eigentlich geschlafen? Erinnerungen an den letzten Abend stiegen in sein Bewusstsein. Mats hatte ihn nach Hause fahren müssen.

Er stöhnte, fuhr sich mit beiden Händen durch das Haar. Dann schaltete er das Licht auf dem Nachttisch an und stellte fest, dass er noch immer dasselbe Hemd trug, mit dem er am Vorabend das Haus verlassen hatte. Auf seinem Kopfkissen bemerkte er einen Blutfleck. Erneut ein Seufzen, bevor er unter die Decke sah. Seine Jeans hatte er ausgezogen.

Na siehst du, wenigstens etwas.

Er tastete mit der Hand neben das Bett und war erleichtert, dort eine halbvolle Flasche Wasser vorzufinden. Gierig nahm er einige große Schlucke. Dann drehte er sich um, zog die Decke über den Kopf und dachte angestrengt nach. Musste er zur Arbeit? Nein. Morgen war Samstag.

Gut.

Er schreckte erneut auf. Dieses Mal hatte er ganz eindeutig etwas gehört. Und jetzt hatte sein verklebtes Gehirn das Geräusch auch zuordnen können. Es war ein giftiges Katzengeheul.

Nossan.

War er in einen Kampf verwickelt? In der Straße gab es noch diesen anderen, dicken Kater, mit dem Nossan das ein oder andere Mal aneinandergeraten war. Er richtete sich auf. Einen Augenblick später vernahm er ein erneutes Fauchen, dann ein missmutiges Maunzen.

Er atmete einen Schwall Luft aus und setzte sich auf die Bettkante. Jetzt war er wach. Er nahm ein Snus vom Nachttisch und stand auf, wankte ans Fenster, von dem er Ausblick auf die untere Auffahrt und die Straße vor seinem Haus hatte. Als er die Augen zusammenkniff, konnte er im Licht der Straßenlaterne jedoch nichts Ungewöhnliches erkennen. Der Sturm hatte etwas nachgelassen, nur noch geringe Mengen Schnee tanzten durch den Lichtkegel. Ansonsten wirkte alles vollkommen still und gewöhnlich.

Karl folgte der Straße mit seinem müden Blick. Ein Haus weiter, auf der anderen Straßenseite, stand ein schwarzer SUV geparkt. Ein großer Volvo? Den Wagen hatte er hier noch nie gesehen.

Er kratzte sich am Kinn und wollte sich schon wieder ins Bett legen, als er einen erneuten Aufschrei von draußen vernahm. Er stockte. Das war keine Katze gewesen, weder Nossan noch irgendein Rivale: Dieses Mal war es ein Mensch gewesen!

Sofort stieg ein ungutes Gefühl in ihm auf und er eilte aus dem Schlafzimmer in den dunklen Korridor, nahm zwei Stufen auf einmal und wäre beinahe gestolpert, konnte sich gerade noch am Geländer festhalten, das ein verwundertes Knarren von sich gab, im Endeffekt dem Gewicht des Kommissars aber auch dieses Mal standhielt.

Unten angekommen hörte er wieder etwas von draußen. Das Knirschen von Schritten im Schnee. Jemand musste in seiner Auffahrt sein! Adrenalin schoss durch seinen Körper. Er schnappte sich eine Taschenlampe von der Kommode. Dann drehte er den Schlüssel um und riss die Tür auf.

Von der Veranda aus sah er die Auffahrt hinunter. Er erkannte seinen Audi. Dahinter konnte er einen größeren und einen kleinen schwarzen Fleck auf dem Schnee ausmachen. Karl schaltete die Taschenlampe ein und leuchtete zur Straße. Sein Blick folgte dem Lichtkegel und plötzlich blickte er in das erschrockene Gesicht eines Mannes – zumindest in das, was die Skimaske, die er trug, preisgab. Er kniff die Augen zusammen, glaubte, einen blutigen Streifen am rechten Auge des Mannes auszumachen. Der Kerl erwiderte seinen Blick, blieb einen Moment wie angewurzelt stehen. Wie ein Reh, das in das Fernlicht eines Lastwagens schaute. Dann drehte er sich um und rannte los, die Auffahrt hinunter zur Straße.

„Stehen bleiben!"

Karl trat eine Treppenstufe nach unten und leuchtete ihm hinterher, wandte sich dann dem kleineren schwarzen Fleck im Schnee, gleich neben dem Auto, zu. Es war wie erwartet Nossan! Um ihn herum eine Vielzahl von Fußabdrücken. Hatte der Mann etwa versucht, die Katze zu einzufangen? Wut stieg in ihm auf.

„Ey, stehen bleiben", brüllte er erneut und sprang auf den zugeschneiten Kies in der Auffahrt. Er fluchte laut, als seine nackten Füße im Schnee versanken und sich die feinen Steine in seine Fußsohlen bohrten. Trotzdem biss er die Zähne zusammen und hastete die Einfahrt hinunter. Als er auf der Straße angekommen war, sah er sich wütend um, erhaschte abermals einen Blick auf den Mann mit der Skimaske, der gerade durch den Lichtkegel der zweiten Straßenlaterne lief.

Karl stieg von einem auf den anderen Fuß, blieb aber entmutigt stehen und sah dem flüchtenden Mann nach. Weiter hinten die Straße hinab gingen die Rücklichter des SUV an und weißer Dampf stieg aus dem Auspuff auf. Dann war der Mann an dem Fahrzeug, riss die Beifahrertür auf und sprang hinein. Noch bevor die Tür geschlossen war, fuhr der Wagen an, brauste los. und war kurz darauf verschwunden.

Plötzlich bemerkte Karl Nossan neben sich. Er schnurrte, rieb sich an seinem Bein. Karl nahm das Tier auf den Arm, streichelte ihn und ging langsam die Auffahrt hoch. Als er an seinem Auto vorbeiging, blieb er plötzlich stehen. Der Lack an der Fahrertür war zerkratzt worden. Jemand hatte mit einem Schlüssel oder einem Messer zwei lange Schrammen über beide Türen gezogen. Im Mondlicht konnte er das silbrige Metall unter der Lackierung erkennen.

„Verdammte Arschlöcher!"

Olav wäre ausgeflippt, das wusste er. Dass sein Vater das nicht mehr miterleben musste, war Karl zumindest etwas Trost. Er biss die Zähne zusammen, sah noch einmal auf die Straße, die nun wieder vollkommen still dalag, und ging dann ins Haus.

***

Polizeiobermeister Daniel Killgren, der in dieser Nacht Streifendienst hatte, sah an Karls nackten Beinen hinunter. Sein Blick verweilte einen Augenblick auf den schmutzigen Füßen, bevor er ihm wieder ins Gesicht sah. Killgren zückte seinen Stift und begann zu notieren. „Also, noch mal zum Mitschreiben. Sie haben dein Auto zerkratzt und wollten die Nachbarskatze klauen? Ist das so korrekt? Was meinst du, warum das jemand tun sollte?"

„Ja, korrekt. Aber der Kater hat den Angreifer gekratzt. Wir suchen also einen Mann mit einer Wunde im Gesicht. Vielleicht dachten sie, es wäre mein Tier?" Karl zuckte mit den Schultern und steckte sich ein Snus in den Mund.

„Und du hast das Kennzeichen nicht erkannt? Nur, dass es kein Norwegisches war?"

Karl stöhnte genervt auf. „Ja, das sagte ich doch schon. Ich glaube, es war ein russisches."

Killgren sah zu dem Weg, der am Haus vorbeiführte, hinunter, musterte den Kollegen dann nachdenklich.

„Das konntest du aus dieser Entfernung erkennen? Du hast doch getrunken, oder?"

„Herrgott, Daniel. Ja, ich habe es von dort unten gesehen. Und ja, ich habe getrunken. Na und? Nimm einfach meine Aussage auf und hör auf, mich zu hinterfragen. Was du dann damit machst, ist mir scheißegal."

Der Kollege hob beschwichtigend die Hände. „In Ordnung, ist ja gut. Ich will dir ja nur helfen. Ich gebe das an die anderen Streifen weiter."

KAPITEL 25

Der Kommissar schlug den Telefonhörer auf die Basisstation und ließ sich im Stuhl nach hinten fallen. Er kratzte sich gedankenversunken am Hinterkopf.

„Was ist denn los?", fragte Mats, doch Karl antwortete nicht. Sein Partner stand daraufhin auf, trat neben ihn und stupste gegen seine Schulter. „Karl?"

Karl stieß langsam einen Schwall Luft aus. Endlich blickte er zu seinem Partner auf. „Das war Doktor Halvorsen aus dem Krankenhaus in Tromsø. Siv Møller ist tot." Er stand auf. „Komm, wir müssen Aino Bescheid geben."

Mats sah ihn bestürzt an. „Was? Aber woran ist sie denn gestorben? Halvorsen sagte doch, dass sie überleben würde."

Karl zuckte mit den Schultern und blieb erst vor der Glastür des Büros der Abteilungsleiterin am anderen Ende des Querganges wieder stehen.

„Was gibt es?", fragte Aino erwartungsvoll. „Haben sie den Typen gefunden, der deine Reifen zerstochen hat?"

Karl verzog den Mund. Scheinbar hatte Killgren die Ereignisse von Samstagnacht auf dem Präsidium herumposaunt. Er hoffte nur, dass Daniel nicht erwähnt hatte, wie betrunken er gewesen war.

„Nein. Und der Kerl hat den Lack zerkratzt, nicht den Reifen zerstochen. Aber darum geht es nicht“, erklärte er und sah Aino dann ernst an. „Ich habe gerade einen Anruf aus Tromsø erhalten. Siv Møller ist tot.“

Er konnte genau sehen, wie die Zufriedenheit schlagartig aus Ainos Gesicht verschwand. „Wie bitte, tot? Sie sagten doch, dass ihr Zustand stabil sei?“

„Ja, das dachten sie wohl auch. Trotzdem war sie heute Morgen einfach … tot. Sie ist wohl an Sauerstoffmangel gestorben. Das Krankenhaus, insbesondere die Pathologen werden das genauer untersuchen.“

Aino drehte ihren Stuhl zum Fenster und verharrte einige Augenblicke still in dieser Position. Schließlich sprach sie mit leiser Stimme. „Verdammt. Dann können wir uns ihre Aussage abschminken.“

Karl stieß einen langen Seufzer aus. Es musste verzweifelt geklungen haben, denn Aino sah ihn verdutzt an. Die Vorgesetzte beugte sich über den Schreibtisch nach vorn und legte ihm die Hand auf den Arm. „Karl, ist alles in Ordnung mit dir?“

Er schwieg einen Augenblick, machte dann eine wegwerfende Handbewegung. „Ja doch.“ Er straffte die Schultern, bevor er weitersprach. „Sie war schwanger. Siv Møller war schwanger“, erklärte er dann leise.

Ainos Mund öffnete sich, nur um sich wortlos wieder zu schließen.

„Ich verstehe“, sagte sie schließlich. „Weiß man, wer der Vater war? Doch sicher ihr Ehemann?“

„Nein, bisher nicht. Die Staatsanwältin hat aber einem Test zugestimmt. Sie testen auf Mark Møllers Erbgut.“

Aino biss sich auf die Unterlippe. „Das sind keine guten Nachrichten. Aber es hilft nichts. Wir müssen positiv denken, weitermachen. Ich denke, dass der Vaterschaftstest uns weiterhelfen und uns neue Anhaltspunkte geben wird. Habt ihr Kuhmunen schon informiert?“

„Nein. Ich rufe ihn gleich an, wollte dir nur zuerst Bescheid geben“, sagte Karl.

Aino nickte ihm kaum merklich zu, sah wieder einen langen Augenblick auf die schneebedeckten Hügel auf der anderen Fjordseite. Dann, als sie sich wieder umdrehte, schien etwas an Karl ihre Aufmerksamkeit einzufangen.

„Was hast du denn da gemacht?“, fragte sie und deutete auf sein Kinn.

Karl lächelte, strich sich über die verkrustete Wunde. „Ich bin ausgerutscht, als ich den Kerl verfolgt habe, der mein Auto zerkratzt hat.“

Aino sah ihn abwesend an, wippte dann langsam mit dem Kopf. „Redet erst mal mit Kuhmunen und haltet mich auf dem Laufenden, falls ihr noch etwas aus Tromsø hören solltet.“

Die beiden Männer standen auf.

„Noch etwas“, sagte die Abteilungsleiterin und nahm den Telefonhörer auf. „Die Kollegen in Tromsø haben mit der Observation der Wohnung der Møllers begonnen. Bisher haben sie jedoch nichts Ungewöhnliches bemerkt. Niemand, der versucht hat, sich Zugang zu verschaffen. Und Karl: Ich habe mich dazu entschlossen, auch Jussis Haus in Hammerfest überwachen zu lassen. Die Kollegen vor Ort können aber keinen Beamten in Vollzeit abstellen. Man hat mir jedoch versichert, dass sie dort so oft wie möglich nachsehen werden. Besser als nichts, oder?"

Karl lächelte gezwungen. „Ja, gut." Er überlegte einen Augenblick. „Sollten wir nicht auch auf Jussis DNS testen lassen, das Kind also?"

Aino sah ihn einen Augenblick fragend an.

„Naja, was haben wir zu verlieren? Nur zur Sicherheit", antwortete Karl.

„In Ordnung, frag bei der Staatsanwaltschaft nach."

Karl nickte hastig und schloss die Tür hinter sich, bevor sie es sich anders überlegen konnte. Noch bevor sie vollständig geschlossen war, hörte er, dass Aino den Polizeipräsidenten am Telefon begrüßte.

***

„Wie geht es dem Kinn?", fragte Mats, wobei ein feines Lächeln seine Mundwinkel umspielte. Die beiden Männer saßen sich in ihrem Büro gegenüber.

Karl sah nur kurz auf. „Besser. Danke nochmals, Mats."

„Keine Ursache", antwortete sein Partner leise. Mats lehnte sich zurück und begann, einen Tennisball an die Wand zu werfen und anschließend wieder aufzufangen. „Was machen wir jetzt, da unsere einzige Zeugin tot ist?"

Karl hob seine Hände zu einer resignierenden Geste.

„Keine Ahnung. Ich werde noch mal bei der Polizei in den Niederlanden anrufen, hören, ob die Segler nach Hause gekommen sind. Außerdem würde ich gerne die Wohnungen der beiden Männer, Jussi und Mark, durchsuchen lassen."

Mats nickte und feuerte den Tennisball wieder an die Wand. Der signalgelbe Ball sprang bei diesem Wurf jedoch nicht zurück in seine Hand, sondern prallte gegen ein Regal und stieß eine Mappe um, die auf der obersten Sprosse gestanden hatte. Karl blickte Mats mahnend an, woraufhin der entschuldigend grinste, aufstand und den Tennisball in seinem Schreibtisch verstaute.

„Dabei fällt mir ein ... Dein Auto. Sollen wir irgendetwas unternehmen, um die Täter zu finden? Russen waren das, sagst du? Meinst du, das hatte etwas mit dem Fall zu tun?“

„Ich weiß es nicht“, antwortete Karl gedankenverloren.

„Und apropos Russen: Ich habe versucht, uns einen Termin mit dem russischen Militärattaché zu besorgen. War gar nicht so einfach und ich warte noch auf die finale Rückmeldung, aber er nimmt sich hoffentlich etwas Zeit, um mit uns zu sprechen.“

„Gute Arbeit“, sagte Karl. „Ich werde mich beim PST umhören, dem norwegischen Geheimdienst. Vielleicht wissen die etwas über die Aktivität der Russen. Ich habe dort einen Bekannten, noch von der Polizeiakademie.“

Dann starrte er einen Augenblick still aus dem Fenster.

Mats rollte seinen Stuhl näher an den Tisch heran. „Was ist denn los mit dir heute? Bist du verkatert oder geht dir der Tod von Siv Møller so nahe?“

Karl blickte den Kollegen einen Moment schweigend an, sah dann auf seine Uhr. Es war halb drei. Er stand auf und zog sich die Jacke an.

„Ich gehe nach Hause. Mir geht es heute wirklich nicht so gut.“

***

Einige Zeit, nachdem der Kommissar gegangen war, kam Aino in das Büro.

„Wo ist denn dein Karl?“, fragte sie beiläufig, während sie den jungen Polizisten aufmerksam betrachtete.

„Ich glaube, er wollte etwas frische Luft schnappen“, log Mats.

Aino nickte und setzte sich auf Karls Bürostuhl. Sie strich mit dem Zeigefinger über die Tastatur und musterte seine Schreibutensilien, die fein säuberlich auf dem Schreibtisch aufgereiht lagen. Dann drehte sie sich zu Mats um und lächelte.

„Sag mal, Mats. Hast du nach der Arbeit Zeit? Ich wollte dich zum Essen einladen.“ Sie lachte, als sie den beunruhigten Blick des jungen Schweden bemerkte. „Keine Sorge, ein Arbeitsessen. Ich wollte nur hören, wie es dir geht und ob du dich gut bei uns eingelebt hast. Passt es dir heute?“

KAPITEL 26

Das breite Lächeln verschwand unverzüglich von Mats Lippen, nachdem seine Vorgesetzte sich von ihm abgewandt hatte und durch die Tür geschlüpft war. Er schloss die Augen, atmete tief ein und betrat dann hinter ihr das Gasthaus.

Aino hatte einen Tisch im *Bangkok* reserviert. Ein flüchtiger Blick bestätigte Mats, dass das heute nicht notwendig gewesen wäre: In dem Speisesaal herrschte gähnende Leere. Er sog etwas warme Luft durch die Nase ein. Es roch nach scharf-saurer Soße und Frittierfett. Mats war nervös. Hatte er etwas falsch gemacht? Oder war es in Norwegen allgemein üblich, dass die Chefin ihre Angestellten zum Essen einlud? Vielleicht hatte sie herausbekommen, dass er für Karl gelogen hatte?

Mats folgte der Abteilungsleiterin entlang einer kurzen Theke, an der zwei ältere Männer saßen und Bier tranken. Zum Essen schien niemand hier zu sein. Der füllige Lockenkopf seiner Chefin drehte sich zu ihm um, um sich zu vergewissern, dass er ihr folgte. Sofort legte er wieder sein geübtes Grinsen auf.

Eine ältere asiatische Dame wies den Polizisten einen Tisch am Fenster zu, durch das man auf die Rådhusgata sehen konnte. Mats warf einen Blick durch die Glasscheibe; ein orangener Schneepflug fuhr langsam an dem Gebäude vorbei und verstreute Tausalz. Der junge Polizist nahm Platz und sah sich im Lokal um. Überall waren kitschige Bilder von Sonnenuntergängen aufgehängt und der Raum war mit verschieden großen Buddha-Statuen vollgestopft, die ihn grinsend anstarrten. Im Hintergrund spielte fernöstliche Musik.

Aino hatte ihren Stuhl zurechtgerückt und lächelte ihn entgegenkommend an. Dann wandte sie ihre Aufmerksamkeit der Speisekarte zu. Mats beobachtete, wie sie mit ihrem kurzen Zeigefinger auf der Seite herabfuhr.

„Wir nehmen das Menü zum Teilen", sagte sie an die Bedienung gewandt. „Ich trinke ein Bier. Mats, möchtest du auch eins?"

Er bejahte förmlich. Als die Bedienung verschwunden war, legte Aino ihre Hände auf dem Tisch zusammen. „Du hast ein paar ereignisreiche Tage hinter dir, was?"

„Ja, das war ein heftiger Start. Aber es gefällt mir. Danke, dass Sie ... dass du mich so herzlich aufgenommen hast."

Aino lachte laut und Mats blickte verlegen auf den Tisch. Er hatte sich noch immer nicht recht an die flachen Hierarchien gewöhnt. Silja hatte ihm gesagt, dass es typisch norwegisch sei und sie im Kindergarten dasselbe erlebt habe – bei den Gruppenbesprechungen durften alle Kollegen ihre Meinung äußern, jede Entscheidung wurde im Kollektiv gefällt.

Aino strich sich eine ihrer Locken aus dem Gesicht, sah ihn auffällig lange schweigend an. In seinen Handinnenflächen bildete sich kalter Schweiß. Erwartete sie, dass er anfing zu sprechen? Er wusste nicht, was er Aino erzählen sollte. Zu seiner Erleichterung begann sie schließlich selbst das Gespräch.

„Du hast dich auf Bjørnøya gut eingebracht, keine Frage. Die Kollegen sagen nur Gutes über dich und auch ich finde, dass du bisher einen durchweg positiven Eindruck hinterlassen hast. Ich bin mit deiner Arbeit sehr zufrieden." Sie beugte sich vor, um ihm die Hand auf die Schulter zu legen. Dabei stieß sie mit ihrem Busen ein Fläschchen Sojasoße um.

Mats errötete und beeilte sich, seiner Chefin zu helfen, die Soße mit Servietten aufzuwischen. Dann blickte er sie mit einem schiefen Lächeln an. „Danke für das Lob. Das bedeutet mir viel."

Die Bedienung stellte je ein Bier vor den Beamten ab, ein *Mack Eisbär*. Dann wurde Aino ernst. „Du hast zudem einen guten Einfluss auf Karl, finde ich." Sie musterte ihn durch die Gläser ihrer Brille.

Mats nickte nervös. Aino schien sich mehr auf seinen Gesichtsausdruck und seine Reaktionen zu konzentrieren als auf seine Worte. Die Stimme der Vorgesetzten hatte einen mysteriösen, betont beiläufigen Tonfall angenommen, als sie fortfuhr: „Was hast du denn für einen Eindruck von ihm?"

Mats trank einen Schluck Bier, wischte sich etwas Schaum von der Oberlippe. Er musste Zeit gewinnen. „Also, ich finde, er, also Karl, ist ein guter Polizist." Dann nickte er bestimmt, um den Worten Nachdruck zu verleihen.

Die Abteilungsleiterin schien mit der Antwort zufrieden, denn sie hatte, nach seiner Deutung, ein vergnügliches Lächeln auf dem Gesicht. „Du findest nicht, dass er manchmal impulsiv oder aus dem Rahmen fallend handelt?", hakte sie etwas leiser nach.

Mats sah nach oben an die Decke, die mit fernöstlichen Ornamenten verziert war. Ihm schossen Bilder in den Kopf, von dem Dienstwagen, der an ihm vorbeischoss, und von Ivar Nielsen, der durch die Luft flog. „Nein, eigentlich nicht", antwortete er und schüttelte bestimmt den Kopf.

„Gut", sagte Aino und lachte. „Mats, es tut mir leid, dass ich dir diese merkwürdigen Fragen stelle. Aber es sind in diesem Jahr einige Dinge vorgefallen. Ich muss Karl etwas im Auge behalten. Es ist zu seinem eigenen Besten."

Plötzlich wurde sie abgelenkt; einer der Männer an der Theke hatte seine Stimme erhoben, seinen Trinkkumpanen angefahren. Worum es bei dem Streit ging, hatte Mats nicht mitbekommen. Aino warf den beiden älteren Herren einen irritierten Blick zu, wandte sich dann wieder ihm zu. „Ohne etwas zu beschönigen", fuhr sie fort, „Karl hatte ein beschissenes Jahr. Sein Vater ist im Frühling an einem Herzleiden gestorben. Und das so kurz nach Karls Scheidung."

Mats senkte den Blick.

Die Abteilungsleiterin richtete sich etwas auf. „Trotzdem. Auch wenn er mir leidtut, ich bin für die Arbeit der Abteilung verantwortlich. Und wenn irgendwer nicht funktioniert, dann muss ich das wissen. Das gilt auch für Karl Sortland." Ihre dunklen Augen fixierten Mats durch die Brillengläser.

Der nickte langsam. „Ich verstehe, Aino. Wie gesagt, ich habe Karl nur als einen guten, mutigen Polizisten kennengelernt." Und diesmal log er nicht. Vor seinem geistigen Auge sah er den Kommissar auf der Leiter in die Wetterstation einsteigen. Dann, wie Karl den Eisbären vertrieben hatte.

„Das freut mich zu hören. Es gab eine Zeit, in der er sich vielleicht nicht immer unter Kontrolle hatte. Er hat während einer Vernehmung Gewalt angewendet, hat einen Beschuldigten geschlagen." Sie nahm einen großen Schluck aus ihrem Glas, zuckte dann mit den Schultern. „Er gab an, dass es Notwehr war. Trotzdem muss ich jetzt, wegen dieses Vorfalls, jeden Monat Zeugnis über ihn ablegen." Aino musterte Mats nachdenklich. „Ich erzähle dir das nur, damit du weißt, warum ich in bestimmten Situationen vielleicht etwas streng mit Karl bin. Ich würde mir wünschen, dass du ebenfalls ein Auge auf ihn hast, mir alles berichtest, was auf einen Rückfall in die alten Verhaltensmuster hindeuten könnte. Denk daran, es ist nur zu seinem Besten."

Ihr Blick hob sich, als die Bedienung mit einem Tablett voll dampfender Teller auf sie zugeeilt kam und diese nacheinander auf dem Tisch abstellte. Aino nahm sich mit den Fingern eine dampfende Frühlingsrolle und biss sofort ab. „Der allerletzte Report über Karl ist in wenigen Tagen fällig. Ich kann dir das sagen, er weiß das selbst. Wenn der Bericht positiv ausfällt, könnte das Disziplinarverfahren abgeschlossen werden. Natürlich würde es helfen, wenn ihr bis dahin in dem Fall etwas weitergekommen wärt. Dann wäre es leichter für mich, Gutes über Karl zu schreiben. Es liegt also gewissermaßen auch bei dir." Sie sah ihn erneut eindringlich an, während sie sich eine frittierte Krabbe in den Mund schob.

Mats nickte zögerlich, blieb aber still.

„Gut, dann verstehen wir uns", sagte sie unbeschwert.

Mats aß wortlos ebenfalls eine Frühlingsrolle. Er hatte Aino verstanden. Die Karriere seines Partners war mit den Ermittlungen verknüpft. Auch war ihm klargeworden, aus welchem Grund Aino ihn zum Essen eingeladen hatte. Es ging um Karl, nicht um sein Wohlbefinden. Warum musste immer alles politisch sein? Er wollte doch nur einen guten Job machen. Silja hatte ihn davor gewarnt, sich in solche Angelegenheiten ziehen zu lassen.

Und nun bin ich mittendrin.

Seine Augenbrauen hatten sich kaum merklich verengt, als er seine Vorgesetzte wieder anblickte. Doch Aino hatte die Augen geschlossen. Sie fächerte sich Luft zu, sog den Duft des Essens ein.

„Das riecht aber gut", sagte sie. „Möchtest du noch ein Bier?"

KAPITEL 27

„Sie wurde ermordet?", fragte Aino mit großen Augen und schlug ihre Faust auf den Konferenztisch. „Wie zum Teufel ist der Mörder da reingekommen, wir hatten doch einen Polizisten vor ihrer Tür, oder?"

Karl sah sie entschuldigend an, blickte immer wieder zur Tür. Wo zum Teufel war Mats? Wenn er nicht bald erscheinen würde, müsste er der Vorgesetzten allein Bericht erstatten. Und bei ihrer Laune hatte er dazu nur wenig Lust.

„Sagte ich doch. Wir wissen es nicht. Aber es ist eindeutig, dass jemand nachgeholfen hat. Der Schlauch des Beatmungsgerätes war abgeknickt. Und zwar an einer Stelle, wo es dem Pfleger nicht sofort auffallen würde. Außerdem war der Alarm ausgeschaltet. Das muss vorsätzlich gemacht worden sein. Die Polizei in Tromsø sucht nach weiteren Spuren. Sie sprechen mit den Pflegern auf der Station und den anderen Krankenhausangestellten." Er schüttelte den Kopf. „Ich glaube aber nicht, dass jemand aus dem Krankenhaus an der Sache beteiligt ist. Möglicherweise haben sie etwas gesehen. Wenn Siv Møllers Tod mit Bjørnøya zusammenhängt, dann hat der Täter womöglich die einzige uns bekannte Zeugin ausgeschaltet. Die Kollegen zeigen dem Krankenhauspersonal darum Bilder von

Mark Møller und Jussi Aalto. Außerdem sollen sie fragen, ob sie vielleicht irgendwelche Ausländer bemerkt haben, Russen oder Niederländer."

Aino sah betrübt auf die leere Leinwand am Ende des Konferenzraums. „So ein Mist. Was sage ich denn bloß morgen der Presse?" Ihre Miene hellte sich etwas auf. „Habt ihr vielleicht etwas bezüglich der Vaterschaft gehört?"

„Nein", Karl schüttelte den Kopf. „Das kann noch etwas dauern. Man hat nur wenig brauchbares DNA-Material von Mark gefunden. Eigentlich nur das von der Zahnbürste und von einem Kamm. Man sagte mir aber, dass die Ergebnisse spätestens nächste Woche vorliegen sollten."

Karl blickte auf. Da waren Schritte auf dem Korridor zu vernehmen, die schnell näherkamen. Dann flog die Tür auf und Mats kam herein. Er war außer Atem. „Wir haben einen Termin mit dem russischen Militärattaché bekommen", sagte er lächelnd an Karl gewandt. Dann richtete er sich an Aino. „Die Russen, sie haben erklärt, dass er nicht mit uns sprechen muss. Er tut es trotzdem, der guten Nachbarschaft zuliebe. Das waren die exakten Worte. Er kann uns in einer Stunde an der Grenzstation Storskog treffen, ist bereits auf dem Weg dorthin. Wäre es in Ordnung, wenn wir unsere Besprechung mir dir verschieben?"

Aino nickte und begann, die Dokumente vor sich auf dem Tisch zu ordnen. „Gute Arbeit, Mats. Natürlich. Macht euch sofort auf den Weg. Nicht, dass ihr ihn warten lasst." Sie blieb noch einmal stehen und blickte Karl eindringlich an. „Behandelt ihn bitte mit Respekt. Ein Skandal mit den Russen ist das letzte, was Oslo will."

***

Wenige Minuten später saß Karl neben Mats im Dienstwagen. Sie brausten auf der E6 gen Osten, auf die Grenze zu. Karl war schon ein paarmal an der Grenzstation gewesen, jedoch noch nie in das riesige Nachbarland eingereist. Russland war für ihn schon immer unheimlich gewesen. Der unbekannte, unverständliche Nachbar, der das Land für die meisten Menschen hier oben noch immer war, zumindest für die, die im Kalten Krieg aufgewachsen waren.

Während sie an der norwegischen Station vorbeirollten, war ein lautes Grollen in der Luft zu vernehmen. Karl öffnete das Fenster, reckte den Hals und blickte hinauf in den grauen Himmel. Dicht über der gedrungenen Bewaldung auf der russischen Seite erkannte er den Ursprung des Lärms: Zwei gewaltige, graue Militärhelikopter näherten sich schnell von Osten her. Sie mussten aus Murmansk gekommen sein und trugen vermutlich den Militärattaché an Bord. Die Hubschrauber begannen bereits mit dem Landeanflug. Karl musterte die Bewaffnung an den Stummelflügeln, die man von hier aus erkennen konnte: großkalibrige Maschinengewehre und eine Trommel für Luft-Boden-Raketen. Er drehte sich zu seinem Partner, der erwartungsgemäß ein breites Lächeln auf dem Gesicht hatte.

„Das sind Mi-35M Kampfhubschrauber. Oder Hind, so lautet die NATO-Bezeichnung", erklärte Mats ungefragt.

Karl nickte, ohne die Begeisterung seines Partners zu teilen. Er empfand die Fluggeräte eher als bedrohlich denn faszinierend. Die Hind-Helikopter sanken langsam gen Boden und verschwanden hinter der russischen Grenzstation.

„Lässt den *Sea-King*, mit dem wir nach Bjørnøya geflogen sind, klein aussehen, was?", fragte Mats nachdenklich.

Sie meldeten sich bei einem jungen Soldaten des Grenzschutzes. Der Mann sah sie einen Augenblick verwirrt an, verstand dann aber, dass die beiden ausländischen Polizisten mit der Ankunft der Kampfhubschrauber im Zusammenhang stehen mussten. Er sprach ein paar Worte in sein Funkgerät und kurz darauf wurden die norwegischen Beamten in das Gebäude geführt.

Über einen engen Korridor gelangten sie in einen Besprechungsraum, in dem nur ein Tisch und vier Stühle aufgestellt waren und der einem Vernehmungsraum glich. Ein vergilbtes Portraitbild von Vladimir Putin stand im Fenstersims. Nur eine russische Flagge, die an der Wand aufgehängt war, spendete etwas Farbe.

Ein Mann in Tarnuniform und mit einem blauen Barett stand auf und reichte den Polizisten die Hand.

„Guten Tag, Major Juri Sergejovic", stellte er sich auf Englisch vor. Dann deutete er auf die beiden Stühle und setzte sich wieder. Karl musterte den Major, der kurz vor der Pensionierung stehen musste. Er war groß und breit gebaut, hatte eine Narbe auf der linken Wange. Aus dem runden Gesicht beobachteten ihn aufmerksame, sichelförmige Augen. Der Militärattaché mochte ursprünglich aus dem asiatischen Teil Russlands stammen.

Sergejovics Gesichtszüge waren vollkommen ausdruckslos. Er klopfte mit dem Ringfinger der linken Hand auf die lackierte Holzplatte. „Sie wissen, dass ich der russischen Botschaft in Oslo unterstellt bin? Sie hatten Glück, dass ich gerade in Murmansk war, und dass mir viel an einer guten Nachbarschaft zu Norwegen liegt. Außerdem wollte ich sowieso seit Langem die Grenzstation besuchen. Sonst hätte ich Ihnen schon am Telefon gesagt, dass ich Ihnen vermutlich nicht wirklich helfen kann, so sehr ich möchte." Er sah auf die Uhr und zum ersten Mal konnte Karl eine Art emotionale Regung in seinem Gesicht, ein Zucken des rechten Augenlids, erkennen. Er schien irritiert. „Also, was möchten Sie von mir?" fragte er schließlich.

Mats nickte entgegenkommend. „Danke, dass Sie sich für uns Zeit nehmen. Wie ich schon am Telefon erklärt habe, geht es um die Vorfälle auf Bjørnøya, die wir aufzuklären hoffen."

Der Major lächelte nun bissig. „Verzeihen Sie mir die Ehrlichkeit, aber die Geschichte ist absurd. Wir schätzen die guten Beziehungen zu Norwegen, deshalb ja dieses Treffen. Aber Sie sind die Polizei. Den Täter müssen Sie schon selbst finden. Oder muss ich Ihnen ein paar Kollegen aus Murmansk schicken, die den Fall für Sie lösen?" Er lachte rasselnd und kurz. Dann wurde sein Gesicht wieder vollkommen emotionslos. Karl sah Mats an. Sein Partner wirkte verunsichert. Er nickte ihm aufmunternd zu und richtete sich dann an den Major. „Herr Major. Wir wollen nur ein paar Punkte durchgehen, um alle Spuren zu verfolgen. Ich frage daher frei heraus: Haben Sie irgendwelche Informationen über die Vorfälle auf Bjørnøya, die uns helfen könnten, die Sache aufzuklären?"

Major Sergejovic lehnte sich in seinem Stuhl nach hinten und zuckte mit den breiten Schultern. Dann zog er eine Packung Zigaretten aus seiner Brusttasche. Rote Marlboro, von denen er eine mit einem Streichholz entzündete. Der schweflige Geruch des Zündholzes mischte sich mit dem Tabakrauch.

„Wie gesagt, ich kann Ihnen nicht helfen", sagte er, während er den Rauch ausblies. Er brannte in Karls Augen, doch der ließ sich nichts anmerken.

„Sie wissen sicher, dass unsere Küstenwache zur Tatzeit zwei russische Schiffe weggeschickt hat. Vor Bjørnøya. Was wollten die dort?", legte er nach.

„Russland hat absolut nichts mit den Vorkommnissen zu tun, wenn Sie das andeuten wollen. Die beiden Schiffe, die Sie kontaktiert haben, nahmen an einem Manöver teil. Genauso wie die NATO Übungen durchführt, tun wir das auch. Und unsere Schiffe haben sich, soweit ich weiß, zu keiner Zeit in norwegischen Gewässern befunden." Sein Gesicht wurde wieder zu einer starren Maske, als er erneut auf seine Uhr blickte.

„In Ordnung", antwortete Karl. „Können Sie uns irgendetwas über die *Petrozavodsk* erzählen? Das Forschungsschiff, das letztes Jahr bei Bjørnøya verunglückt ist?"

Der Russe legte den Kopf schief, schien aufrichtig von der Frage überrascht zu sein. Ein zartes Lächeln breitete sich um seine Mundwinkel aus. Doch bevor er antworten konnte, ertönte draußen das mechanische Kreischen einer Turbine. Es mussten die Motoren der Kampfhelikopter sein, die angelassen wurden.

Der Major drückte die halbgerauchte Zigarette aus. „Sie müssen mich entschuldigen. Das ist mein Flieger. Sonst komme ich heute nicht mehr nach Murmansk."

Er stand auf und vollführte an Karl gerichtet einen übertrieben straffen militärischen Gruß. „Viel Erfolg bei Ihren Ermittlungen."

***

Karl stand neben Mats an die Motorhaube gelehnt und sah gedankenverloren den Helikoptern nach, die gen Nordosten über den Wipfeln des Birkenwaldes verschwanden. Es war noch immer das Donnern der Rotorblätter zu hören, das immer weiter in ein entferntes Wabern überging. Langsam hatte sich auch der aufgestobene Schnee gelegt. Er klemmte sich ein Snus unter die Oberlippe, stieg dann ein.

„Was für ein arrogantes Arschloch", sagte er schließlich, während er den Sicherheitsgurt anlegte. Der blonde Mann hinterm Steuer nickte und einen Augenblick fuhren sie schweigend über den schwarzen Asphalt Richtung Kirkenes.

„Was hältst du von dem, was er uns erzählt hat?", fragte Mats.

Karl machte eine abfällige Handbewegung. „Was meinst du? Viel hat er ja nicht gesagt. Reine Zeitverschwendung, für uns genauso wie für ihn, auch wenn er sowieso die Station besuchen wollte."

Wieder schwiegen sie eine Weile, bis seinem Partner plötzlich etwas eingefallen zu sein schien. „Ach ja“, sagte er und lächelte Karl an. „Silja möchte, dass du zum Essen zu uns kommst, nach Hesseng. Hast du heute Abend schon was vor?“

Karl sah ihn verdutzt an, kratzte sich dann im Nacken. Sein Gehirn arbeitete unter Hochdruck an einer plausiblen Entschuldigung, um die Einladung abzulehnen. Da ihm aber auf die Schnelle nichts einfiel und er zudem ein klein wenig neugierig darauf war, die Freundin seines Partners kennenzulernen, erwiderte er das Lächeln.

„Gerne.“

KAPITEL 28

„Möchtest du noch etwas trinken, Karl?"

Silja lächelte den Kommissar gezwungen an und reichte ihm eine Dose alkoholfreies Bier. Sie strich sich eine Strähne ihres silberblonden Haares aus dem Gesicht und musterte ihn einen Augenblick. Er ähnelte wirklich dem schwedischen Musiker Håkan Hellström, genau wie Mats behauptet hatte. Vielleicht etwas kleiner und ein paar Jahre jünger, dafür aber breiter gebaut.

Sie hatte lange überlegt, ob sie dem Mann Alkohol anbieten sollte. Doch Karl war mit dem Auto gekommen und hatte ihr damit die Entscheidung abgenommen.

Der Kommissar nickte verlegen, blickte auf seine Armbanduhr und richtete sich etwas gerader auf. „Danke für das Bier. Und keine Angst, ihr seid mich bald los."

Silja setzte sich auf die Sofakante und strich Mats durchs Haar.

„Ach, Karl, erzähl keinen Quatsch. Wir sind froh, dass du hier bist", sagte sie. Sie glaubte, dass es fast überzeugend geklungen hatte. „Redet ihr noch ein bisschen, ich erledige den Abwasch."

Sie stand auf und ging in die Küche. Es war das erste Mal gewesen, dass sie Karl getroffen hatte, und ihr war nicht entgangen, dass Mats zu ihm aufsah. Sie hatte es an seiner Gestik bemerkt, wie aufmerksam er ihm gegenüber war. Er hatte schon vor der verabredeten Zeit nervös durch das Küchenfenster nach Karls Auto Ausschau gehalten. Es war fast rührend gewesen. Sie selbst hatte versucht, so aufgeschlossen wie möglich zu sein. Selbstverständlich wollte sie, dass Mats ein gutes Verhältnis zu dem Kollegen aufbauen würde; deshalb hatte sie den Kommissar ja eingeladen. Trotzdem hatte sie Angst um ihren Partner. Er war so gutgläubig, fast schon an der Grenze zu naiv. Und obwohl Karl an diesem Abend aufgeräumt und wie ein ganz normaler Norweger gewirkt hatte – er war höflich, nicht übermäßig gesprächig gewesen – wollte sie ihn lieber im Auge behalten.

Sie hörte, dass die beiden Polizisten sich gedämpft im Wohnzimmer unterhielten. Sie lauschte, während sie einen Teller in die Spülmaschine stellte. Sprachen sie so leise, damit sie es nicht hörte? Es war wichtig, dass Mats in dem fremden Land nicht nur Kollegen, sondern auch Freunde finden würde. Doch war es nicht auch wichtig aufzupassen, dass es die richtigen Leute waren?

Silja streckte sich und nahm das Geschirrspülmittel aus einem Oberschrank, legte die Kapsel in die Maschine. Dabei blieb ihr Blick an einem Foto ihrer Eltern hängen, das an der Wand neben dem Ofen hing. Sie vermisste ihre Familie so sehr, hatte es am Anfang in Kirkenes wirklich nicht leicht gehabt. Sie hatte nicht aus Luleå wegziehen wollen.

Gähnend warf sie einen flüchtigen Blick auf ihre Armbanduhr. Es war kurz vor Mitternacht und der Tag im Kindergarten hatte sie völlig erschöpft. Bald war Bettzeit, zumindest für sie. Sie stieß einen leisen Seufzer aus und begann, die Essensreste aus dem Topf in den Mülleimer zu entsorgen. Dann ging sie zur Tür und warf einen beiläufigen Blick ins Wohnzimmer. Mats zeigte dem Norweger ein Fotoalbum. Silja schmunzelte. Es musste sich um das Album mit den Bildern von der Elchjagd aus dem vergangenen Herbst handeln.

Silja setzte sich an den Küchentisch und schenkte sich den letzten Rest Wein aus der Flasche nach, nahm einen Schluck, stand dann wieder auf und ging zu den Männern ins Wohnzimmer. Karl stellte gerade seine Bierdose auf den Tisch und blickte sie mit leicht schiefgelegtem Kopf an.

„Danke nochmals für einen gemütlichen Abend", sagte er. „Ihr Schweden seid gastfreundliche Menschen. Aber jetzt muss ich nach Hause."

Mats lachte und warf ihr einen glücklichen Blick zu. Sie konnte sehen, dass er mit dem Abend zufrieden war.

„Ja, es war nett, dass du hier warst. Deine Frau wartet sicher schon", antwortete sie. Aus dem Augenwinkel bemerkte sie, dass Mats Augen sich weiteten, er andeutungsweise den Kopf schüttelte. Sie verzog den Mund. Natürlich, Mats hatte es doch angedeutet. Wie konnte sie nur so gedankenlos sein?

„Ich bin geschieden", sagte Karl mit ruhiger Stimme. Hatte sie Mats vor seinem Partner blamiert? Sie war einfach so müde.

„Das tut mir leid", sagte sie schließlich.

„Danke, mir auch", antwortete Karl lächelnd. „Aber so ist es nun mal."

Erneut blickte Silja auf die Uhr und gähnte. Dass Mats sie abermals vorwurfsvoll ansah, entging ihr nicht.

„Oh, entschuldige Bitte, Karl. Ich wollte nicht ... Ich bin nur schrecklich müde. Ich werde ins Bett gehen, ihr beiden könnt aber natürlich noch aufbleiben."

Karl schüttelte den Kopf, erhob sich und reichte ihr seine Hand. Er hatte lange, gerade Finger.

„Nein, ich bin auch hundemüde. Danke nochmals für das Essen, Silja. Es war schön, dich kennenzulernen."

Sie schüttelte die Hand des Kommissars, dessen Haut überaus weich und warm war, nickte ihm ein letztes Mal freundlich zu und stieg dann langsam die Treppe in die Oberetage.

„Mach bitte das Licht aus, wenn du nach oben kommst, Mats", sagte sie über ihre Schulter gewandt.

KAPITEL 29

„Tür zu", schrie Karl mit einem unüberhörbar irritierten Ton in der Stimme. Jemand hatte den abgedunkelten Konferenzraum betreten und ein Lichtstreif aus dem Korridor war auf die Leinwand gefallen. Als er sich umdrehte, bemerkte er, dass es die Abteilungsleiterin war, die im Türrahmen stand. Er lächelte verlegen, winkte sie herein. „Entschuldigung, aber wir sehen so nichts. Mach bitte die Tür zu."

Der Konferenzraum war durch eine Videoschalte mit der Polizei in Tromsø verbunden. Die Kollegen waren bereits in der Wohnung der Møllers und schickten sich an, diese nach Hinweisen zu durchsuchen. Die Staatsanwaltschaft hatte ihnen erst vor wenigen Stunden mitgeteilt, dass der Durchsuchungsbeschluss bewilligt worden war.

Aino setzte sich neben Karl. Er deutete auf die Leinwand, auf der ein Polizist zu sehen war, der gerade einen Kleiderschrank öffnete.

„Bisher haben sie nichts gefunden, was uns irgendwie helfen würde. Sie haben aber auch eben erst angefangen." Er zuckte mit den Schultern und blickte dann wieder gebannt auf den Schirm. Der Kameramann ging in einen anderen Raum, womöglich ein Gästezimmer.

Man sah einen weiteren Polizisten, der über einen kleinen Schreibtisch neben einem schmalen Bett gebeugt stand und einen Notizblock auf relevante Einträge untersuchte.

„Weiter, bitte", sagte Karl in das Mikrofon, das in der Mitte des Konferenztisches aufgestellt war.

Mit einer leichten Verzögerung setzte sich der Kollege in Bewegung und ging in ein anderes Zimmer, das Schlafzimmer. Die Bettdecke auf dem Doppelbett war fein säuberlich zurechtgelegt. Hier schien seit längerer Zeit niemand geschlafen zu haben. Genau wie der Rest der Wohnung wirkte auch dieser Raum aufgeräumt. Die Kamera fuhr langsam vorwärts, zoomte auf einige Details. Auf dem Fenstersims war eine dünne Staubschicht zu sehen. Das passte damit zusammen, dass das Ehepaar seit Monaten auf Bjørnøya stationiert gewesen war.

„Hier haben sie auf jeden Fall noch gemeinsam in einem Bett geschlafen", sagte Mats nachdenklich. „Auf der Insel hatten sie ja getrennte Zimmer."

Karl folgte den Bewegungen auf dem Bildschirm.

„Könnten Sie näher an das Bett herangehen, bitte? Da, an das Foto?", fragte er an den Kollegen in Tromsø gerichtet.

Die Kamera bewegte sich ruckartig, fokussierte dann einen Bilderrahmen auf dem Nachttisch. Das Bild zeigte Siv und Mark Møller eng umschlungen vor einem Wasserfall. Das Foto mochte möglicherweise in Südostasien, vielleicht Thailand oder Indonesien, aufgenommen worden sein. Karl kratzte sich am Kinn.

„Vor der Stationierung auf Bjørnøya schien mit den beiden noch alles in Ordnung gewesen zu sein. Genau wie seine Eltern gesagt haben.“

Aino blickte ihn an. „Hast du mit der Familie gesprochen?“

„Ja. Wir haben mit Marks Mutter und seiner Schwester geredet. Sie sagten, dass ihr Sohn noch immer brennend in Siv verliebt war. Er hat sie regelrecht angehimmelt.“ Er lehnte sich in dem Stuhl zurück und faltete seine Hände hinter dem Kopf. „Sie war viel zu hübsch für ihn. Rein objektiv.“

Aino stieß einen Seufzer aus. „Karl, es geht nicht immer nur um die äußere Erscheinung.“

„Ja, aber bei den beiden war der Unterschied doch extrem. Die Mutter sagte, dass Mark nicht unbedingt ein Frauentyp gewesen ist, bevor er Siv getroffen hat.“

Aino verdrehte die Augen, nickte dann aber. „Okay. Und was bedeutet das?“

„Nun“, sagte Karl abwägend, „ihre Schwester erzählte uns, dass Siv in der letzten Zeit öfter erwähnt habe, dass ihr Leben sie langweile. Sie hat zwar nicht angedeutet, dass sie sich von Mark trennen wollte, auch nie von einem anderen Mann gesprochen. Aber sie schien nicht mehr so glücklich verliebt zu sein wie auf dem Bild vor dem Wasserfall da.“

Er beugte sich vor. „Lassen Sie uns in den nächsten Raum gehen, bitte.“

Der Kameramann reagierte und ging in die Küche. Es war ein kleines Zimmer; zur Linken, unter einer Schrägwand, waren eine Kochnische, ein Kühlschrank und ein Backofen eingerichtet. Zur rechten Seite lag eine Tür und ein schmaler Balkon, der auf den Hinterhof hinausblickte. Daneben waren ein Esstisch und zwei Stühle aufgestellt. An der Wand über dem Möbelstück hing eine Pinnwand, an der ein paar Postkarten festgemacht waren. Der Polizist nahm eine der Karten ab, drehte sie um und legte sie letztlich auf den Küchentisch, sodass die Kollegen in Kirkenes sie lesen konnten. Dann nahm er einige weitere Karten ab und platzierte sie daneben.

Karl überflog die handgeschriebenen Nachrichten. Eine Postkarte war von Sivs Schwester aus Rom. Sie schwärmte vom Essen, dem Wetter und den Leuten. Eine andere war offenbar von einem befreundeten Paar, abgeschickt von den Malediven.

„Nehmen Sie alles mit und schicken Sie uns Abschriften." Er drehte sich zu Mats und hob resignierend die Hände. „Bitte, der nächste Raum."

Der Kameramann setzte sich erneut in Bewegung und trat in den Nachbarraum. Auf der Leinwand war nun ein Arbeitszimmer zu sehen. An der Wand waren zwei Ikea-Regale angebracht, in denen Mappen und Bücher standen. Daneben eine Arbeitsstation, auf der ein PC samt Tastatur und Maus, ein Drucker sowie ein Bildschirm angeordnet waren. Ein Beamter der Spurensicherung hockte vor dem Computer und ging die Dateien durch, die auf der Festplatte gespeichert waren. Karl fragte den Kollegen vor Ort, ob sie irgendetwas Brauchbares auf dem PC gefunden hätten. Der Kameramann leitete die Frage weiter und fokussierte dann das Gesicht des Beamten vor dem Bildschirm.

„Sieht so aus, als ob der PC an sich, also die Festplatte, nur für die Arbeit verwendet wurde. Wir nehmen ihn aber mit und gucken uns alles nochmals genau an. Allerdings habe ich Zugriff auf Sivs E-Mail-Programm, ein Hotmail-Account. Scheint ihre private Mailadresse zu sein. Das Passwort war im Browser gespeichert."

„Und?", fragte Karl ungeduldig. „Haben Sie die E-Mails schon gelesen?"

Der Kriminaltechniker lächelte. „Ich werde alles ausdrucken und Ihnen zukommen lassen. Aber ich habe unter den gelöschten Mails eine Nachricht von Jussi Aalto gefunden. Der Name, den Sie mir gegeben haben. Sehen Sie mal hier."

Der Kameramann zoomte auf den Bildschirm, wo der Polizist eine E-Mail öffnete. Sie war am 14. Februar 2010 um 23:12 Uhr abgeschickt worden.

Hi Siv,
Es war schön, dich auf der Konferenz kennengelernt zu haben. Die Woche ist viel zu schnell vorbeigegangen und ich würde dich sehr gerne wiedersehen. Ich werde das mit Bjørnøya mal untersuchen. Es wäre wirklich schön, wenn es klappen würde und wir zusammen dorthin reisen könnten! Ich melde mich.
Jussi.

Karl sah die Abteilungsleiterin an. „Das heißt, Jussi und Siv kannten sich schon vor dem Aufenthalt auf Bjørnøya." Dann sprach er wieder in das Mikrofon auf dem Tisch. „Hat Siv auf die E-Mail geantwortet?"

Der Kollege in Tromsø klickte ein paarmal auf verschiedene Knöpfe und antwortete schließlich zögerlich: „Sie hat die Nachricht beantwortet, ja. Das sieht man an dem Symbol neben der Mail. Die Antworten wurden aber aus dem Gesendet-Ordner gelöscht. Ich kann sie nirgends finden."

Karl seufzte. „In Ordnung. Gucken sie noch mal genauer nach."

Karl hatte das Licht im Konferenzraum angeschaltet. Die Videoverbindung nach Tromsø war beendet worden, nachdem die Kollegen versichert hatten, noch heute mit der Auswertung der Funde zu beginnen und die wichtigsten Erkenntnisse unverzüglich nach Kirkenes zu schicken.

Er drehte sich zu seiner Chefin. „Siv und Jussi kannten sich. Es ist nur eine Theorie. Aber lass uns einfach mal davon ausgehen, dass Jussi und Siv eine Romanze hatten."

Aino nickte zögerlich. „Wir haben zwar nur diese eine Mail, die verrät, dass sie sich kannten, aber in Ordnung. Was dann?"

„Nur hypothetisch. Jussi ist deshalb mit auf die Insel gekommen. Mark hat davon Wind bekommen und ist durchgedreht. Er ermordet den Finnen und Frida, die Zeugin, und versucht schließlich, auch seine Frau zu töten. Könnte das was sein?"

„Rein hypothetisch könnte das sein. Siv war möglicherweise für so eine Affäre empfänglich, wenn es stimmt, dass sie von Mark gelangweilt war."

Karl kratzte sich nachdenklich am frisch rasierten Kinn.

„Ich wette hundert Kronen, dass das Kind von Jussi ist!", sagte Mats lachend. Dann bemerkte er Ainos strengen Gesichtsausdruck und blickte betreten auf den Tisch vor sich.

„Ich denke, wir sollten unbedingt Jussis Wohnung durchsuchen“, fuhr Karl fort. „Eventuell finden wir dort Beweise, die unsere These stützen. Oder welche, die sie entkräften. Soll ich mit der Staatsanwältin sprechen?“

Aino schüttelte den Kopf. „Das Einzige, was die E-Mail beweist, ist, dass Jussi und Siv sich kannten. Das macht ihn zum Zeugen, nicht zum Täter, oder? Also sollten wir uns auf Mark konzentrieren.“

„Nein, natürlich nicht. Aber wenn sie keine Affäre hatten, dann wäre Mark als Täter doch genauso unwahrscheinlich. Wo sollen wir sonst suchen, wenn nicht bei Jussi?“

„Ich denke, wir warten erst mal den Vaterschaftstest ab. Dann wissen wir möglicherweise, ob Jussi und Siv eine Affäre hatten. Wenn Jussi der Vater war, meine ich. So eine Durchsuchung ist eine ernsthafte Sache, wir wissen ja auch nicht, ob das Gericht dem überhaupt stattgeben würde.“ Sie stand langsam auf. „Versucht bitte, diese Theorie etwas auszubauen. Könnt ihr noch mehr über Mark herausfinden? War er schon früher einmal gewalttätig? Dem könntet ihr nachgehen. Aber vernachlässigt deshalb nicht die anderen Spuren. Ich will, dass ihr auch weiter nach den Seglern sucht. Und wie war denn eigentlich das Treffen mit dem Russen?“

Karl zuckte mit den Schultern. „Der Militärattaché war nicht sonderlich kooperativ. Oder er konnte uns wirklich nichts sagen.“

Mats stand ebenfalls auf. „Karl hat uns ein Treffen mit dem norwegischen Nachrichtendienst organisiert.

Wir haben morgen einen Termin in Vardø, an der Abhörstation dort. Mal sehen, ob sie uns da noch etwas über die russischen Militäraktionen sagen können."

***

Karl und Mats waren im Anschluss an das Gespräch nach draußen gegangen, um frische Luft zu schnappen. Die Sonne war am Morgen kurz zu sehen gewesen und es war etwas wärmer geworden. Trotzdem war es noch immer zu kalt für die Jahreszeit, der Winter eindeutig zu früh nach Kirkenes gekommen. Die Polizisten schlenderten an der Kaimauer am Fjord entlang. Karl trat einen Eisklumpen mit dem Stiefel vor sich her, blieb stehen, zog einen Handschuh aus und fischte ein Snus aus der Plastikdose. Sein Partner musterte ihn einen Augenblick.

„Du bist kein großer Finnlandfan, oder?", fragte Mats mit einem verschmitzten Lächeln.

„Nein", brummte Karl. „Aber das ist nicht der Grund, warum ich Jussis Wohnung durchsuchen möchte. Ich mag die Russen auch nicht sonderlich, trotzdem versuche ich, bei den Ermittlungen objektiv zu bleiben."

Mats nickte bedächtig. „Also hat es rein gar nichts damit zu tun, dass Aino finnische Wurzeln hat und dass sie will, dass wir uns auf Mark Møller konzentrieren?"

Karl schnaufte. „Herrgott, Mats. Jetzt fang du nicht auch noch an. Ja, ich finde, Aino hat sich etwas schnell auf den Ehemann festgelegt." Er atmete langsam einen Schwall Luft aus, seufzte resigniert. „Kann sein, dass Aino und ich nicht immer einer Meinung sind, das hast du ganz gut erkannt. Aber wir respektieren einander

213

trotzdem." Er steckte die Hände in die Jackentasche und sah über den Fjord, auf dem einige lose Eisschollen trieben. „Sie trägt natürlich die Verantwortung. Wenn etwas schiefgeht, ist es ihr Problem."

Mats sah ihn unruhig an. „Aber wenn die Ermittlungen ins Stocken geraten, ist das auch nicht gut für dich, für uns beide. Also, ganz egal ist es nicht."

Karl lächelte seinen Partner an, klopfte ihm sanft auf den Rücken. „Und genau deshalb müssen wir unseren eigenen Kopf benutzen. Wenn Ainos Anweisungen keinen Sinn ergeben, dann interpretieren wir sie eben anders. Wenn wir Ergebnisse liefern, die sie der Presse präsentieren kann, dann wird sie sich sicher auch nicht beklagen." Er zwinkerte dem blonden Mann zu. „Mach dir keine Sorgen. Morgen sprechen wir mit dem Nachrichtendienst über die Russen. Danach sehen wir weiter."

Der Kommissar zog seine Schultern nach oben und legte sich den Schal enger um den Hals. Er blickte zu dem faden Lichtstreif am Horizont über den verschneiten Hügeln. „Komm, lass uns zurückgehen, bevor wir uns hier draußen den Arsch abfrieren."

KAPITEL 30

Das kleine Örtchen lag auf einer Felsinsel direkt vor der Küste und dem Flughafen. Die beiden Polizisten hatten einen Termin mit einem Offizier des *Etterretninsgetjenesten*, dem norwegischen Auslandsgeheimdienst, der formal dem Verteidigungsministerium unterstellt war. Karl hatte beim Anflug aus dem Flugzeug zwei große, runde Abhörschüsseln auf einer Erhöhung am nördlichen Teil der Insel bemerkt. Sie hatten ihn ob ihrer Form und Oberflächenstruktur an überdimensionierte Golfbälle erinnert.

Die Fahrt vom Flughafen bis zur Abhörstation dauerte nur wenige Minuten; das Taxi folgte der menschenleeren Reichsstraße in den Tunnel, durch den man vom Festland auf die karge Insel gelangte. Die Unterführung mündete direkt im Ortskern des 2000-Seelen-Dorfs und sofort tauchte eine der beiden ballförmigen Parabol-Antennen in Karls Sichtfeld auf.

Am Tor zu der Anlage meldeten sie sich an und nach kurzer Zeit kam ein Soldat mit einem Jeep, um sie zum Eingang des Kontrollzentrums zu bringen. Es handelte sich um einen ovalen, dreistöckigen Betonklotz, der auf einem schmalen Felskamm zwischen den beiden Golfbällen erbaut worden war. Die oberste Etage war zur Seeseite hin verglast. Am Eingang übergab der Fahrer die Polizisten an einen Offizier, einen gutaussehenden, mittelalten Mann mit strohblonden Haaren.

„Major Ivar Røkke. Herzlich willkommen auf Vardø", sagte der Uniformierte und lächelte dabei galant.

Der großflächige Hauptraum im obersten Stock schien fast die gesamte Etage auszufüllen. An der Rückseite waren Arbeitsstationen und eine Vielzahl von Bildschirmen aufgestellt. An der gegenüberliegenden Seite lag die breite Fensterfront, die eine monumentale Aussicht auf die aufgewühlte, düstere Barentssee ermöglichte.

„Hier haben wir die klassische Radarüberwachung. Daneben Aufnahmegeräte und Kommunikationskonsolen", erklärte Røkke. „Ich kann Ihnen leider nicht viel mehr sagen, das meiste davon unterliegt strenger Geheimhaltung."

Der Major öffnete die Tür zu einem Besprechungsraum und bot den Polizisten eine Tasse Kaffee an. Karl nickte, setzte sich und blickte gedankenversunken durch das Fenster auf das schroffe Nordmeer. Der Geheimdienstler kam gleich darauf mit drei Trinkbechern zurück und stellte sich neben den Kommissar.

„Ungefähr vierhundertfünfzig Kilometer in die Richtung, in die Sie dort blicken, da liegt die *Nowaja Semlja* Doppelinsel", erklärte er. „Sie können das natürlich mit dem bloßen Auge nicht sehen. Trotzdem ist es doch passend, dass die Fenster der Station dorthin zeigen." Er setzte sich.

„Wie meinen Sie das?", fragte Mats.

„Wir tun hier eigentlich nichts anderes, als für die NATO die russischen Aktivitäten in der Region zu überwachen. Wir hören ihre Kommunikation ab, verfolgen ihre Truppenbewegungen. Das sind alles Aspekte, die große Bedeutung für die strategische Ausrichtung des Militärbündnisses haben könnten." Der Major nahm einen Schluck und beobachtete die Polizisten über den Rand seiner Kaffeetasse. „Also. Wie kann ich Ihnen behilflich sein? Man sagte mir, dass es um die Vorfälle auf Bjørnøya ginge?"

Karl nickte und zog einen Ordner aus seiner Aktentasche, öffnete ihn und legte schließlich eine Karte Bjørnøyas auf den Tisch. Vor der Küste waren mit einem roten Stift zwei Pfeile eingezeichnet, die die Bewegungen der russischen Schiffe darstellen sollten. „Vielleicht haben Sie in den Nachrichten von den Vorfällen gehört?"

Der Soldat nickte rasch.

„Gut. In den Medien kursieren einige Theorien. Das Einzige, was wir mit Sicherheit wissen, ist, dass die Wetterstation von unbekannten Tätern angegriffen wurde und dass zwei der vier Forscher tot sind. Die anderen beiden gelten als vermisst." Er räusperte sich, bemerkte, dass Røkke ihn gespannt ansah. „Um ehrlich zu sein: Wir haben absolut nichts Handfestes. Wir gehen aber allen Spuren nach und eine davon führt nach Russland."

Er zeigte auf der Karte auf die Pfeile vor der Küste. „Kurz vor dem Notruf hat sich ein Boot der russischen Marine der Insel genähert, ist dabei in norwegische Gewässer eingedrungen. Die Küstenwache hat sie vertrieben."

Der Major lächelte wissend. „Sie haben recht. Die Insel liegt in der Einflusszone der Russen. Sie hätten dort gerne eine Basis, das steht außer Frage. Der Streit um das Seegebiet ist älter als wir alle drei zusammen."

Karl pochte mit dem Zeigefinger auf die Karte. „Genau deshalb sind wir hier. Nach den Vorfällen war noch ein zweites russisches Schiff auf dem Weg nach Bjørnøya. Vielleicht, um den oder die Täter abzuholen, wer weiß das schon. Auf jeden Fall hat die Küstenwache sie abgewiesen. Haben Sie irgendwelche Hinweise, die die Theorie stützen würden, dass die Russen etwas mit der Sache zu tun haben?"

Der Major bewegte seinen Kopf langsam hin und her. In dem Augenblick war ein zunächst leises, in der Lautstärke aber ansteigendes Dröhnen zu vernehmen. Verwirrt sah Karl zu Mats hinüber, der ebenso stutzig dreinblickte. Das Geräusch wurde schnell sehr laut; schließlich sogar zu einem regelrechten Donnern.

Røkke lachte und zeigte durch die große Glasscheibe auf den grauen Himmel. Karl starrte in das dämmrige Licht, konnte zuerst nichts erkennen. Doch dann konnte er alsbald in wenigen hundert Metern Entfernung die Ursache für den Lärm ausmachen: Zwei Jagdflugzeuge flogen parallel eine weitläufige Kurve vor der Küste.

Er folgte gespannt ihrer Flugbahn. Sie hatten dreieckige Deltaflügel. Dann waren die Kampfflugzeuge auch schon in den tiefhängenden Wolken verschwunden und nur ein dumpfes Donnern und zuletzt ein entferntes Rumpeln erinnerten noch an sie. Als auch dieses Geräusch verklungen war, war es wieder still in der Station.

„Das waren Eurofighter", sagte Røkke. „Sie überwachen die Grenze." Er stand auf und blieb mit hinter dem

Rücken gefalteten Händen vor dem Fenster stehen. „Aber keine norwegischen, wir haben keine Eurofighter. Die gehören den Deutschen oder den Briten.“ Er drehte sich wieder um und blickte die Polizisten an. „Wir führen zurzeit ein NATO-Manöver durch. Manchmal ist es gut, den Russen zu zeigen, dass wir vorbereitet, unsere Militärs einsatzbereit sind.“

„Wieso die Übung? Das hat doch nichts mit den Ereignissen auf Bjørnøya zu tun, oder?“, fragte Mats. Er schien noch immer den Himmel nach den Flugzeugen abzusuchen. Wahrscheinlich hoffte er, dass sie noch einmal zurückkommen würden. Der Gedanke ließ Karl schmunzeln.

„Aber nein“, lachte der Soldat. „Norwegen verhandelt momentan mit den Russen. Wie gesagt, über den genauen Verlauf der Seegrenze gibt es seit jeher Uneinigkeit. Es geht wie immer ums Geld, um Fisch und Öl, das es hier oben reichlich gibt. Allerdings geht es auch, wie bei Bjørnøya, um strategische militärische Standorte. Die Russen hätten gerne einen Militärstützpunkt vor der norwegischen Küste im Nordmeer, um ihre Präsenz im Atlantik auszubauen. Wenn die Seegrenze etwas verschoben wäre, dann könnten sie das realisieren.

„Ich verstehe“, sagte Karl. Er sah erneut durch das Fenster auf die kleinere der beiden runden Abhöranlagen. „Können Sie irgendetwas beitragen? Worüber reden die Russen, sprechen sie über Bjørnøya?“

Der Major lachte erneut auf. Schließlich beugte er sich über den Tisch und blickte die Polizisten verschwörerisch an. „Wissen Sie, wenn Sie mich fragen, dann sind unsere Nachbarn zu allem fähig. Sie haben meist irgendwelche perfiden Hintergedanken. Sie versuchen ständig, auszuloten, wie weit sie gehen können mit ihren Provokationen. Das ist kein Geheimnis."

„Und denken Sie, dass die Russen etwas mit den Morden auf der Wetterstation zu tun haben könnten?"

„Nun, ich bin wirklich kein Freund der Russen. Aber die NATO hält, wie gesagt, momentan ein Manöver ab. Die Schiffsbewegungen in der Barentssee könnten eine Art Vergeltungsmaßnahme dafür sein. Das sehen wir eigentlich jedes Mal, wenn wir hier oben üben."

Der Major stand auf. „Zudem kann ich Ihnen anvertrauen, dass wir keinerlei nachrichtendienstliche Erkenntnisse darüber haben, dass die Russen etwas mit den Vorfällen auf Bjørnøya zu tun haben."

„Wäre denn etwas durchgesickert, wenn dies der Fall wäre?", hakte Karl nach.

Røkke lächelte milde. „Nein, vermutlich nicht. Die Russen haben einen exzellenten Abschirmdienst. Nur wenig dringt zu uns durch, die Leute haben einfach Angst vor dem FSB. Dass wir nichts gehört haben, ist also kein sicherer Beweis."

Dann öffnete er die Glastür. „Sie müssen mich nun entschuldigen. Ich werde ebenfalls an diesem Manöver teilnehmen. Ich versichere Ihnen, dass ich Sie auf dem Laufenden halten werde, falls wir doch noch etwas aufschnappen sollten."

***

Am frühen Nachmittag landeten die beiden Polizisten wieder in Kirkenes. Dicke Regentropfen waren kurz nach dem Start und bis zur Landung auf die Kabine der Propellermaschine geprasselt. Es war auch wieder wärmer geworden, ein letztes Aufbäumen des Herbstes gegen den verfrühten Wintereinbruch.

Karl schaltete sein Mobiltelefon ein, während er durch eine matschige Schneesuppe zum Parkplatz watete. Er hatte eine Nachricht auf der Mobilbox. Nachdem er sich zu Mats in den Dienstwagen gesetzt hatte, den sie dort am Morgen abgestellt hatten, hörte er den Anrufbeantworter ab. Seine Augenbraue verzog sich nach oben, als er verstand, dass es sich um einen Anruf von Chefärztin Caroline Halvorsen aus Tromsø handelte. Sie wollte den Kommissar informieren, dass sie nun die endgültigen Ergebnisse des Vaterschaftstests vorliegen habe, und bat um einen schnellen Rückruf.

Karl stupste dem Fahrer aufgeregt in die Seite. Dann wählte er Halvorsens Nummer.

KAPITEL 31

„Mats schuldet uns hundert Kronen", sagte Karl und trat seinem Partner unter dem Tisch sanft gegen das Bein. „Er hat gewettet, dass Jussi der Vater war."

Aino sah ihn mit einem säuerlichen Blick über die Ränder ihrer Brille an. „Da Jussi nicht der Vater war, zerbröselt unsere Theorie, nehme ich an. Oder könnte Mark immer noch der Mörder sein? Irgendwelche Kommentare, andere Ideen, was das zu bedeuten hat? Wir müssen langsam einen Gang zulegen, irgendetwas Vorzeigbares produzieren. Ich muss morgen vor die Presse treten."

„Ich würde Mark nicht so schnell abschreiben", antwortete Karl langsam. „Siv und Jussi können ja trotzdem eine Affäre gehabt haben, selbst wenn der Ehemann der Vater des Kindes war."

Mats meldete sich zu Wort: „Genau. Ich habe heute Morgen mit der Polizei in Kalmar telefoniert. Sie haben mit der Mutter von Frida Karlsson gesprochen. Sie ist natürlich fassungslos und niedergeschmettert, wird psychologisch betreut. Sie sagte den Kollegen allerdings, dass Frida angeblich einmal erwähnt hat, dass ihr die Mitarbeiter auf der Wetterstation auf die Nerven gingen. Scheinbar hat es öfter Drama zwischen Siv und Mark gegeben. Er scheint sehr eifersüchtig gewesen zu sein. Worum es genau ging, wusste sie aber nicht."

Die drei Polizisten schwiegen einen Augenblick.

„Bei den Russen sind wir auch nicht wirklich weitergekommen. Aber wir haben ja auch noch diese Segler auf dem Schirm", fuhr Mats fort, versuchte wohl, positiv zu klingen, um der Abteilungsleiterin damit Mut zu machen.

Es schien zu helfen, denn mit einem Mal hellte sich Ainos Miene etwas auf. „Da fällt mir ein: Ich habe vorhin einen Anruf aus den Niederlanden entgegengenommen. Sie wollten mit dir sprechen, Karl. Aber ihr wart in Vardø. Der Eigner des Segelbootes, der *Wilhelmina*, er ist heute Morgen in Delfzijl angekommen. Die Polizei hat bereits mit ihm gesprochen. Es war angeblich allein auf dem Boot und war nicht besonders kooperativ, wollte nichts sagen. Sie haben ihn aber mit aufs Revier genommen. Ich schlage vor, dass ihr zurückruft." Sie sah auf ihre Armbanduhr. Es war kurz vor fünf Uhr. „Wenn ihr euch beeilt, erwischt ihr sie vielleicht noch."

***

Der Kommissar schaltete das Telefon auf Lautsprecher, sodass sein Partner mithören konnte.

„Wim Dijkstra, Polizei Delfzijl. Wie kann ich Ihnen behilflich sein?"

Man hatte wohl die ausländische Vorwahl des Anrufers erkannt, denn der Niederländer sprach nahezu perfektes Englisch mit einem nur leichten Anflug des landestypischen Akzents.

„Karl Sortland von der norwegischen Polizei. Sie haben heute Morgen mit meiner Chefin gesprochen. Ich rufe wegen des Seglers und der Vorfälle auf Bjørnøya an. Der Eigner der *Wilhelmina*, hat er noch etwas gesagt?"

In der Leitung war es einen Augenblick still. Dann lachte der Niederländer verlegen. „Nun, Herr Sortland, die Männer haben mittlerweile eine Aussage gemacht."

„Die *Männer*? Ich dachte, es war nur einer an Bord."

„Nein, das Boot gehört nur einer Person, aber es waren zwei an Bord. Sie sind beide zusammen mit dem Flugzeug aus Norwegen zurück nach Amsterdam geflogen. Die Fluggesellschaft hat uns darüber informiert, da wir gezielt nach der Person gesucht haben. So konnten wir die beiden Männer heute Morgen am Bahnhof hier in Delfzijl abfangen."

„Ich verstehe nicht ..."

„Herr Sortland, ich glaube nicht, dass die beiden etwas mit den Morden zu tun haben."

„Was haben sie denn gesagt?"

„Dass sie nichts mit den Morden zu tun haben. Und – ich glaube ihnen."

Karl knurrte etwas auf Norwegisch und der Niederländer schien seine Irritation verstanden zu haben.

„Hören Sie, Herr Kommissar. Geben Sie mir Ihre E-Mail-Adresse, ich möchte Ihnen etwas zeigen. Ich glaube, dann verstehen Sie, was ich meine."

Einen Moment später öffnete Karl den Anhang einer E-Mail von Wim Dijkstra. Er starrte auf ein Bild, das augenscheinlich vor der Küste Bjørnøyas aufgenommen worden war. Die Datei gab an, dass das Foto am Montag, dem 11. Oktober, entstanden war, also am Tag des Notrufs. Im Hintergrund erkannte er eindeutig die steilen Klippen um das verlassene Walfängerdorf. Im Fokus der Linse waren das Deck des Segelbootes und darauf zwei Personen zu erkennen. Der jüngere der beiden Segler trug eine warme Jacke und eine Pelzmütze. Der andere, ein älterer Mann, kniete neben ihm. Er war splitternackt. Um seinen Hals war ein Lederhalsband befestigt, durch das er an eine Leine gekoppelt war, die sein *Herrchen* in der behandschuhten Hand hielt.

„Herrgott", sagte Karl verwundert.

„Nun", fuhr der Niederländer am anderen Ende der Leitung in einem ruhigen Tonfall fort. „Der nackte Mann ist der Eigner des Bootes. Ein sehr erfahrener Segler. Er segelt oft dort oben bei Ihnen in Norwegen. Das Segelboot liegt den Winter über in Tromsø. Ich kann noch weitere Bilder schicken, die wir auf der Digitalkamera gefunden haben. Die Aufnahmen sind über die ganze letzte Woche verstreut gemacht worden, auch zur ungefähren Tatzeit. Die beiden haben alles Mögliche auf dem Boot getrieben. Ermordet haben sie aber wahrscheinlich niemanden."

„Und warum hat er das nicht gleich erzählt?"

„Anscheinend ist der jüngere Mann verheiratet, mit einer Frau. Die beiden Männer haben ein heimliches Verhältnis. Deshalb wollten sie nicht, dass ihr Segeltörn an die Öffentlichkeit gelangt. Seine Ehefrau glaubte, dass ihr Mann auf Geschäftsreise in Norwegen ist. Er ist Vertreter für industrielle Kläranlagen, dadurch öfter lange unterwegs. Er ist nach Tromsø geflogen, da haben sie sich dann getroffen und von dort sind sie auch wieder nach Hause gereist. Sie gaben an, die Küste hochgesegelt zu sein, wollten nach Spitzbergen. Der Sturm hat sie überrascht und sie mussten in der Bucht bei Bjørnøya ankern. Sie haben die Insel jedoch nicht betreten, das Boot nicht verlassen. Sie haben nicht einmal ein Beiboot.“

Dijkstra hüstelte. „Auf jeden Fall glaube ich den beiden.“

Karl sah noch einen Augenblick auf das Bild. „Danke Herr Dijkstraa. Ich verstehe, Sie haben uns sehr geholfen. Wir melden uns, falls wir noch weitere Fragen haben sollten.“

Karl legte auf und blickte einen Moment still auf das Telefon. Dann drehte er sich zu Mats um, zog eine Augenbraue hoch und stieß einen leisen Pfiff aus. Schließlich brachen die beiden Polizisten in lautes Gelächter aus.

KAPITEL 32

Es war Freitagnachmittag, der letzte im Oktober. Mats und Karl saßen gemeinsam im Aufenthaltsraum der Polizeistation, um sie herum ein paar weitere Kollegen. Auf der Leinwand war die Pressekonferenz zu sehen, bei der Aino und der Polizeipräsident den Journalisten Rede und Antwort zum Fall *Bäreninsel* standen. Die Konferenz fand in Tromsø statt. Die Abteilungsleiterin war am Morgen dorthin geflogen und würde heute sicherlich nicht mehr auf dem Präsidium erscheinen.

Karl lehnte sich in seinem Stuhl zurück. Er war gut gelaunt, freute sich auf das Wochenende. Aino hatte soeben auf die Frage eines Journalisten von NRK geantwortet, dass man sich zu eben diesem Detail nicht äußern könne, dass sie jedoch ihre besten Männer auf den Fall angesetzt habe.

Daraufhin brach in Kirkenes lautes Gelächter aus. Morten, ein Kollege aus der Kriminaltechnischen Abteilung, der hinter dem Kommissar Platz genommen hatte, legte ihm eine Hand auf die Schulter. „Die besten Männer? Ich dachte, du ermittelst in dem Fall, Karl?"

Mats sah ihn fragend an. Karl verzog den Mund und gab ihm mit einem Schulterzucken zu verstehen, dass er sich nichts aus den Kommentaren machen sollte.

Aino erklärte nun, dass man mit der Polizei auf Spitzbergen zusammenarbeite, dass die Ermittler bereits einigen interessanten Spuren nachgegangen seien und schon ein paar Thesen ausschließen könnten.

Karl beugte sich zu Mats und sprach leise in sein Ohr. „Ich habe vor, morgen nach Hammerfest zu fahren."

Sein Partner sah ihn verständnislos an.

„Ich will mir Jussis Wohnung angucken."

Die Augen des Schweden weiteten sich. „Hat Aino das abgesegnet? Hat sie einen Durchsuchungsbeschluss beantragt?"

„Hat sie immer noch nicht. Sie sperrt sich dagegen, will nicht mal, dass ich mit der Staatsanwältin darüber spreche. Ich will mich dort nur mal umsehen, ich habe so ein Gefühl im Bauch, das ich einfach nicht loswerde. Ich erkläre es dir auf dem Weg. Kommst du mit?"

Mats schüttelte langsam den Kopf. „Karl, wir haben keinen Durchsuchungsbeschluss. Wenn wir etwas finden sollten, sind die Beweise nicht zulässig. Oder funktioniert das hier in Norwegen anders?"

Der Kommissar verdrehte die Augen, blickte auf die Leinwand, auf der das Ende der Pressekonferenz verkündet wurde. „Verdunklungsgefahr, gibt es das in Schweden nicht? Es besteht die Gefahr, dass Jussi Beweismittel vernichten könnte, wenn wir nicht umgehend handeln. Es gibt immer einen Weg, das zu rechtfertigen."

Karl war überzeugt, dass die Staatsanwältin den Durchsuchungsbeschluss ganz sicher für sie beantragen würde, wenn Aino nur zuließe, dass er sie danach fragte. Aber die Abteilungsleiterin würde stur bleiben. Da war Karl sich sicher. Er streckte sich, stand dann langsam auf. „Das war´s, Wochenende,“ sagte er laut an die anderen Kollegen gewandt. „Jemand Lust auf ein Bier im *Pub 1*?“

Morten hob die Hand. „Ich bin dabei. Kannst du zehn Minuten auf mich warten?“

Karl nickte dem Kollegen zu, zog seine Jacke an. Dann beugte er sich ein letztes Mal zu Mats, der ihn noch immer argwöhnisch ansah. „Denk drüber nach. Ich melde mich morgen früh bei dir.“

KAPITEL 33

Mats schlug die Augen auf und blickte in Siljas besorgtes Gesicht. Sie hatte ihre Hand noch immer auf seiner Schulter liegen, schüttelte ihn sanft. Er gähnte, sah dann auf den Radiowecker. Es war halb neun morgens.

„Lass mich weiterschlafen, es ist Samstag."

Dann drehte er sich auf die Seite und zog die Decke über den Kopf. Ein Augenblick verging und er konnte noch immer ihre gleichmäßige Atmung hören. Sie war neben dem Bett stehen geblieben, machte keine Anstalten, ihn in Ruhe zu lassen.

„Karl steht unten vor der Tür. Er sagt, ihr wärt verabredet", sagte sie schließlich.

Mats öffnete die Augen, verharrte jedoch in seiner Position. Seine Freundin klang verunsichert. Er drehte sich um und stütze sich auf die Ellbogen, blickte sie fragend an. Dann fiel ihm ein, was der Kommissar von ihm wollte. Karl wollte mit ihm nach Hammerfest. Mats stöhnte und rieb sich mit der Hand über die Augen.

„Sag ihm, dass es mir nicht so gut geht. Ich bleibe hier."

Silja sah ihn nachdenklich an.

„Mats ...", sagte sie mit einem vorwurfsvollen Unterton.

Er ließ seinen Kopf auf das Kissen fallen und starrte an die Decke. „Sag ihm bitte, dass ich nicht mitkomme."

Dann drehte er sich erneut auf die Seite. Doch auch dieses Mal hatte er das Gefühl, dass Silja ihn noch einen Moment schweigend anblickte. Endlich hörte er, dass sie die Treppe nach unten ging und atmete erleichtert aus.

Einen Moment später, er war wohl wieder eingenickt, spürte er, dass Silja etwas auf die Bettdecke legte. Mats fuhr herum.

„Was ist denn?", fragte er mürrisch.

„Karl hat mich gebeten, dir das hier zu geben."

Mats stöhnte, richtete sich erneut auf und musterte den Gegenstand vor sich. Es war ein Hundehalsband aus Leder, ähnlich dem, das der alte Niederländer auf dem Segelboot getragen hatte. Karl musste es in einem Geschäft für Haustierbedarf gekauft haben. Mats' Mund verzog sich zu einem Lächeln.

Silja sah ihn verständnislos an. „Karl sagte, du wüsstest, was das ist."

Mats legte den Kopf in den Nacken und lachte laut.

Seine Freundin sah ihn verstört an, verschränkte dann ihre Arme vor der Brust und fuhr fort: „Kannst du mir mal erklären, was hier los ist?"

„Ja, gleich. Aber erzähl mir bitte zuerst, was Karl gesagt hat."

„Er sagte, dass er an der Statoil-Tankstelle auf dich wartet, falls du es dir anders überlegen solltest. Wenn du in einer halben Stunde nicht da bist, fährt er allein. Mehr hat er nicht gesagt."

Mats nickte gedankenversunken und nahm das Lederhalsband von der Bettdecke. Dann schlüpfte er unter der Decke hervor und seine bleichen Beine kamen zum Vorschein. Er setzte sich auf die Bettkante und sah die junge Frau mit schiefgelegtem Kopf an. „Wir verfolgen eine Spur in dem Bäreninsel-Fall. Es war Karls Idee. Die Aktion ist nicht hundert Prozent vorschriftsmäßig, wir könnten in Schwierigkeiten geraten. Aber ich glaube, er weiß, was er tut. Er hat eine Idee."

Silja atmete schwerfällig ein, sah ihn nachdenklich an. „Glaubst du, dass das eine gute Idee ist?"

„Ja", antwortete Mats, ohne zu zögern.

Siljas Miene hellte sich etwas auf. „In Ordnung", sagte sie, drehte sich um und ging aus dem Zimmer.

Mats sah ihr durch die geöffnete Tür hinterher, konnte jedoch nur den oberen Teil ihres Gesichtes erkennen.

„Willst du denn gar nicht wissen, wo wir hinwollen?", rief er ihr nach.

„Wenn du meinst, dass es eine gute Idee ist, dann vertraue ich dir."

Damit verschwand ihr silberblonder Schopf hinter dem Treppengeländer.

***

Karl sah auf die runde Uhr an der Wand der kleinen Tankstelle. Er seufzte leise, biss von einer Zimtschnecke ab und trank den letzten Schluck des erkalteten Kaffees aus. Dann entsorgte er den Pappbecher, nickte dem jungen Mann hinter der Theke zum Abschied zu und verließ das Verkaufslokal.

Auf der E6, an der die Station lag, herrschte an diesem Morgen nur wenig Verkehr. Es war relativ warm und ein feiner Nieselregen fiel aus dem grauen Himmel, mischte sich auf dem Parkplatz mit dem Schnee der letzten Woche zu einer breiigen Masse. Das Wetter erinnerte eher an den Frühling als an den Spätherbst. Karl fluchte und schüttelte seinen Schuh, nachdem er in eine Pfütze getreten war, ging dann weiter auf seinen grünen Audi zu. Er hatte wirklich gehofft, dass Mats mitkommen würde. Es sogar erwartet. Wirklich verärgert war er aber nicht; er konnte nachvollziehen, dass der junge Schwede seine Karriere bei der norwegischen Polizei nicht durch die Aktion gefährden wollte. Nun musste er das eben allein durchziehen. Nicht so angenehm, aber machbar.

Karl steckte den Schlüssel in das Türschloss. Im selben Augenblick vernahm er ein Hupen hinter sich. Er fuhr herum und erblickte einen Toyota Corolla, der auf das Gelände der Tankstelle eingebogen war und langsam an der Zapfsäule vorbei auf ihn zurollte. Der Wagen blieb neben ihm stehen, das Fenster wurde heruntergelassen. Karl lächelte kaum merklich, als er die blonden Haare seines Partners erkannte.

KAPITEL 34

Wenigen Minuten später waren Karl und Mats auf dem Weg nach Hammerfest. Mats' Toyota hatten sie hinter der Tankstelle abgestellt. Sie fuhren den Audi, den Karl von seinem Vater geerbt hatte. Die Fahrt sollte fast sieben Stunden dauern und sie würden die meiste Zeit der E6 folgen, die sie über weite Strecken dicht an der finnischen Grenze entlangführte.

Karl zog mit seiner rechten Hand eine ausgedruckte E-Mail aus seiner Jackentasche, während er mit der linken das Lenkrad hielt, und drückte sie Mats in die Hand.

„Das habe ich gestern Nachmittag vom meteorologischen Institut erhalten."

Mats las die Nachricht, blickte dabei immer wieder auf. Dann pfiff er leise. „Das bedeutet, sie haben die Kennziffern der beiden Gewehre, die wir bei dem Walfängerdorf gefunden haben, vertauscht?", fragte Mats langsam.

„Genau", antwortete Karl. „Es war ein Missgeschick eines Mitarbeiters. Ich hatte ja schon das Gefühl, dass irgendetwas nicht stimmte mit den beiden Waffen. In der Basis hing ein Foto, auf dem Mark und Jussi zu sehen waren. Sie trugen beide ihre Gewehre und mir ist damals aufgefallen, dass Jussi kein Zielfernrohr an seiner Waffe hatte. Ich weiß noch, dass ich das damit in Verbindung gebracht hatte, dass Mark Brillenträger ist. Na ja, die Waffe, die wir am Feuer gefunden haben, die angeblich Jussi gehörte, hatte aber ein Zielfernrohr. Ich habe deshalb noch einmal beim Institut angerufen. Und sie haben jetzt bestätigt, dass das Gewehr am Feuer tatsächlich Marks Waffe war."

Mats schlug ihm sanft gegen die Schulter. „Karl, gute Arbeit! Das bedeutet also, dass Jussi es so aussehen lassen wollte, als ob Mark seine Waffe dort zurückgelassen hat. Nicht andersrum!"

Karl lächelte ihn wissend an. „Genau. Das war auch mein Gedanke. Und deshalb werden wir uns jetzt einmal in Jussis Haus in Hammerfest umsehen."

***

Nachdem Karl seinem Partner seine Theorie ausführlich erklärt hatte, war Mats der Unternehmung viel aufgeschlossener entgegengetreten. Sie hatten es mit ihrem inoffiziellen Auftrag jedoch nicht eilig, hatten sich deshalb dazu entschlossen, es am Abend zu versuchen, wenn die meisten Anwohner hoffentlich in ihren Häusern waren. Daher machten sie in Lakselv eine längere Pause, aßen einen Burger und vertraten sich die Beine. Gegen siebzehn Uhr fuhren sie schließlich weiter.

Die beiden Männer unterhielten sich im Auto annähernd ununterbrochen, wobei es meist Mats war, der erzählte, während Karl geduldig zuhörte. Der Schwede berichtete viel von seiner Polizeiausbildung und der

Zeit beim Militär, die, nach eigener Aussage, eine der besten Perioden seines Lebens gewesen war. Karl war nicht überrascht, wusste er doch von der Begeisterung, die sein Partner allem entgegenbrachte, was militärisch oder soldatisch war.

Der Kommissar schmunzelte, musterte den blonden Mann auf dem Beifahrersitz. „Ihr habt Minen gelegt, gegen die russischen U-Boote?"

„Ja!", bestätigte Mats strahlend. „Wir haben den ganzen Schärengarten um Oskarshamn vermint. Wir wussten, dass sie da irgendwo waren. Wir haben sogar ein paar Wasserbomben geworfen, um sie nach oben zu zwingen."

Karl kratzte sich am Kinn, steuerte den Wagen aus einem Tunnel in ein lang gezogenes Tal, direkt am Vesterbotn. „Klingt gefährlich. Sag mal, hast du Silja getroffen, als du beim Militär warst?"

Mats schüttelte den Kopf. „Nein, ich kenne Silja schon aus unserer Kindheit. Sie ist die beste Freundin meiner Schwester Elin. Wir sind seit dem Ende der Schulzeit ein Paar. Highschool Sweethearts, wie man so schön sagt."

Karl nickte versonnen und setzte an, einen verrosteten, gelben Kastenwagen zu überholen. Es war ein altes Ford-Modell. Im Näherkommen bemerkte er, dass das Fahrzeug ein finnisches Kennzeichen hatte. Das war an sich nichts Ungewöhnliches, so dicht an der Grenze. Trotzdem warf Karl einen Blick in die Fahrerkabine, während er an dem Wagen vorbeifuhr. Es war ziemlich dunkel und der Mann wurde nur vom bläulichen Licht der Armaturen angestrahlt. Trotzdem erkannte Karl, dass der Kerl am Steuer einen Anglerhut trug, den er tief ins Gesicht gezogen hatte.

Karl stutzte, blickte in den Rückspiegel und musterte die viereckigen Scheinwerfer des Kastenwagens. Dann verwarf er den Gedanken. Sie waren keine Verkehrspolizisten und konnten schließlich nicht jedes finnische Auto, das ihnen begegnete, anhalten.

***

Gegen neunzehn Uhr erreichten sie Hammerfest. Karl hatte die Adresse der Wohnung im Blåbærlia, einem kleinen Weg am östlichen Rand der Stadt, in das Navi eingegeben. Das Haus lag ganz oben am Hang eines kargen Hügels, von dem aus man auf das Stadtzentrum am Fjord hinunterblicken konnte. Es war längst stockdunkel geworden, als sie in das Wohnviertel einbogen; auch hier hatten sich dichte Regenwolken über die Finnmark geschoben und das letzte Mondlicht ausgeschlossen. Trotzdem fuhr Karl zweimal langsam an dem Haus vorbei. Er wollte sichergehen, dass weder der Mieter noch irgendwer anders zugegen war, der ihrem Vorhaben im Weg stehen könnte.

Das zweistöckige Gebäude lag am Ende der Straße an einem kleinen Wendeplatz. Es brannte weder Licht noch stand irgendein Fahrzeug in der Einfahrt geparkt. Der matschige Schnee, der zur Eingangstür führte, war ebenfalls nicht geräumt worden und es waren keine Fußabdrücke darin zu erkennen. Hier war seit Längerem niemand gewesen, die Luft schien rein zu sein.

Die Polizisten wollten trotzdem kein Risiko eingehen und parkten den Audi vor einem Kindergarten, ein

237

paar hundert Meter den Hang hinunter. Sie standen noch eine Weile an die Motorhaube gelehnt dort und lauschten. Das gesamte Wohngebiet schien im Winterschlaf versunken zu sein. In den meisten Häusern brannte zwar Licht, doch es waren keine Menschen auf der Straße zu sehen. Dann machten sie sich auf den Weg. Karl stellte zufrieden fest, dass die Gärten der Wohnhäuser ganz oben am Hang nach hinten offen waren, direkt in die schroffe, baumlose Landschaft des Felsmassives übergingen. Gut. Es war genau so, wie es auf der Karte ausgesehen hatte. So konnten sie sich von hinten an das Gebäude heranschleichen, ohne von eventuellen Fußgängern auf der Straße gesehen zu werden. Nach etwa zehn Minuten hatten die beiden Polizisten die Rückseite des Hauses erreicht. Das Gebäude war an den Hang gebaut worden, hatte nach hinten zum Garten nur ein Stockwerk. Sie schlichen die letzten Meter bis zu dem Grundstück, blieben dort einen Augenblick stehen. Karl sah sich um und lauschte. Es war still. Der Rasen, der hier und da durch den Schnee zu sehen war, war lange nicht gemäht worden. Alles wirkte eher ungepflegt, niemand hatte im Herbst die Büsche und die wenigen Bäume geschnitten. Vor dem Haus lag eine schmale Terrasse und dort war eine Terrassentür. Durch die könnten sie möglicherweise einsteigen.

Plötzlich ging in dem Nachbarhaus das Licht an. Karl blieb wie angewurzelt in der Mitte des Gartens stehen. Sein Blick huschte hinüber, beobachtete das erleuchtete Fenster. Da war ein älterer Mann, der sich in einen Lehnstuhl fallen ließ und den Fernseher anschaltete.

Karl pustete langsam einen Schwall Luft aus, der in einer grauen Wolke vor ihm im Sprühregen hängenblieb.

Sie schlichen weiter auf die Terrasse zu. Die Gardinen waren zugezogen. Karl zog behutsam an der Terrassentür, doch sie war – wie konnte es anders sein – fest verschlossen. Er drehte sich zu seinem Kollegen um und erkannte die weißen Zähne, die ihn scheinbar anlächelten. Mats hielt einen dünnen, länglichen, metallischen Gegenstand empor. Es war ein Dietrich.

Karl schmunzelte. Dann musste er nicht zu drastischeren Einbruchsmethoden übergehen, wie er es eigentlich vorgehabt hatte. Hatte er den Kollegen unterschätzt?

Mats deutet auf die Hausecke. „Da ist ein Kellereingang, lass es uns dort versuchen."

„Bitte nach Ihnen, Herr Kommissar", flüsterte Mats, während er die schwere Stahltür öffnete. Karl schluckte und blinzelte in die vollkommene Finsternis in dem Gebäude. Er schaltete die Taschenlampe ein und sein Blick folgte dem kalten Lichtstrahl in den Kellerraum. An der linken Wand lehnte ein Bügeleisen und davor war eine Wäscheleine gespannt. Sie befanden sich in einer Waschküche. Am anderen Ende des Zimmers führte eine weitere Stahltür in das Untergeschoss des Wohnhauses. Sie stand einen Spalt offen. Der Kommissar blieb stehen, lauschte angestrengt in den Gang, hörte nichts; eine makellose Grabesstille, durchbrochen nur durch seinen eigenen und den gedämpften Atem seines Partners. Er konnte sogar das Schlagen seines eigenen Herzens hören.

Karl schlich durch den Raum auf die Stahltür zu und zog an der Klinke. Die Tür schwang mit einem leisen Quietschen auf und gab den Weg in einen Flur frei. Die Wände waren mit hellem Birkenholz getäfelt. Zur Linken hing ein Bild. Es war eine Luftaufnahme, die einen lichten Birkenwald, eine rote Holzhütte an einem See und im Hintergrund sanft ansteigende Hügel abbildete. Das mochte Finnland sein, Jussis Heimat. Möglicherweise das Ferienhaus der Familie?

Am Ende des Ganges kamen sie in den Eingangsbereich, von dem die Haustür nach draußen in den Vorgarten führte. Karl konnte den matten Lichtschein der Straßenlaterne durch eine Milchglasscheibe, die im oberen Teil der Tür eingelassen war, erkennen. Er schaltete seine Taschenlampe aus. Nicht, dass ein Spaziergänger auf der Straße das Licht im Haus bemerken würde.

Es dauerte einen Augenblick, bis sich seine Augen erneut an die Dunkelheit gewöhnt hatten. Da war eine schmale Wendeltreppe, die zu seiner Linken nach oben führte. Vor der Treppe ging zudem eine Tür in ein Badezimmer ab.

Sie stiegen behutsam die Treppe hinauf. Karl blickte sich vom Treppenabsatz rasch um und erkannte das Wohnzimmer, in das man von der Terrasse aus hineinsehen konnte. Daneben, zur Rechten, lag eine offene Tür. Die Küche, von der wiederum ein schmaler Balkon zur Straße hinauszuführen schien. Karl ging einen Schritt weiter und entdeckte auch noch ein Schlafzimmer. Er atmete leise durch und drehte sich zu seinem Partner um, der den Blick mit einem angespannten Lächeln erwiderte.

„Lass uns hier oben anfangen. Du in der Küche, ich im Wohnzimmer, in Ordnung?"

Mats nickte und war sofort in dem Nachbarraum verschwunden. Karl tat einen Schritt auf das Sofa zu und bemerkte zu seinem Entsetzen, dass seine Winterstiefel einen grauen Schuhabdruck auf dem hellen Teppich hinterlassen hatten. Er fluchte leise. Sollte er die Schuhe ausziehen? Es war zu spät und er wollte die Schuhe nicht erst wieder anziehen müssen, falls sie schnell verschwinden müssten. Außerdem war die Sohle ja nun trocken.

Er ließ seine Augen durch den Raum wandern. Das Wohnzimmer war minimalistisch eingerichtet. In der einen Ecke eine Sitzgruppe bestehend aus einem Sofa, einem Stuhl und einem Fernsehgerät. An der anderen Wand standen ein schmales Bücherregal und eine Kommode, auf der ein Foto aufgestellt war. Karl trat näher und betrachtete das Bild im Schein seiner Taschenlampe. Zwei junge Kerle an dem See, den er schon unten im Flur gesehen hatte. Beide Männer hielten eine Angelrute in der einen und einen Fisch in der anderen Hand. Der eine Angler war Jussi. Der zweite war ... ebenfalls Jussi!

Natürlich war das nicht möglich, es musste sich um seinen Bruder handeln, der ihm jedoch sehr ähnlich sah. Vielleicht ein Zwillingsbruder.

Karl trat an das Bücherregal, das nur mager mit Büchern bestückt war. Er drehte sich um und ihm fiel eine weitere Fotografie auf, die eingerahmt über der braunen Sofagarnitur an der Wand hing. Er trat näher und leuchtete mit seiner Taschenlampe. Die Luftaufnahme zeigte einen altertümlichen Bauernhof, der inmitten eines Birkenhaines lag. Die Farben auf dem Bild waren bereits ausgeblichen, die Aufnahme mochte aus den 1970er Jahren stammen. Er erkannte einen gelben Golf I, der in der Einfahrt stand. Alle Gebäude waren aus rot gestrichenem Holz erbaut worden. Karl vernahm ein leises Pfeifen, drehte sich um und blickte in das Gesicht des Kollegen, der im Türrahmen zur Küche aufgetaucht war.

„Komm her", flüsterte Mats. „Ich habe etwas gefunden."

Karl folgte ihm und sah im Lichtkegel der Taschenlampe einen winzigen Küchentisch neben der Balkontür. Mats deutete auf einen kleinen Raum, der von der Küche abging und einmal ein Abstellraum gewesen sein mochte. Jussi hatte die Kammer zu einer Arbeitsecke umfunktioniert. Auf einem schmalen Schreibtisch standen ein Bildschirm und eine Tastatur. Unter dem Tisch fand ein PC Platz. Der Schirm leuchtete in einem matten Blauton. Mats setzte sich auf den Hocker und begann, die Maus zu bedienen.

„Er benutzt Microsoft Outlook. Das W-Lan ist abgeschaltet, das heißt, das E-Mail-Programm ist nicht mit dem Internet verbunden. Daher scheinen noch alle seine Nachrichten vorhanden zu sein, bis zu dem Tag, als der Rechner das letzte Mal online gewesen ist. Ich schätze, das war, als er auf die Wetterstation versetzt worden ist. Im Mai war das doch, oder?"

Karl nickte und stellte sich hinter den Kollegen, der mit dem Mauscursor auf eine Mappe klickte, die mit „Bjørnøya" gekennzeichnet war. In dem Ordner waren etliche Nachrichten, einige davon von Siv Møller. Mats öffnete eine E-Mail.

„Und hier ist die Nachricht, die Siv aus ihrem Ordner der gesendeten E-Mails gelöscht hat. Schau, darunter ist die Mitteilung von Jussi, die wir bei ihr gelesen haben.“

Karl richtete seine Augen auf den Text. Siv hatte Jussi noch am selben Abend zurückgeschrieben. Er las:

Lieber Jussi.
Toll! Ich hoffe wirklich, dass du die Stelle auf Bjørnøya bekommst. Wir könnten eine lange (und kalte) Zeit zusammen sein. Zeit, die man am besten im Bett unter der Decke verbringt. :-)

Mats drehte sich zu Karl um und lächelte. „Wenn die beiden kein Verhältnis hatten, dann fresse ich einen Besen. Aber es wird noch besser. Schau, hier, eine weitere Nachricht von Siv, nur eine Woche später.“

Mats klickte auf eine andere E-Mail.

Hei Jussi,
Bitte entschuldige, dass ich dir erst jetzt antworte. Mark ist momentan nicht besonders gut drauf und sehr eifersüchtig. Er hat ernst gemacht, hat sich ebenfalls für eine Stelle auf Bjørnøya beworben. Er meint, dass wir auf der Insel an unserer Beziehung arbeiten könnten. Ich weiß momentan einfach nicht, was ich machen soll. Doch wir finden eine Lösung, versprochen!
Umarmung, Siv

Karl las die Zeilen erneut. „Wir können wohl festhalten, dass die beiden eindeutig ein Verhältnis miteinander hatten. Und dass der Ehemann Sivs Plan, auf der Wetterstation mit Jussi allein zu sein, durchkreuzt hat."

Mats grinste. „Nun, das würde erklären, warum Mark auf Bjørnøya durchgedreht ist, oder? Er hat dort von der Affäre erfahren. Vielleicht hat Siv auch auf der Insel mit ihm Schluss gemacht. Hier, da ist noch eine dritte E-Mail, die dazugehört. Sie wurde Anfang Mai gesendet, also nur Tage, bevor sie auf die Insel geschifft sind."

Jussi,

in meinem Kopf ergibt das alles momentan keinen Sinn. Mark hat sich wirklich angestrengt, er möchte unsere Beziehung retten. Ich weiß nicht, was ich will. Aber ich spüre, dass ich Mark nicht einfach so verlassen kann. Ich sehe nach langer Zeit wieder, warum ich mich damals in ihn verliebt habe. Es tut mir sehr leid und ich kann verstehen, dass du frustriert bist. Ich habe dir schließlich vorgeschlagen, dich auf die Stelle auf Bjørnøya zu bewerben. Entschuldige, das hast du nicht verdient. Trotzdem, vielleicht wäre es besser, wenn du nicht mitkommen würdest. Ich weiß es nicht.
Siv.

Karl schüttelte langsam den Kopf. Ergab das denn Sinn? Es klang auf jeden Fall nicht gut, wirkte fast so, als ob Sivs Gefühle für den Liebhaber erkaltet waren. Und trotzdem war Jussi auf der Insel angetreten. Warum? Sie mussten mehr über den Hintergrund des Finnen herausfinden.

Plötzlich schreckte Karl auf. Aus dem Augenwinkel hatte er etwas wahrgenommen, einen Schatten, der durch das Licht der Straßenlaterne gehuscht war, die auch in die Küche leuchtete. Er schaltete sofort die Taschenlampe aus, gab Mats ein Zeichen und stellte sich an die Wand gedrückt neben das Fenster.

Sein Blick fiel gespannt durch die Glasscheibe auf die Straße. Doch der Weg lag in dem blassen Licht der Laterne ganz ruhig da. Karl stand noch einen Moment still und beobachtete. Er atmete leise aus, drehte sich schließlich wieder zu Mats, der ihn noch immer fragend ansah. „Vielleicht ein Nachbar, der mit dem Hund Gassi geht." Er richtete seine Aufmerksamkeit erneut auf den Bildschirm.

„Könnte es sein, dass Jussi von der Schwangerschaft überrascht wurde?", fragte Mats. Doch noch bevor Karl antworten konnte, hörte er etwas.

Panisch sah er sich um. Er war ganz sicher, dass aus dem Untergeschoss ein Geräusch zu ihnen hochgedrungen war. Ein metallisches Rasseln, dann ein Klicken.

Die beiden Polizisten lauschten wie erstarrt. Ein Schlüssel, der in den Schließzylinder eingeführt und umgedreht wurde. Er schien nicht richtig zu passen, oder das Schloss war mit der Zeit eingerostet.

Karls Herz hämmerte und seine rechte Hand glitt zu der Dienstwaffe unter seine Jacke. Mats war ebenfalls aufgesprungen und hatte seine Pistole gezogen.

Von unten war nun ein dumpfes Geräusch zu hören. Es war die Tür, die langsam ins Schloss gedrückt wurde. Jemand befand sich mit ihnen in dem Haus.

Karl konnte das Weiß in den aufgerissenen Augen des Kollegen erkennen. Er deutete mit dem Zeigefinger auf die Küchentür. Der blonde Mann nickte und die beiden Polizisten huschten auf die Tür zu, positionierten sich je zu einer Seite.

Karl warf einen raschen Blick auf die Treppe. Er konnte nichts Ungewöhnliches sehen. Es war nun wieder mucksmäuschenstill im Haus. Dann vernahm er gedämpft Schritte auf der Treppe.

Der Neuankömmling schien mit Bedacht nach oben zu steigen. Karl starrte weiter auf den Treppenabsatz. In der Dunkelheit erschien ein rundes Objekt, der Kopf der Person. Er trug einen Hut mit einer tiefen Krempe.

Scheiße, ist das Jussi?

Das Gesicht war nur halb zu sehen und in der Dunkelheit nicht zu erkennen. Der Kopf drehte sich langsam nach allen Seiten. Karl umschloss das kalte Metall seiner P30.

Schlagartig wurde es etwas heller in der Wohnung. Der Neuankömmling auf der Treppe hatte eine Taschenlampe eingeschaltet, leuchtete damit in das Wohnzimmer. Karl drückte sich noch etwas dichter an die Küchenwand. Er lugte um die Ecke.

Der Lichtkegel bewegte sich zu der Terrassentür, über den Fernseher, das Sofa und blieb schließlich einen Moment auf dem Teppich hängen. Das Licht erhellte den Fußabdruck – seinen Fußabdruck – der grau auf dem weißen Wollteppich zu erkennen war.

Dann ging alles sehr schnell. Die Lampe erlosch und es rumpelte. Die Person hatte sich scheinbar zur Flucht entschlossen, war die Treppe hinuntergesprungen.

„Stehen bleiben! Polizei", schrie Karl und preschte auf den Treppenabsatz. Er zielte hinunter, konnte noch erkennen, dass die Eingangstür ins Schloss fiel. Er eilte die halbe Treppe hinunter, blieb stehen und konnte durch das trübe Glas der Tür die grauen Umrisse eines Hutes ausmachen.

Ein Anglerhut? Die geschwungene Silhouette erinnerte daran. Die Figur verharrte noch einen kurzen Augenblick vor der Tür. Dann war sie verschwunden.

Karl hastete die letzten Stufen hinab und war dann an der Tür angelangt. Er riss an der Klinke. Sie war verschlossen.

„Scheiße!", schrie er, drehte sich um und prallte gegen seinen Partner, der direkt hinter ihm angekommen war.

„Er hat abgeschlossen! Lauf ihm nach!"

Mats nickte und war sofort in dem getäfelten Flur, der zu der Kellertür führte, verschwunden. Karl stürmte wieder über die Treppe nach oben, in die Küche. Er riss die Balkontür auf und trat auf den schmalen Balkon.

Er hechelte nach Luft, blickte nach links auf die Straße und konnte etwa zwei Straßenlaternen weiter eine Gestalt laufen sehen. Dann war sie aus dem Lichtkegel in die Dunkelheit verschwunden. Er hob seine Waffe, ließ sie jedoch sofort wieder sinken. Er knirschte mit den Zähnen, fluchte. Mats war ein guter Läufer, doch die flüchtende Person war zu weit weg, er würde sie nicht einholen können.

Karl trat mit dem Fuß gegen das Geländer des Balkons. Die Stahlstäbe stießen einen tiefen, summenden Ton aus. Unten bemerkte er Mats, der erschrocken zu

ihm aufblickte. Er hielt seine linke Hand an den Hinterkopf, schien in der Dunkelheit gestürzt zu sein.

„Es hat keinen Sinn", sagte Karl gedämpft. „Er ist uns
entwischt."

KAPITEL 35

„Wie war euer kleiner Ausflug?", fragte Aino ohne erkennbare Emotion. Sie zog die Tür hinter sich ins Schloss und musterte die beiden Beamten.

Karl hatte ihr am Samstagabend am Telefon von den Ereignissen berichtet, sie seitdem jedoch noch nicht gesehen. Er blickte die Vorgesetzte verlegen an. Als er den Blick abwandte, konnte er beobachten, dass sein Partner wie ein schlaffer Sack in sich zusammengesackt war. Die Situation war ihm augenscheinlich sehr unangenehm und das spiegelte sich in seiner Körperhaltung wider. Obwohl Mats schon vorher nicht gut ausgesehen hatte; eine blau unterlaufene Quetschwunde am Hals und eine dicke Beule am Hinterkopf erinnerten an den Zusammenstoß mit der Wäscheleine in Jussis Waschküche.

Der Kommissar kratzte sich am Kopf und lächelte die Vorgesetzte zaghaft an. Aino erwiderte den Gesichtsausdruck nicht.

„Na ja", begann er zögerlich. „Wie ich dir am Telefon erzählt habe: Als wir in Hammerfest waren, kam uns die Idee, bei Jussi vorbeizuschauen. Wir haben keine Polizeistreife gesehen, dafür ein Auto mit finnischem Kennzeichen. Der Mann wollte etwas aus dem Haus holen, Beweise vernichten. Es bestand eindeutig Verdunklungsgefahr. Deshalb sind wir ins Haus."

Aino sah ihn einen Moment nachdenklich an. Unvermittelt zogen sich ihre Mundwinkel etwas nach oben. Sie setzte sich an den Tisch.

„Ihr wart zwar etwas voreilig, doch ich hatte heute sowieso vorgehabt, die Durchsuchung der Wohnung zu beantragen. Dass wir keinen Durchsuchungsbeschluss hatten, das werde ich regeln. Ich denke auch, dass die Gefahr bestand, dass Beweise hätten wegkommen können. Dass ihr mir zuvorgekommen seid, war daher sogar gut, wer weiß, was der Mann mit dem Anglerhut hätte verschwinden lassen." Sie biss sich nachdenklich auf die Unterlippe. „Leider habt ihr dort keinerlei zwingenden Beweise gefunden. Aber das wäre wohl auch zu schön gewesen. Nur die E-Mails. Die sind zwar nur Indizien, aber sie bringen uns auf die richtige Spur. Auf Jussis Spur."

Karl sah sie misstrauisch an, stand dann von dem Bürostuhl auf und setzte sich zu der Vorgesetzten an den Tisch.

„Wie kam es zu dem Sinneswandel", fragte er und musterte die Abteilungsleiterin vorsichtig.

„Nun", fuhr Aino fort und nahm ihre Brille ab. „Wir steckten fest. Der Polizeipräsident war nicht zufrieden mit den Entwicklungen, die Ermittlungen brauchten dringend neue Impulse. Und die habt ihr geliefert. Ich schätze, das ist ein typischer Fall von *der Zweck heiligt die Mittel.*" Sie zeichnete Gänsefüßchen in die Luft. „Ihr hättet mich natürlich informieren müssen, nachdem ihr vom Meteorologischen Institut gehört hattet. Dass sie die Kennziffern der Waffen vertauscht hatten. Aber Schwamm drüber."

„Na ja, es war Freitagabend und du warst noch in Tromsø auf der Pressekonferenz", gab Karl zögerlich an. Doch Aino machte eine abwehrende Handbewegung. Er bemerkte nur nebenbei, dass Mats aufgestanden war und sich neben ihm an den Tisch gesetzt hatte.

„Es ist in Ordnung, Karl. Was wissen wir eigentlich noch über Jussi, außer dass er eine Affäre mit Siv hatte?", fragte Aino.

Karl lehnte sich in seinem Stuhl zurück. „Er kommt aus Finnland, geboren 1975 in Rovaniemi. Ist bei Teponmäki auf dem Hof seiner Eltern aufgewachsen. Er hat in Helsinki an der Technischen Hochschule studiert. Hat keine Vorstrafen, wurde allerdings im Jahre 1996 in Helsinki von einer Ex-Freundin angezeigt, die er gestalkt und bedroht haben soll. Das Verfahren wurde aus Mangel an Beweisen eingestellt. Ich habe mit den Kollegen beim Finanzamt gesprochen und man sagte mir, dass er die Adresse in Hammerfest seit 2002 hat, seitdem auf mehreren Bohrinseln gearbeitet hat. Jussi hat dort gutes Geld verdient. Nach der Wirtschaftskrise 2008 hat er jedoch keine neue Arbeit gefunden. Er muss sich breit beworben haben, unter anderem beim Meteorologischen Institut in Tromsø. Er hat dann da als Techniker einen Job bekommen, war zuerst für eine Messstation auf dem Festland zuständig, hat da alles in Schuss gehalten. Auf einer Versammlung hat er dann Siv Møller kennengelernt. Daraufhin hat er sich auf die Stelle auf Bjørnøya beworben."

Aino nickte, stand auf und trat ans Fenster. „Was machen wir nun? Irgendwelche Vorschläge? Solange wir weder Mark noch Jussi gefunden haben, haben wir nicht viel in der Hand. Von Mark fehlt jede Spur. Er bleibt natürlich ein Verdächtiger, aber ich denke, wir sollten uns vorläufig auf Jussi konzentrieren. Da haben wir wenigstens ein paar Anhaltspunkte, auch dank eueres Einsatzes. Wo könnte er sich verstecken? Meint ihr, er ist noch in Hammerfest?“

„Nein, das glaube ich nicht. Wir wissen ja auch nicht, ob der Mann mit dem Anglerhut wirklich Jussi war. Ich denke, er könnte sich auf dem Hof seiner Eltern in Finnland verstecken. Das würde ich tun, wenn ich er wäre. Aber auch nicht mehr lange. Er muss davon ausgehen, dass wir ihm auf der Spur sind. Es ist also Eile geboten.“

Aino wirbelte herum, sodass ihre Locken durch die Luft flogen.

„Ruf Kuhmunen an, er soll sofort nach Kirkenes kommen. Ich werde mit der Staatsanwältin sprechen, einen Haftbefehl beantragen. Es besteht erwiesenermaßen Fluchtgefahr, er ist ja schon auf der Flucht. Ich werde auch mit den Kollegen in Finnland sprechen, die Zuständigkeiten klären. Sollte kein Problem sein, wir arbeiten da zusammen. Ihr werdet sicher einen finnischen Beamten zugestellt bekommen. Dann reist ihr gemeinsam zu dem Hof der Eltern und nehmt Jussi fest, wenn ihr ihn wirklich dort antrefft. Wisst ihr, wo genau der Hof sich befindet?“

Die beiden Männer schüttelten den Kopf. Dann kam Karl eine Idee. „Ich weiß aber, wie er aussieht. Hab ein Bild gesehen. Eine Adresse habe ich nicht, aber ...“

Aino unterbrach ihn: „Lass das meine Sorge sein. Ich muss ja sowieso mit den Kollegen in Finnland sprechen, die können das für uns herausfinden.“

„In Ordnung“, sagte Karl. „Sag mal, hattest du eigentlich mit den Eltern gesprochen?“

„Nein, da ging keiner ans Telefon. Oder es war abgemeldet, ich habe das nicht so genau verstanden. Egal, ihr fahrt hin und seht nach.“ Dann rauschte sie zur Tür, blieb im Türrahmen stehen und sah die beiden Polizisten an. „Gute Arbeit, Männer. Macht euch bereit. Sobald Kuhmunen hier ist, geht es los.“

***

Später am Abend hatte Karl die Kleidung bereitgelegt, die er auf der Reise nach Teponmäki tragen wollte. Er würde früh aufstehen müssen. Mikkel Kuhmunen war noch am Nachmittag von Spitzbergen nach Tromsø geflogen und würde am Morgen mit dem ersten Flieger in Kirkenes ankommen. Sie würden ihn abholen und sich dann vor Teponmäki, etwa fünf Autostunden entfernt, mit einem finnischen Kollegen treffen. Aino hatte alles geregelt und herausgefunden, wo das Gehöft der Eltern von Jussi Aalto lag. Der Familienbetrieb war auf einen Tuomas Aalto angemeldet, der sich als Jussis Bruder entpuppt hatte.

Karl ging ein weiteres Mal in der Küche auf und ab und stellte die Wodkaflasche, die er aus der Tiefkühltruhe genommen hatte, schließlich auf dem Küchentisch ab. Er fuhr sich mit der Hand über die Augenbrauen und blickte aus dem Fenster in die Dunkelheit,

253

hinüber zur Stadt. Er konnte am Fährhafen einige Lichter ausmachen. Das Schiff der Hurtigruten würde bald ablegen. An diesem Wochentag musste es die *MS Nordkap* sein, die dort festgemacht hatte.

Karl drehte sich um und nahm die Flasche erneut in die Hand, las geistesabwesend das Etikett. *Absolut Vodka*. Ein schwedisches Qualitätsprodukt, das ihm in letzter Zeit oft Bärendienste erwiesen hatte. Das hatte ihn trotzdem nicht gestoppt.

Mit einem Seufzen stellte er die Flasche wieder auf den Tisch. Irgendetwas war an diesem Abend anders. Er fühlte sich gut, hatte keine Lust, zu trinken. Was war denn bloß geschehen, dass diese Veränderungen in ihm hervorgerufen hatte?

Er dachte an Mats. Er wollte nicht, dass sein Partner ihn noch einmal so sehen würde wie an dem Abend im *Pub 1*. Dann drehte er sich um und stellte den Wodka wieder in den Gefrierschrank.

Karl schaltete das Licht aus und hörte im selben Moment das laute Tuten eines Schiffshorns. Das Schiff würde heute ohne ihn ablegen müssen. Ein feines Lächeln umspielte seine Mundwinkel, als er langsam die Treppe nach oben stieg. Er hatte an diesem Abend wirklich kein Bedürfnis, Kirkenes zu verlassen und in den Süden zu verschwinden.

KAPITEL 36

Karl ließ sich mit einem lang gezogenen Seufzen in den Beifahrersitz fallen.

„Gut geschlafen?", fragte ihn sein Partner vergnügt.

Karl blickte auf die Digitaluhr in der Mittelkonsole und schüttelte energisch den Kopf. „Mats, es ist zu früh für deinen Smalltalk."

Der Schwede lachte, zuckte mit den Schultern und startete den Motor. Nachdem sie von der Hauptstraße zum Flughafen eingebogen waren, schien er einen Einfall zu haben. Er kramte in seiner Jackentasche, förderte eine CD hervor, die er in die Musikanlage des Autos steckte. Mats blickte ihn erwartungsvoll an, sah dann wieder auf die Straße vor ihnen.

Musste er sich nun wieder Håkan Hellstöm anhören, dem er laut Mats ähnlichsah? Es rauschte aus den Lautsprechern. Schließlich ertönten die ersten Melodien eines Songs, den Karl nur allzu gut kannte. Doch es war nicht Håkan Hellström. Es war der Song *100 % Chance of Love*, von Ottar *„Big Hand"* Johansen, ein Lied, das er schon bei seinem Vater im Auto hatte hören müssen.

Karl blickte seinen Partner erschrocken an, doch der sah nach vorne auf die Straße, bewegte den Kopf und die blonden Haare wippten im Takt hin und her, während er die Melodie pfiff.

„Was zum Teufel soll das?", fragte Karl.

Mats sah ihn verständnislos an. Vielleicht auch enttäuscht, das konnte Karl nicht richtig deuten. „Ich dachte, du magst diese Musik. Hattest du das nicht im Auto laufen? Ich habe extra Kuhmunen gefragt, was das war."

Karl strich sich mit der Fingerkuppe über die geschlossenen Augenlider. „Herrgott. Glaubst du, ich höre Countrymusik aus den 1970ern? Die Musik gehörte meinem Vater!"

Ihm fiel sofort auf, dass seine Stimme zu schroff geklungen hatte. Mats hatte die Musik ausgeschaltet und blickte gekränkt auf die Straße. Karl atmete langsam aus.

„Mats, danke. Entschuldigung. Das war nett von dir. Mein Vater mochte die Musik, nicht ich." Dann lachte er betreten. „Ich fand seine Musik schon immer schrecklich. Ich konnte mich aber bisher nicht durchringen, die Kassetten wegzugeben."

Um 6:35 Uhr waren sie am Flughafen angekommen, um den Polizisten aus Spitzbergen abzuholen. Mikkel Kuhmunen wartete bereits vor der Ankunftshalle auf sie und kam sofort auf ihren Dienstwagen zu geschlendert. Es war das erste Mal, dass Karl den Mann in Zivilkleidung sah, und er musste schmunzeln; Kuhmunen trug eine rote, offenbar handgestrickte Wollmütze, eine braune Cordjacke, eine beige Jeans und dazu Stiefel, wahrscheinlich Militär.

Karl stieg aus und hielt die hintere Wagentür auf. „Guten Morgen, Mikkel."

Der Same schmunzelte, tätschelte dem Kommissar beim Einsteigen sanft die Schulter. „Karlemann."

Nachdem die drei Polizisten sich in Hesseng einen Kaffee an der Tankstelle besorgt hatten, waren sie schnell auf dem Weg gen Teponmäki in Finnland und Karl erläuterte dem Kollegen die neuen Entwicklungen in dem Fall, die zu dem Festnahmebeschluss geführt hatten, den der Richter noch am Vorabend unterschrieben hatte.

Kuhmunen wirkte entspannt. Er hatte sich auf der Rückbank breitgemacht und war nach einer halben Stunde, noch bevor Karl sein Briefing beendet hatte, einfach eingeschlafen.

Sie überquerten die Grenze bei Neiden und folgten der schmalen Landstraße bis Ahmaniemi, wo sie auf den Europaweg 75 nach Rovaniemi abbogen. Gegen Mittag erreichten sie Teponmäki, das verschlafen im Tal des Moikansuvanto-Stroms lag.

Es war ein kleiner Ort mit vielleicht vierhundert Einwohnern, wenn überhaupt. Die Landschaft unterschied sich nicht sonderlich von der Gegend um Kirkenes: Sanfte, bewaldete Hügel und gedrungene Birkenwälder, die sich mit Nadelhölzern abwechselten. Es lag kein Schnee, der Winter hatte hier noch nicht richtig Fuß gefasst. Einige Bäume trugen sogar noch letzte rötliche Blätter. Dazu gab es Wasser im Überfluss, eine Vielzahl von Seen und Flüssen, die teilweise durch den Nachtfrost mit einer dünnen Eisschicht überzogen waren. Als die Polizisten ausstiegen, blies jedoch ein überraschend warmer Wind durch das Tal.

Teponmäki hatte keine eigene Polizeistation, weshalb sie sich vor einem Kiosk an der Landstraße mit dem finnischen Kollegen verabredet hatten. Der junge Mann stellte sich als Janne Talvitie vor; er mochte Anfang

zwanzig sein, hatte strohblondes Haar und trug eine zu
große, blaue Polizeiuniform. Auf seinem Rücken stand
Poliisi geschrieben.

Talvitie erklärte ihnen, dass der Hof der Aaltos nur
etwa fünf Kilometer östlich des Ortes lag. Er schlug vor,
selbst vorauszufahren und die norwegischen Polizisten
nahmen daher wieder in ihrem Wagen Platz und folgten dem Finnen über einen breiten Kiesweg durch ein
Waldgebiet gen Osten. Der Weg schien von den holz-
verarbeitenden Betrieben der Region benutzt zu werden. Unterwegs begegneten ihnen zwei große Lastwa-
gen, die Anhänger bis oben hin mit Baumstämmen be-
laden.

Schon nach zehn Minuten hielt der Polizeiwagen abrupt vor ihnen am Randstreifen. Talvitie stieg aus und
deutete auf den linken Straßenrand. Karl verließ ebenfalls das Fahrzeug. Zwischen zwei Büschen verlief ein
schmaler Sandweg, der durch eine verrostete Sperre
blockiert und mit einem Durchfahrt-Verboten-Schild
gekennzeichnet war.

Karl blickte sich um und konnte hinter einigen Bäu-
men einen Bauernhof erkennen. War das das Gut der
Aaltos?

Er versuchte, sich den Hof von dem Flugbild in Jussis
Wohnung in Hammerfest in Erinnerung zu rufen. Ja,
das war dasselbe Gehöft! Viel konnte seit der Aufnahme nicht verändert worden sein. So verrostet, wie
der Schlagbaum und das Schild waren, schienen die Eigentümer nicht besonders viel Wert auf Instandhal-
tungen oder Umbauten zu legen.

Die vier Beamten versammelten sich um die Motorhaube des finnischen Streifenwagens.

„Was meinen Sie, ist er gefährlich?", fragte der Finne an Karl gerichtet.

Der Kommissar zuckte mit den Schultern. „Er hat möglicherweise drei Menschen ermordet. Ich schlage also vor, dass wir vorsichtig sind. Wir sollten davon ausgehen, dass er, sollten wir ihn hier finden, unberechenbar und womöglich bewaffnet ist."

Kuhmunen nickte und entsicherte seine Pistole. Er blickte über den Sandweg zu dem Gehöft. „Karl und ich könnten uns etwas abseits stellen, für den Fall, dass er sich zur Flucht entscheidet. Von dort sollten wir auch eine gute Sicht auf die anderen Gebäude haben." Er nickte Mats und Talvitie zu. „Und ihr beide geht und klingelt. Falls er auf dumme Gedanken kommen sollte, decken wir euch."

Karl schüttelte den Kopf. „Nein, ich gehe. Das ist meine Aufgabe. Und Talvitie muss für mich übersetzten, keine Ahnung ob die Familie Englisch, geschweige denn Norwegisch versteht. Mikkel und Mats, ihr steht etwas abseits und gebt uns Deckung. Falls Jussi flieht, müsst ihr ihn möglicherweise stellen."

KAPITEL 37

Karl wischte sich über die Stirn. Obwohl es auch hier Spätherbst war, schwitzte er. Sie waren auf den gepflasterten Weg in Richtung des Haupthauses eingebogen. Mats und Kuhmunen hatten sich an unterschiedlichen Seiten des Gehöfts am Zaun positioniert. Sie würden Jussi stellen können, sollte dieser die Flucht ergreifen.

Er überprüfte noch einmal, ob seine Waffe entsichert war, fuhr sich mit der Zunge über die Lippen und stieß langsam einen Atemstoß aus. Dann schob er die Waffe wieder in das Holster unter der Jacke. Er wollte nicht mit gezogener Waffe vor der Tür erscheinen, die Eltern verschrecken und die Situation eskalieren lassen.

Er war nervös. Jetzt auf der Zielgraden bloß keinen Fehler machen.

Ein paar Hühner flogen gackernd vor ihm und Talvitie auf. Ein Stechen im Nacken. Er schlug sich auf den Hals, prüfte dann seine Hand. Er hatte eine Mücke erwischt, nur ein purpurroter Blutfleck und ein paar dünne, schwarze Gliedmaßen zeugten noch von der Existenz des Blutsaugers.

Er ging weiter langsam auf das Haus zu. Talvitie trat als Erster auf die schmale Veranda, klingelte. Karl stand jetzt einen Meter hinter dem finnischen Beamten, blickte immer wieder nach oben, dann nach rechts und links zu den Fenstern. Niemand öffnete, alles blieb vollkommen still. Talvitie drehte sich zu ihm um und sah ihn unschlüssig an. Dann trat der finnische Polizist an das Fenster neben der Tür und klopfte gegen die Scheibe. Das klanglose Scheppern einer einfachen Glasscheibe war zu hören.

Karl blickte zu dem Zaun hinüber und konnte Mats dort erkennen. Er beobachtete sie scheinbar gespannt. Aus dem Augenwinkel bemerkte Karl, dass die Tür endlich langsam geöffnet wurde; er fuhr herum und sah eine alte Dame, die ihren Kopf hinaus reckte. Sie redete in bestimmtem Ton auf den finnischen Kollegen ein. Karl verstand nichts davon, nur dass die Dame entweder erregt oder wütend war, er konnte das in der fremden Sprache nicht richtig deuten. Wieder ein Blick in die obere Etage, dann am Haus vorbei. Vielleicht fünfzig Meter weiter am Zaun, hinter dem Wohngebäude stand Kuhmunen.

Als Karl sich wieder zu der Veranda drehte, sah er das graue Haar eines Mannes hinter der Dame. Sein Arm schoss unter die Jacke, an das Holster, sank dann aber schnell wieder herab. Es war ein älterer, in gebückter Haltung stehender Mann mit einem weißen Bart. Der Senior hatte seinen Arm ausgestreckt und zeigte auf Talvitie, fing ebenfalls an, auf ihn einzusprechen.

Karl atmete langsam aus, machte einen Schritt vorwärts. Er trat auf die unterste Stufe der Verandatreppe. Das Holz schien verrottet, gab etwas nach, brach jedoch nicht. Karl erschrak und hielt sich an dem Geländer fest.

Just in diesem Moment hörte er das Knarren der Tür, die vollends aufschwang. Als er seinen Blick hob war da jemand in der Tür: Ein Mann. Kurze, blonde Haare.

Jussi!

Er hielt eine Waffe auf Talvitie gerichtet. Alles ging so schnell, und als Karl seine Balance wiedergefunden hatte, war es zu spät. Würde er die Waffe ziehen, würde das das Ende des finnischen Kollegen bedeuten.

Jussi sagte etwas auf Finnisch zu Talvitie. Der hatte die Arme erhoben, stand ganz ruhig dort und antwortete ihm. Jussi deutete mit dem Lauf kurz auf Karl, machte eine Kopfbewegung und zielte dann wieder auf den Finnen.

Karl nickte ruhig, hob ebenfalls instinktiv die Hände über den Kopf. Das war es doch wohl, was Jussi von ihm wollte. Er konnte nichts anderes tun. Nun war es an Mats und Kuhmunen.

***

Mats fluchte leise, zwängte sich durch das Tor und bewegte sich in geduckter Haltung langsam auf das Haupthaus zu, versuchte, so nah wie möglich am Zaun zu bleiben und somit von der Veranda aus unsichtbar. Wie hatte ihnen die Situation so entgleiten können? Er musste etwas tun.

Er drehte sich nach links, die Augen zusammengekniffen.

Wo zum Teufel ist Kuhmunen?

Er konnte den Kollegen nirgends sehen, hoffte aber, dass der Same die Situation ebenfalls erkannt hatte, vielleicht hinter das Haus geschlichen war, um von dort zu Hilfe zu eilen. Oder war er sogar in das Gebäude eingedrungen? Mats traute es ihm durchaus zu.

Unvermittelt hörte Mats einen Ruf, der von der Rückseite aus dem Garten zu kommen schien. Es war nicht Kuhmunens Stimme. Wieder sah er zu der Veranda. Karl und Talvitie blickten zur Hinterseite des Gebäudes. Die neue Stimme musste also von ungefähr dort kommen, wo das kleine Gartenhaus lag.

Mats ging noch ein Stück weiter auf die Veranda zu und erkannte einen ebenfalls breitschultrigen Mann mit langen blonden Haaren, der langsam auf das Haupthaus zuschritt. Er sah genau aus wie der Kerl auf der Veranda. War das Jussi? Aber wer war dann der andere Typ? Und dann dämmerte es Mats. Der Zwillingsbruder.

Doch wer von den beiden war Jussi und wer sein Bruder, Tuomas Aalto? Der Mann ging vom Gästehaus langsam auf die Veranda zu. Er hatte beide Arme über den Kopf erhoben, um zu zeigen, dass er unbewaffnet war. Dabei konnte Mats deutlich einen Verband an der rechten Hand erkennen. Der fehlende Finger. *Jussi!*

Zu Mats Erstaunen legte Tuomas Aalto seine Waffe nun ebenfalls vor sich auf die Holzdielen der Veranda und hob die Arme über den Kopf. Talvitie hatte seine Dienstwaffe gezogen und hielt diese beschwichtigend in den Himmel. Er versuchte offensichtlich, Jussis Eltern zu beruhigen.

Mats atmete tief ein, ging ein paar Schritte auf seinen Partner zu, der seine Waffe wiederum auf Jussi gerichtet und bereits die Handschellen von seinem Gürtel gelöst hatte. Jussi hatte den Kopf gesenkt und sah gleichgültig, fast phlegmatisch auf den Boden vor sich.

Mats steuerte auf das Wohnhaus zu, steckte seine Pistole in das Holster und förderte ebenfalls seine Handfessel zutage. Er richtete sich an Talvitie. „Haben Sie Handschellen dabei? Ich habe nur ein Paar."

Doch noch während er die Worte sprach, hörte er hinter sich einen Aufschrei. Es war Karls Stimme. Er wirbelte herum und sah seinen Partner auf dem Boden liegen. Zehn Meter hinter ihm Jussi, der mit großen Schritten auf den Wald zu sprintete. An seinem linken Arm hing noch die halbgeschlossene Handschelle.

KAPITEL 38

Karl hielt sich die rechte Schläfe. Er stand bereits wieder, konnte jedoch Blut auf seiner Hand erkennen.

„Verdammte Scheiße", fluchte er.

Da hatte es ihn schon wieder erwischt. Jussi hatte ihm die Handschelle ins Gesicht geschlagen, nachdem er die verstümmelte Hand aus der zweiten Schelle befreit hatte.

Hektisch wischte Karl sich das Blut aus dem Auge, erkannte nun den breiten Rücken des flüchtigen Mannes. Jussi Aalto hatte den Zaun, der den Hof gen Westen zu einem dichten Nadelwald hin abgrenzte, erreicht und ließ sich bereits auf der anderen Seite des Gatters herunterfallen.

Karl spuckte etwas Blut aus hastete dann, ohne die anderen zu beachten und lange nachzudenken, los. Er hatte erst die halbe Rasenfläche überquert, als er Jussis blonde Haare zwischen zwei Kiefern im Gehölz hinter dem Zaun verschwinden sah. Als er die Absperrung ebenfalls erreicht hatte, kletterte er an ihr hoch. Die oberste Sprosse war moosbewachsen und morsch. Sie brach mit einem leisen Knacken, als er sich darauf stützte, sodass er fast das Gleichgewicht verloren hätte. Er strauchelte, glitt auf der anderen Seite aber stehend zu Boden.

Lautlos hob er die Waffe aus dem Laub und lief los, bahnte sich einen Weg zwischen zwei mächtigen Tannenästen hindurch, den morastigen Geruch des feuchten Nadelwaldes in der Nase. Er lief weiter, hinein in das Gehölz, hörte seinen eigenen hechelnden Atem. Ab und zu knackte ein Ast unter seinen Stiefeln.

Dann ertönte ein lauter Knall.

Karl zuckte zusammen. Jemand musste die Schrotflinte abgefeuert haben. Das war nicht das typische leisere Scheppern eines Pistolenschusses. Er blieb abrupt stehen und drehte sich um. Es waren einige Bäume im Weg, doch er meinte, seinen Partner zu erkennen, der mit der Pistole auf die Veranda zielte. Mats war also nicht getroffen worden. Karl musste einfach davon ausgehen, dass sein Partner die Situation unter Kontrolle hatte, musste weiterlaufen, sonst würde Jussi ihm entkommen.

Er setzte sich wieder in Bewegung. Der Waldboden wurde stets unwegsamer, überall lagen moosbewachsenen Findlinge und verrottende Bäume im Weg. Sein T-Shirt unter der Jacke und dem Wollpullover war von Schweiß getränkt und klebte an seinem Rücken.

Jussi hatte einen ganz natürlichen Vorteil: Er kannte den Wald, war hier aufgewachsen.

„Jussi, bleib stehen", schrie Karl, mehr aus Verzweiflung als mit Überzeugung. Doch der flüchtige Finne gab keinen Laut von sich. Immer seltener konnte Karl ihn noch durch den dichten Tannenbewuchs hindurch sehen. Karl blieb einen Augenblick stehen, legte die Hände auf die Knie und hustete. Er hatte Seitenstiche. Der Kerl war verdammt schnell.

Oder ich bin verdammt langsam.

Er hob seine Waffe. Dann schoss er in die Luft. Das Echo wurde von einem entfernten Hügel zu ihm zurückgeworfen. Ein Warnschuss, doch Jussi machte keine Anstalten aufzugeben. Karl fluchte laut und sammelte seine letzten Kraftreserven.

Er rannte, erreichte eine Lichtung, konnte von dort einen längeren Blick auf den Rücken des Finnen erhaschen, der die Waldwiese bereits halb überquert hatte.

„Stehen bleiben, oder ich schieße!"

Auch dieses Mal zeigte der Finne keine Reaktion. Noch ein paar Augenblicke, dann würde er wieder im Wald verschwunden sein.

Karl überlegte in aller Eile. Der Schweiß lief ihm in die Augen, vermischte sich mit dem Blut. Er würde die Verfolgung nicht mehr lange aufrechterhalten können. Seine Lunge schmerzte mit jedem Atemzug, wie um diesem Gedanken Nachdruck zu verleihen.

Er atmete langsam aus und zielte auf die Beine des Mannes. Dann drückte er ein weiteres Mal ab.

KAPITEL 39

Aino blickte zum wiederholten Mal auf ihr Mobiltelefon. Es waren keine Anrufe eingegangen.

Dann schielte sie auf die Uhr an der Wand. Es war kurz nach dreizehn Uhr, die Männer mussten schon lange bei dem Hof in Teponmäki angekommen sein. Mats hatte sie einmal von unterwegs aus angerufen, ihr mitgeteilt, dass sie sich wieder melden würden, sobald sie Jussi Aalto festgenommen hätten.

Sie runzelte die Stirn.

Wieso meldet er sich nicht?

Mats. Sie mochte ihn. Warum konnten nicht alle ihre Leute so sein wie er? Sie lächelte über ihren eigenen Gedanken und kam zu dem Schluss, dass man auch andere Persönlichkeiten im Team brauchte. Es war die Dosis, die das Gift machte. Aino atmete tief ein und sah wieder auf den Bildschirm auf ihrem Schreibtisch. Sie wollte den Nachmittag nutzen, um den Abschlussbericht über Karl in groben Zügen fertigzustellen. Dann könnte sie die Ergebnisse im Fall Bjørnøya abwarten, der hoffentlich mit der Festnahme von Jussi Aalto enden würde, und den finalen Bericht an den Polizeipräsidenten senden.

Konnte man Karl die Verantwortung überlassen, die der Beruf eines Polizisten mit sich brachte. Es war eine einfache Frage. Durfte man diesem Mann die dem Job zugehörigen Befugnisse und eine Dienstwaffe aushändigen oder war seine Psyche dafür schlichtweg ungeeignet?

Sie tippte ein paar Wörter. Dann sah sie aus dem Fenster, begann, an ihrem Kugelschreiber zu kauen. Sie war sich sicher, dass der Kommissar im Frühjahr eine ordentliche Depression und die daraus resultierenden Probleme gehabt hatte. Alkohol. Aggressionen. Unzuverlässigkeit.

Hatte Karl diese Sorgen und Nöte überwunden? Erneut sah sie aus dem Fenster, dann wieder auf die Uhr. Mats würde sicher gleich anrufen.

KAPITEL 40

Karl hörte den Knall, spürte im selben Augenblick den Rückstoß in seinem rechten Arm. Er öffnete die Augen, musste sie instinktiv geschlossen haben. Zu seiner Verärgerung sah er, dass der flüchtende Mann zwar gestolpert, nun aber wieder auf den Beinen war.

Er hatte ihn doch getroffen, oder? Er zielte erneut, ließ die Waffe dann aber sinken. Jussi hatte den Wald erreicht, war hinter einem Baum verschwunden. Karl fluchte, wischte sich über die Stirn und trabte wieder los. Dann hatte er die Lichtung überquert und war wieder im Wald. Da war Jussi. Der Finne humpelte. Er ging noch ein paar Meter, stürzte, rappelte sich ein letztes Mal auf, sackte erneut zusammen und blieb dann auf seinen Knien am Boden.

Nach wenigen Augenblicken hatte Karl Jussi erreicht. Der Mann hielt sich mit beiden Händen die linke Wade. Blut quoll zwischen seinen Fingern hervor.

Karl sicherte seine Waffe und steckte sie in das Holster.

„Jussi Aalto, Sie sind verhaftet!"

Er steckte die Waffe weg. Von dem Finnen schien keine Fluchtgefahr mehr auszugehen.

„Können Sie aufstehen?", fragte Karl.

Jussi nickte mit schmerzverzerrtem Gesicht, als Karl plötzlich einen Ruf hinter sich vernahm. Es war Mikkel Kuhmunen, der ihm hinterhergeeilt kam.

Kuhmunen blieb neben Karl stehen und musterte den Mann am Boden einen Augenblick nachdenklich. Er schien abzuschätzen, wie schwer die Verletzung war. Dann nickte er zufrieden, war scheinbar zu dem Schluss gekommen, dass Jussi nicht lebensbedrohlich verletzt war. Schließlich wandte er sich dem Kommissar zu, legte seinen Kopf schief. „Eisbären, Türschlösser, flüchtige Verbrecher. Ich sage ja, ein Mann mit einem Hammer sieht überall nur Nägel." Dann legte er Karl die Hand auf die Schulter. „Ein guter Schuss, Karlemann."

***

Es dauerte einen Moment, bis sie Jussi in Handschellen zurück zum Hof bekommen hatten. Karl stellte erleichtert fest, dass Mats und Talvitie vor der Veranda standen und auf den ersten Blick unverletzt schienen. Sein Partner hielt das Schrotgewehr in der einen Hand, während er in das Mobiltelefon sprach.

Bei ihnen befand sich auch Tuomas, Jussis Zwillingsbruder. Er lag auf dem Bauch, seine Hände hinter dem Rücken mit Handschellen fixiert. Er wirkte abwesend, blinzelte nur kurz seinem Bruder zu, sah dann wieder auf die Blätter vor sich auf dem Boden.

Jussis Elter saßen auf der Terrasse. Der Vater schien geistesabwesend. Er nickte apathisch mit dem Kopf und blickte dabei in den grauen Himmel. Die Mutter hielt seine Hand und sprach leise auf Finnisch mit ihm.

Karl stellte sich neben Mats, der vermutlich mit Aino sprach.

„Sie haben ihn, ja“, hörte er ihn sagen.

Am linken Hosenbein des finnischen Polizisten war ein Blutfleck zu erkennen.

Nachdem Mast aufgelegt hatte, warf er Jussi einen grimmigen Blick zu, wandte sich dann an Karl, dessen Blick er bemerkt haben musste. „Nachdem du hinter Jussi her bist, hat sein Bruder auf Talvitie geschossen. Der Vater hat ihn im letzten Augenblick weggeschubst, er hat nur eine Schrotkugel ins Bein bekommen. Hätte ganz übel ausgehen können.“

Mats blickte in den Himmel und es wirkte, als ob er lauschte.

„Hörst du das? Sirenen. Krankenwagen und Verstärkung sind unterwegs.“

Karl hörte nichts; trotzdem nickte er. Zusammen setzten sie Jussi auf eine Bank neben dem Carport. Karl nahm neben ihm Platz und betrachtete das blutige Bein, das sie mit einem Streifen aus Kuhmunens Baumwollhemd umwickelt hatten. Es war ganz sicher keine Arterie verletzt worden.

„Haben Sie Schmerzen?“, fragte er. „Ein glatter Durchschuss, oder?“

Der Finne sah ihn träge an, blickte dann wieder auf den Boden vor sich, ohne zu antworten.

„Sie wussten, dass Siv schwanger war, oder? Sie haben eigentlich vier Menschen getötet.“

Aalto antwortete mit einem verächtlichen Schnauben. Einen kurzen Augenblick verdunkelte sich Karls Gesichtsausdruck. Dann zuckte er gleichgültig mit den Schultern. Er steckte sich ein Snus in den Mund. Nun hörte auch er die Sirenen. „Wir haben Ihre E-Mails in Hammerfest gefunden. Sie haben Siv wirklich geliebt, oder?"

Der Finne blickte apathisch auf den Boden. Karl setzte sich neben ihn auf die Bank.

„Deshalb haben Sie Mark umgebracht, nicht wahr?", versuchte er es erneut. Weiterhin keine Reaktion. Karl seufzte leise und erkannte das Blaulicht des Krankenwagens, der über den Sandweg auf den Hof gefahren kam. Dahinter konnte er mindestens zwei finnische Streifenwagen ausmachen.

„Da kommt Ihr Taxi."

Jussi gab ein undefinierbares Brummen von sich.

„Wie bitte?", fragte Karl mit gespielter Sorge. „Sie möchten nicht ins Krankenhaus? Ins Gefängnis möchten Sie bestimmt auch nicht, oder?"

Der Kommissar ließ seinen Blick über das Gehöft schweifen. Die Sanitäter waren ausgestiegen und kamen auf sie zu. Er blickte auf das Gartenhaus, aus dem Jussi gekommen war. Das Haus – und den Rest des Hofes – würde die finnische Spurensicherung noch heute auf den Kopf stellen müssen.

Karl stand schließlich auf, um den Sanitätern Platz zu machen. In diesem Moment sah Jussi ihn eindringlich an.

„Ihr hättet mich erschießen sollen. Ich verdiene es nicht, zu leben", sagte der Finne leise.

Karl atmete langsam aus. „Wer tut das schon, Jussi?", antwortete er sanft. „Wer tut das schon?", wiederholte er noch leiser, sodass nur er selbst es hören konnte.

KAPITEL 41

„Er hat nichts gesagt?", fragte Aino, während sie neben Karl den Korridor zum Sitzungszimmer hinunterschritt.

Der Kommissar schüttelte den gesenkten Kopf. „Nein. Er hat beharrlich geschwiegen, auch gegenüber dem finnischen Haftrichter. Wir saßen danach eine ganze Stunde in seinem Krankenhauszimmer. Nichts."

Aino nickte. Seit der Festnahme in Teponmäki waren zwei Wochen vergangen. Ein finnischer Ermittlungsrichter hatte Jussi Aaltos Verhaftung bestätigt. Karl war seitdem zweimal in Rovaniemi im Krankenhaus gewesen, um mit dem Beschuldigten zu sprechen. Doch Jussi hatte sich jedes Mal standhaft geweigert, jedwede hilfreiche Aussage zu machen. Neben dem Brief, den sie auf dem Hof der Aaltos gefunden hatten, hatten sie weiterhin keine eindeutigen Beweise gegen den Techniker in der Hand.

Sie hatten den Konferenzraum erreicht und die Vorgesetzte blieb vor der Tür stehen, die Hand an der Klinke. Karl fuhr fort: „Die Ärztin sagte mir, er sei als suizidgefährdet eingestuft, wird rund um die Uhr überwacht."

Aino zuckte mit den Schultern, trat dann in den Raum ein. Karl nickte in die Runde und setzte sich neben sie an den Kopf des Tisches. Zugegen waren Mats, Mikkel Kuhmunen und die Staatsanwältin Thea Northug von der Staatsanwaltschaft in Aalta. Sie hatte langes, schwarzes Haar, das sie zu einem Pferdeschwanz zusammengebunden hatte. Sie lächelte Aino an, schob sich dann die Brille auf der Stupsnase zurück. Karl hatte sie noch nie getroffen, allerdings ein paarmal am Telefon mit ihr gesprochen. Schließlich ergriff die Juristin das Wort.

„Danke, dass Sie sich Zeit für mich genommen haben. Wie Sie wissen, bereite ich die strafrechtliche Anklage gegen Jussi Aalto im Mordfall des Møller-Ehepaares und Frida Karlsson vor.“

Sie konnte nicht viel älter als Karl sein, wirkte auf den Kommissar überaus kompetent.

„Da wir weder Zeugenaussagen haben noch technische Beweise, müssen wir die Anklage auf den Verdachtsmomenten und Indizienbeweisen aufbauen. Daher sind Ihre Aussagen für uns sehr wertvoll.“

Sie betätigte den Druckknopf ihres Kugelschreibers und blickte die beiden Polizisten erwartungsvoll an. „Könnten Sie noch einmal, in Ihren eigenen Worten, wiedergeben, was auf Ihrer Reise nach Bjørnøya geschehen ist?“

Karl und Mats berichteten, was sie auf der Insel erlebt hatten, erläuterten die anschließenden Ermittlungen und wie Jussi Aalto letztlich in den Fokus der Nachforschungen gelangt war. Karl zeigte ihr Ausdrucke der E-Mails, die sie auf Jussis Computer in Hammerfest sichergestellt hatten. Zu guter Letzt legte er ihr den Brief von Siv vor, den sie in dem Gartenhaus in Teponmäki gefunden hatten.

In der relativ kurzen Nachricht hatte Siv Jussi mitgeteilt, dass es vorbei sei, sie mit Mark ihr Kind aufziehen wolle und dass er ihre endgültige Entscheidung respektieren müsse. Sie musste ihm die Nachricht auf Bjørnøya zugesteckt haben, da sie erst dort von der Schwangerschaft erfahren haben konnte. Jussi hatte den Brief scheinbar unzählige Male gelesen, zusammengeknüllt und wieder entfaltet. Das Papier sah arg mitgenommen aus.

Frau Northug, die während ihrer Ausführungen mitgeschrieben hatte, nickte langsam. Sie nahm ihre Brille ab und sah Karl gespannt an. „Apropos diese E-Mails aus Hammerfest: Wieso haben Sie da keinen Durchsuchungsbeschluss beantragt?"

Aino schaltete sich schnell ein: „Nun, es bestand akute Verdunklungsgefahr. Sie hatten doch den Mann gesehen an der Wohnung. Es bestand die Gefahr, dass der Bruder Beweise vernichten wollte."

Karl blickte Aino schmallippig an, nickte dann Northug zu.

„In Ordnung", sagte die Staatsanwältin. „Es spielt auch keine Rolle, da wir dort sowieso keine Beweise sichergestellt haben, die wir verwerten könnten." Sie machte eine weitere Notiz. „Lassen Sie uns nun über das Motiv sprechen. Warum hat Herr Aalto die anderen Forscher getötet?"

Karl sah zu Mats, der ihn ebenfalls erwartungsvoll anblickte. Dann wandte er sich wieder an die Staatsanwältin. „Wir können davon ausgehen, dass Jussi in Siv verliebt war und dass sie ein Verhältnis hatten. Das belegen die E-Mails und der Brief. Er hatte wohl gehofft, dass Siv sich von ihrem Ehemann, von Mark Møller, trennen würde. Dann war der Gatte jedoch auf Bjørnøya mit dabei und die Beziehung zwischen den Eheleuten schien sich zu bessern.“

„Sie hatten anfänglich noch getrennte Zimmer, schliefen aber wieder zusammen“, warf Mats ein.

„Genau“, sagte Karl. „Schließlich wurde sie schwanger. Von Mark. Ich denke, die Eifersucht zwischen den beiden Männern hat sich immer weiter hochgeschaukelt, bis Jussi den Brief von Siv erhalten hat und dann durchgedreht ist. Eine Frau hat ihn in den 1990er Jahren einmal angezeigt. Sie hatte sich von ihm trennen wollen, worauf er sie bedroht hat. Das haben wir von den finnischen Kollegen erfahren. Dieses Verhalten scheint also nicht ganz ungewöhnlich für ihn zu sein.“

Northug nickte erneut, während sie schrieb. „Und wie hat sich die Tat Ihrer Meinung nach abgespielt?“

Karl kratzte sich im Nacken. „Na ja, hier können wir nur spekulieren. Aber ich denke, Folgendes ist passiert: Jussi und Mark waren zusammen in Tunheim. Das wissen wir, im Logbuch der Station stand, dass sie eine Fehlfunktion in der dortigen Messstation beseitigen wollten. Da ist die Situation dann eskaliert. Die beiden kämpfen, der stärkere Finne erschlägt den Ehemann. Oder er erschießt ihn. Das wissen wir erst, wenn wir die Leiche gefunden haben. Als die Männer nicht wiederkamen und kein Funkkontakt bestand, ist Frida mit dem Hund los, um nach den beiden zu suchen. Auch das steht im Logbuch. Ich könnte mir vorstellen, dass

Frida Jussi möglicherweise überrascht hat. Sie ist weggelaufen und Jussi hat sie erschossen. Ich denke, er hat sie mit Marks Gewehr getötet, hat die Waffe dann in dem Walfängerdorf liegen lassen, damit wir sie finden sollten. Dadurch hätte er Mark belastet. Zu. seinem Pech war es aber ein glatter Durchschuss, die Waffe konnte nicht mit dem Projektil abgeglichen werden. Dann ist er zurück zur Basis. Vielleicht hat er Siv alles gebeichtet, was passiert ist. Oder er hat sie direkt angegriffen. Der Teil ist mir etwas unklar." Er holte Luft, blickte seinen Partner an.

Mats nickte und fuhr fort.

„Auf jeden Fall hat Siv ihm mit der Axt den Finger abgeschlagen. Ich denke, er wollte ihr die Situation erklären, hoffte vielleicht sogar, dass sie nun zusammen sein könnten. Denn sonst hätte er sie einfach erschießen können. Aber da Siv ihn angegriffen hat, hat er ihr die Axt abgenommen und sie damit verletzt. Er hat keine Fingerabdrücke hinterlassen, da er einen Handschuh trug. Der hing ja noch an dem abgetrennten Finger. Auf jeden Fall gelang es ihr noch, den Notruf abzusetzen. Da er die Tür verriegelt hatte, musste sie durchs Fenster flüchten." Karl bemerkte, dass die Staatsanwältin sich die Augen rieb.

„Sprechen Sie weiter, bitte. Was denken Sie, ist dann passiert?"

„Siv gelang es, sich in der Sauna zu verstecken. Jussi konnte sie nicht finden, ist dann geflohen. Vielleicht hat er mitbekommen, dass Siv ein Mayday gefunkt hatte. Deshalb hat er sich in der Walrossbucht versteckt. Wir haben sein Feuer aus dem Helikopter gesehen. Er musste jedoch weg von der Insel, hat deshalb noch Marks Waffe am Feuer platziert und seine eigene in der Höhle versteckt. Er musste sie loswerden, sonst hätte man ihm den Mord an Mark nachweisen können. Dann hat er sich auf das Landungsboot der Küstenwache geschlichen, kurioserweise zusammen mit der Leiche von Frida Karlsson. Schließlich ist er unbemerkt mit uns ans Festland zurückgekehrt."

Northug nickte mehrmals sanft, während sie mit dem Kugelschreiber über das Papier flog. Als Mats in seinen Ausführungen innehielt, blickte sie ihn an.

„Und weiter?", fragte sie.

„Dann ist er nach Tromsø, weil er mitbekommen hat, dass Siv noch lebte. Er wollte, nein, er musste sie aus dem Weg räumen, bevor sie eine Aussage machen konnte. Wie er in das Krankenhaus kam, wissen wir allerdings nicht."

Nun meldete sich Karl erneut zu Wort. „Der Polizist, der Wache schob, war Raucher. Doch er musste für jede Zigarette aus dem achten Stock ins Erdgeschoss gehen. Vielleicht hat Jussi eine seiner Raucherpausen abgepasst, ist in den Raum eingedrungen und hat den Schlauch der Atemmaschine abgeklemmt. Das erscheint nicht unmöglich." Karl dachte einen Moment nach. „Danach hat er sich nach Finnland abgesetzt, auf den Hof seiner Eltern. Er hat seinen Bruder nach Hammerfest geschickt, um die Beweise zu beseitigen. Die E-Mails, die aufzeigen, dass die beiden eine Affäre hatten. Er konnte sie nicht über das Internet löschen, da der Computer nicht online war. Das W-Lan war abgemeldet. Das muss ihm erst später bewusst geworden sein. Doch zum Glück kamen wir ihm zuvor ..."

Die Staatsanwältin zog ihren Kragen zurecht und lächelte Karl an. „Ja, das war gute Arbeit." Sie verzog den Mund. „Wie Sie ja selbst sagen, unser Problem ist, dass wir Mark Møller noch nicht gefunden haben. Eine Aussage würde uns helfen, oder zumindest ein Projektil aus Jussis Waffe in seiner Leiche, das würde uns die Arbeit sehr erleichtern. Aber Mark Møller ist immer noch verschollen. Der Teil Ihrer Theorie ist daher schwer zu beweisen."

„Ja, das wissen wir", antwortete der Kommissar.

Die Staatsanwältin sah den Polizisten einen Augenblick nachdenklich an. „Wie dem auch sei, Sie haben mich mit Ihrer Theorie überzeugt. Aber nun ist es eben so, dass das Gericht für eine Verurteilung über jegliche Zweifel erhaben sein muss." Sie faltete ihre Hände und blickte Karl fast mitleidig an. „Und ich glaube leider nicht, dass die Beweise dafür ausreichen."

Aino hob die Hand. „Die Küstenwache hat eine Gruppe Männer abgestellt, die mit der Spurensicherung immer noch dabei sind, die Bäreninsel abzusuchen. Wenn da etwas ist, wenn Mark Møller da irgendwo liegt, dann finden sie ihn."

Northug nickte und begann, ihre Notizen auf dem Tisch vor sich zu ordnen. „Natürlich, es besteht Hoffnung. Ich möchte nur ehrlich mit Ihnen sein. Wenn Jussi keine Aussage macht, dann haben wir möglicherweise ein Problem. Dann müssen wir entscheiden, ob wir es riskieren wollen, Anklage zu erheben. Herr Aalto könnte durchaus freigesprochen werden. Und der Staat kann einen Menschen nur einmal wegen derselben Straftat anklagen. Was ist denn eigentlich mit den Eltern und dem Bruder? Haben die etwas gesagt?"

Karl zuckte mit den Schultern.

„Die Eltern wissen nichts. Jussi hat ihnen nur erklärt, dass er Probleme in Norwegen habe und ein paar Wochen untertauchen müsse. Und der Bruder, der wegen des Schusses auf den Polizisten selbst in der Klemme sitzt, schweigt ebenso.“

Karl warf einen raschen Blick auf seine Vorgesetzte. „Wissen Sie, die Finnen sind ein stures, verschwiegenes Volk.“

Aino sah ihn streng an, wandte sich dann Northug zu, die ihre Dokumente in den Aktenkoffer schob. „Die Kollegen stehen Ihnen natürlich auch weiterhin zur vollsten Verfügung.“

Die Staatsanwältin reichte ihr die Hand. „Danke. Es wird wohl sowieso einen Moment dauern. Norwegen müsste erst noch die Auslieferung beantragen. Wir gehen davon aus, dass ein Prozess nicht vor dem Frühjahr beginnen könnte.“

***

Nach dem Meeting bat Aino Karl zu sich ins Büro. Sie deutete auf den Stuhl vor ihrem Schreibtisch.

„Wie geht es dir, fühlst du dich gut?“, fragte sie und musterte ihn über den Rand ihrer Brille.

„Ich glaube, es geht mir gut“, sagte er und streckte sich. Dann lehnte er sich nach vorne. „Ich hoffe, du hast bemerkt, dass Mats und ich gut zusammenarbeiten.“

Aino nahm ihre Brille ab. „Du willst ihn also nicht mehr gegen Sven tauschen?“

„Erst mal nicht, nein.“

Sie sah ihn nachdenklich an.

Karl lächelte, bewegte sich ungeduldig auf dem Stuhl hin und her. „Ich bin wegen des Berichts hier, nicht wahr?", fragte er schließlich.

„Ja", antwortete sie. „Der erste Entwurf ist fertig. Ich habe mich entschlossen, ihn dir zu zeigen, bevor ich ihn abschicke." Sie kramte aus einer Schublade einen gehefteten Rapport und legte diesen auf den Tisch vor ihn. Karl blickte sie fragend an und als sie nickte, überflog er die erste Seite. Dann schob er ihn zu seiner Vorgesetzten zurück. „Was steht denn drin?"

„Willst du ihn nicht lesen?", fragte sie überrascht. Karl schüttelte den Kopf.

„Nein. Warum auch. Bin ich noch Polizist?"

Die Abteilungsleiterin atmete langsam einen Schwall Luft aus.

„Vorläufig, wenn du dich an die Abmachung hältst, die ich in dem Bericht vorschlage." Sie legte eine weitere, lange Pause ein. „Das, was dieses Frühjahr vorgefallen ist, kann ich nicht einfach vergessen. Ich muss sicher sein können, dass du dich im Griff hast. Deshalb wirst du einmal im Monat mit dem Polizeipsychologen sprechen. Ein Jahr lang."

Der Kommissar sah die Abteilungsleiterin einen Augenblick still an. Dann stand er auf.

„War das alles?", fragte er, während er auf seine Uhr schaute.

Aino nickte. „Ja, das war alles, Karl."

Sie sah ihm nach, noch lange nachdem die Tür sich hinter ihm geschlossen hatte.

KAPITEL 42

Bei NRK Finnmark folgt eine Sondersendung zur Pressekonferenz im Fall Bjørnøya. Für alle, die die Live-Übertragung heute Morgen verpasst haben, werden wir jetzt noch einmal die Ereignisse zusammenfassen. Ich heiße Birgitte Anfinsen und mit mir im Studio sitzt wie immer mein Kollege Niclas Lund, der für uns die Sendung aus Tromsø mitverfolgt hat. Niclas, was gibt es zu berichten?

Hallo, Birgitte. In der Tat, ich habe die ganze Konferenz verfolgt, fast zwei Stunden. Die Polizei, die Staatsanwaltschaft und die Küstenwache haben uns über den neusten Stand der Dinge informiert. Die Ermittlungen waren ja etwas festgefahren, da die Behörden bisher nur Indizien, keinerlei technische Beweise beschaffen konnten und es keine Zeugen gab. Es sieht nun aber tatsächlich so aus, dass es einen Durchbruch gegeben hat. Der Eröffnung des Verfahrens gegen den Hauptverdächtigen, den Finnen Jussi Aalto, steht somit nichts mehr im Wege.

Großartig. Das ist ja ein verfrühtes Weihnachtsgeschenk für die Staatsanwaltschaft. Was hat sich geändert, was ist geschehen, das den Fall wieder ins Rollen gebracht hat?

Nun, Birgitte, die Küstenwache hat die Leiche von Mark Møller auf Bjørnøya gefunden. Er lag zwischen ein paar Felsen am Strand bei Tunheim. Ohne die sterblichen Überreste war bisher nicht zu klären, ob nicht Møller selbst der

Täter sein könnte. Die Behörden haben den Fund bis heute Morgen noch geheim gehalten. Nun hat die zuständige Staatsanwältin Thea Northug die Identität bestätigt. In seinem Körper, in einem Knochen, haben sie ein Projektil gefunden. Das war dann der wirkliche Durchbruch, da sie nun genug Beweise gesammelt haben, um Anklage zu erheben. Die vorläufigen forensischen Ergebnisse bestätigen, dass zumindest Mark Møller mit Jussi Aaltos Waffe erschossen wurde.

Damit ist er überführt? Hat er mittlerweile gestanden?

Nein, Birgitte, Jussi Aalto schweigt noch immer. Aber Staatsanwältin Northug und Petersen, die Leiterin der Ermittlungseinheit für Kapitalverbrechen in Kirkenes, sagten uns, dass das kein großes Problem mehr darstelle. Das Verfahren ist für Anfang März anberaumt. Aalto könnte wegen dreifachen Mordes angeklagt werden. Vielleicht geht die Staatsanwaltschaft aber auch auf Nummer sicher und klagt ihn nur für den Mord an Mark Møller an, das wird sich zeigen.

Natürlich wollen wir nicht die menschliche Tragödie vergessen. Unsere Gedanken gehen zu den Angehörigen, die ohne ihre Liebsten die Weihnachtszeit durchstehen müssen. Aber es gibt auch eine schöne Geschichte zu berichten, oder Niclas?

Du meinst natürlich den Polizisten Mats Samuelsson. Er ist noch Schwede, erst seit einem Monat bei der Polizei Kirkenes beschäftigt. Er wurde für eine Verdienstmedaille vorgeschlagen, ob seines beispiellosen Einsatzes auf Bjørnøya. Außerdem soll seine Einbürgerung nun bevorzugt behandelt werden. Auch das wäre natürlich ein schönes Weihnachtsgeschenk.

Danke, Niclas. Wir werden dranbleiben hier bei NRK, und Sie auf dem Laufenden halten. Aber erst mal wünsche ich dir und deiner Familie und allen unseren Hörern ein fröhliches Weihnachtsfest!

KAPITEL 43

Karl sah in den Seitenspiegel, wechselte dann die Spur. „Was hast du Silja denn zu Weihnachten geschenkt?"

Mats sah ihn an. „Eine Kette."

„Keinen Ring? So lange wie ihr beide zusammen seid?"

„Nein. Das kann noch etwas warten, finde ich. Erst mal wollen wir sehen, ob wir hier in Kirkenes zurechtkommen."

„Na ja, du bist ja nun der große Held bei der Polizei. Was soll da schon schiefgehen?"

Karl bemerkte, dass Mats verlegen aus dem Fenster sah. „Ja, weil du Aino gesagt hast, dass ich allein auf der Insel bleiben wollte."

„Das stimmt ja auch. Es ist toll, dass du die Medaille bekommen sollst."

Die beiden Männer schwiegen einen Augenblick. Dann legte Karl den Kopf schief und grinste. „Hast du Silja denn eigentlich gesagt, dass du die Kette von meinem Geld gekauft hast, das du auf Bjørnøya beim Kartenspielen gewonnen hast? Dass sie also auch von mir ist?"

„Ja, natürlich. Ich soll dir ihren Dank ausrichten. Ich dachte, wir könnten auf der Hütte mal wieder Canasta spielen. Wir wollen uns nämlich ein Haus in Kirkenes kaufen. Ich könnte gut ein paar zusätzliche Kronen gebrauchen."

Karls Lachen ging in ein gedämpftes Hüsteln über. „Ich denke, wir sind zum Skifahren dort", bemerkte er trocken.

Der Audi rollte auf einen schneebedeckten Hügel zu, auf dem ein flaches Gebäude des schwedischen Zolls stand. Daneben stand auf einem Schild *Sverige* geschrieben. Die Grenzstation schien nicht besetzt zu sein.

„Nur noch drei Stunden bis nach Gällivare", sagte Mats aufmunternd. „Die Frauen haben den Ofen bereits geheizt. Es wird dir gefallen, die Hütte ist urgemütlich. Soll ich gleich mal fahren?"

„Gott bewahre", antwortete Karl, „wenn du den Dienstwagen schrottest, ist mir das egal. Aber nicht den Audi." Er wurde etwas ernster.

„Die andere Frau auf der Hütte, Siljas Freundin, sie heißt Sofia?"

„Ja. Sie ist, wie gesagt, eine Kollegin aus dem Kindergarten. Sie war ein paarmal bei uns, sie ist wirklich nett. Lustig. Sieht toll aus. Es wird sicher eine gemütliche Silvesterfeier, das verspreche ich dir." Mats musterte ihn einen Moment. „Etwas anderes: Was machen wir mit Ivar Nielsen? Daniel Killgren sagte, er dealt wieder. Das mit deinem Auto, das ist doch nicht vergessen, oder?"

Karl lachte verbissen. „Ivar Nielsen ist einer meiner Neujahrsvorsätze für 2011. Ich werde schon herausfinden, ob er es war, der das Auto zerkratzt hat."

„Und? Sonst noch irgendwelche Vorsätze?"

Der Kommissar blickte seinen Partner nachdenklich an. „Wir werden sehen."

Dann bog er auf die Schnellstraße gleich hinter der Grenzstation ein und beschleunigte. Der grüne Audi mit den zwei Paaren Langlaufskiern auf dem Dach gewann schnell an Geschwindigkeit und war alsbald hinter einer lang gezogenen Kurve in der Dämmerung verschwunden.

Der glutrote Lichtstreifen am Horizont über Norrbotten würde es ebenfalls bald tun.

***

Über Bjørnøya war es an diesem Tag überhaupt nicht hell geworden. Die Augen des Tieres weiteten sich, als es in das kalte, blassblaue Licht der Halogenscheinwerfer an der Kaianlage blickte. Es hatte die Geschehnisse bereits seit einiger Zeit beobachtet, war jedoch nicht recht schlau daraus geworden. Es waren viele neue Eindrücke für das junge Tier gewesen, Geräusche, die es nicht kennen konnte.

Da waren Menschen, es hatte sie am Geruch erkannt. Es hatte diese Wesen schon einmal getroffen. Vor einigen Wochen war das gewesen, an der Südküste. Das Tier war vor ihnen geflüchtet.

Wäre der Polarfuchs ein Mensch gewesen, er hätte möglicherweise erkannt, dass die Gestalten von einem Schiff der Küstenwache an Land stiegen. Die vier Personen gingen mit ihren großen Rucksäcken bepackt den beleuchteten Weg zu der Wetterstation hinauf. Um sie herum sprang freudig erregt ein Hund, ein Husky. Die Menschen lachten, drehten sich noch einmal um und winkten dem Landungsboot zu, das ablegte und Kurs auf die *KV Bison* genommen hatte, von der nur die grauen Konturen vor dem dunkelblauen Horizont zu erkennen waren.

Der Polarfuchs begriff natürlich nicht, dass dies die neue Crew der meteorologischen Station Herwighamna und der Husky der Stationshund Laban war.

Das Landungsboot hatte nun das Mutterschiff erreicht. Daraufhin stieß das Patrouillenboot zum Abschied ein doppeltes Tuten des Schiffshorns aus, dessen Echo von den drei Bergspitzen im Süden zu dem feinen Gehör des Tieres zurückgeworfen wurde. Der Polarfuchs erschrak, wirbelte herum und stob durch den Schnee davon. Er sah sich nicht um, rannte immer weiter weg von der Wetterstation und damit von dem letzten Außenposten der Menschen auf der vereisten Insel.